죽기 전에
내 책 쓰기

죽기 전에
내 책 쓰기

초판 1쇄 발행 2018년 7월 17일
2쇄 발행 2020년 9월 1일

지 은 이   김도운
발 행 인   권선복
편   집   김영진
디 자 인   김소영
전 자 책   서보미
발 행 처   도서출판 행복에너지
출판등록   제315-2011-000035호
주   소   (07679) 서울특별시 강서구 화곡로 232
전   화   0505-613-6133
팩   스   0303-0799-1560
홈페이지   www.happybook.or.kr
이 메 일   ksbdata@daum.net

값 15,000원

ISBN 979-11-5602-620-4   (13800)

행복에너지는 독자 여러분의 아이디어와 원고 투고를 기다립니다. 책으로 만들기를 원하는 콘텐츠가 있으신 분은 이메일이나 홈페이지를 통해 간단한 기획서와 기획의도, 연락처 등을 보내주십시오. 행복에너지의 문은 언제나 활짝 열려 있습니다.

죽기 전에
내 책 쓰기

김도운 지음

도서
출판 행복에너지

서문

　주위에 자신의 책을 발행하고 싶어 하는 이들이 많다. 어디 꼭 내 주위에만 그런 분들이 많겠는가. 고학력 시대이다 보니 자신의 이름으로 책 한 권 발행하고 싶어 하는 분들이 넘쳐나는 세상이다. 내가 그동안 꽤 여러 권의 책을 집필하고 발행했다는 사실을 아는 이들은 나를 만나면 책의 출간에 대해 많은 것을 묻는다. 관심이 크기 때문이다. 같은 답변을 되풀이하다 보니 그들이 무엇을 궁금해하는지 공통점을 찾게 됐고, 그걸 풀어주어야겠다는 마음이 생겼다. 자신의 이름으로 책을 발간하고자 하는 이들을 위해 책 쓰기 관련 정보와 지식을 일목요연하게 정리해서 전해줄 필요가 있다고 생각했다. 그래서 이 책의 집필을 결심하게 됐다.

　책을 쓰고 싶어 하는 사람들과 자주 대화하면서 이들 대부분이 자서전을 집필하고 싶어 한다는 사실을 알게 됐다. 자서전을 쓰고 싶다는 것은 인생의 족적을 남기고 싶은 욕망에서 비롯된다. 그들은 출간 자체가 목적일 뿐, 이 책이 유용할 것인지, 또는 재미있을 것인지에 대해 생각하지 않는다. 그저 출간에만 집착할 뿐이다. 하지만 저자가 저명한 인물이 아니라면 자서전은 가족과 아주 가까운 지인 몇 명만 그 책을 읽을 뿐 나머지는 읽지 않는 책이다. 온갖 고생을 해서 집필을 완성하고, 큰 비용을 들여 책을 발간했는데 세상이 관심 두지 않는다면 낭패다.

자서전을 쓰고 싶어 하는 이들은 대부분 자신의 일대기를 시대순으로 정리해 나열하겠다는 생각을 한다. 유아기-청소년기-청년기-장년기-중년기-노년기의 구도를 머릿속에 그리고 있다. 그러면서 자신이 고생하며 살아온 인생에 대해 남들이 인정해 주고 이해해 주기를 바란다. 때론 자랑하고 싶어 한다. 하지만 그건 혼자만의 생각이다. 생각을 조금만 바꾸면 답이 보인다. 인생 여정 전체를 나열할 것이 아니라 어느 한 시대의 재미있는 이야기를 별도로 발제해 한 권의 책으로 쓴다면 이야기는 달라진다. 발제한 이야기에 남들은 알지 못하는 독특한 비법이 숨어있다면 책의 가치는 상승한다.

이 책은 타인이 관심 가져 줄 만한 자신의 독특한 노하우를 발굴해 소재로 정하는 방법과 그것을 책으로 엮어내는 기술을 정리했다. 책을 집필하는 순서와 방법 자체가 나의 노하우이니 그것이 책을 엮는 좋은 소재가 된 것이다. 대개의 사람은 자신의 인생이 아주 평범하고, 자신이 남보다 잘하는 일이 없다고 생각하기 쉽지만, 그렇지 않다. 이 책을 읽으면 내가 잘하는 것이 무엇이고, 내가 책을 쓴다면 무엇을 소재로 삼아야 할지에 대해 깨닫게 될 것이다. 그러면서 책 쓰기에 대해 한껏 자신감을 느끼게 될 것이다.

책을 쓰고 싶은데 무엇을 소재로 써야 할지 몰라 무작정 자서전을 쓰겠다고 마음먹은 이는 이 책을 읽으면 생각이 바뀔 것이다. 자서전 쓰기를 뒤로 미루고 세상이 원하는 책을 먼저 쓰고자 마음을 바꾸게 될 것이다. 책 한 권 쓰고 싶은데 무엇을 어떻게 시작해야 할지 몰라 답답한 이들은 이 책을 읽으면 머릿속에 책 쓰기 과정이 정리돼 자신이 무엇을 먼저 해야 할지 감이 잡힐 것이다. 어렵게 원고를 완성한 이라면 출판사와 어떻게 접촉해서 어떤 계약조건으로 책을 발행해야 할지에 대해 알게 될 것이다. 어떤 조건으로 계약해야 유리할지도 깨닫게 될 것이다.

이 책이 자신만의 노하우를 발굴하지 못하거나, 찾아냈는데 책으로 옮겨 담아내지 못해 끙끙거리고 있는 예비작가들에게 용기와 자신감을 주고, 길을 열어주는 실용적 교양서가 되길 바란다. 이 책을 읽고 '책 쓰기'를 결심했고, 실제로 출간에 성공했다는 독자의 편지 한 통을 받는 꿈을 꾸며 집필을 시작했다. 초판이 발행된 후 실제로 그런 전화가 여러 통 걸려왔다. 그래서 행복했다. 그런 분들의 격려와 성원으로 재판을 하게 되었다. 요즘같이 책이 안 팔리는 시대에 2쇄 재판을 하게 된 것만으로도 의미 있는 성과이다.

도서출판 행복에너지는 배짱이 잘 맞는 출판사이다. 행복에너지 권선복 대표는 내가 아는 기업의 CEO 가운데 가장 적극적이고 부지런한 분이다. 그에게 책 제작을 맡기면 완성된 책이 대중에게 인정받는 책, 잘 팔리는 책이 되게 하려고 그가 어떤 노력을 얼마만큼 기울이는지를 잘 알기에 주저 없이 원고를 맡겼다. 행복에너지가 얼마나 전략적으로 홍보마케팅을 펼치는지 잘 알고 있다. 누구에게나 행복의 기운을 안겨주고자 하는 출판사 상호도 마음에 든다. 역시나 행복에너지는 대표 이하 모든 스태프가 성심껏 책을 만들었고, 온몸을 던져 홍보도 해주었다. 거듭 감사의 말씀을 전하며 회사의 번창을 기원한다.

2020년 늦여름 유성 省悟齋에서

저자 김 도 운

목차

제1장

언제까지
주저만 할 것인가

언제까지
주저만
할 것인가

내 인생의
버킷리스트

　누구나 죽기 전에 생을 통해 꼭 이루고 싶은 일이 있다. 꿈이 원대한 사람은 자기 개인에 그치지 않는 범 인류를 대상으로 하는 소망이 있을 것이고, 그만은 못해도 국가나 지역사회에 기여함을 인생의 목표로 두는 이들도 있을 것이다. 그런 경우가 아니라면 대개의 사람들은 자신만의 독특한 소망이 있을 것이다. 개인이 평생을 거쳐 꿈을 꾸고 실현하기 위해 노력하는 일은 다양하겠다. 누군가는 죽기 전에 전 세계 주요 국가를 모두 돌아보는 세계여행을 목표로 할 수도 있고, 세계 최고봉이라고 하는 에베레스트를 등정하는 것이 평생의 소원인 사람도 있을 것이다. 요트를 타고 태평양을 횡단하는 것을 인생의 목표로 삼는 사람도 있을 수 있다. 그뿐이겠는가. 누군가에게 새 생명을 주기 위해 장기를 기증하는 이도 있을 것이고, 저개발 국가에 가서 평생 봉사활동을 하다 죽음을 맞이하는 것을 인생의 목표로 삼는 이도 있을 것이다.

누군가 죽기 전에 꼭 이루고 싶은 소망을 적은 목록을 일컬어 '버킷리스트'라는 표현을 쓴다. 버킷리스트Bucket list라는 말은 '죽다'라는 뜻의 속어 'Kick the Bucket'과 관련이 있다. 중세 유럽에서 자살이나 교수형을 할 경우 목에 줄을 건 다음 딛고 서 있던 양동이Bucket를 발로 찼던 관행에서 유래한 말이다. 다소 속어적 표현에서 시작된 말이지만 오늘날에는 각 개인이 죽기 전에 이루고 싶은 일들을 지칭하는 다소 긍정적 언어로 사용되고 있다. 누구랄 것 없이 버킷리스트는 있기 마련이다. 여기서 굳이 버킷리스트를 말하는 것은 다수의 사람들이 버킷리스트의 하나로 자신의 저서를 발행하고 싶어 하기 때문이다. 의외로 많은 이들이 죽기 전에 자신의 이름으로 간행되는 책을 갖고 싶어 한다. 자신의 족적을 남기고 싶어 하는 인간의 본성 때문일 것 같다. 내가 죽어도 내 책이 남아서 후세인들에게 읽힌다면 내 삶은 결코 후회스럽지 않을 것이다. 누군가 내 책을 읽고 고개를 끄덕이며 공감하는 모습, 밑줄을 그으며 새겨 읽는 모습은 상상만 해도 흐뭇하다.

생을 통해 단 한 권이라도 나의 책을 저술해 남기고 가는 일은 많은 이들의 버킷리스트 중 하나이다. 엄두가 나지 않아서 버킷리스트에 포함시키지는 못하더라도 기회가 된다면, 누군가의 도움으로 실현될 수만 있다면 자신의 저작을 갖기를 희망하는 이들의 수는 훨씬 더 늘어날 것이다. 내 책 쓰기를 버킷리스트로 정했다면 다른 어떤 목표보다도 값지고 의미 있는 목표라고 할 수 있겠다. 책이 가져야 할 기본 요소 가운데 하나는 세상에 유익한가 여부이다. 사람들의 정신세계를 피폐하게 만들고 나아가 사회를 좀먹는 쓰레기 같은 책들도 존재하는 것이 사실이지만 기본적으로 책이라 하면 누군가에게 유익함을 주는 양서를 칭한다. 나의 풍부한 감정이나 축적된 지식을 다수의 타인을 위해 풀어내는 것은 다른 어떤 일보다 의미 있는 일이라고 단정할 수 있다. 내가 떠나고 없는 세상에 누군가 내 책을 읽으며 나와 교감한다는 것은 상상만 해도 등골이 오싹해지는 짜릿함이다.

책 쓰기를 인생의 버킷리스트에 포함시켰을 경우, 인생의 종반까지 미룰 필요는 없다. 육체와 정신에 활력이 깃들어 에너지가 넘칠 때 시도하는 것이 좋다. 글을 쓰는 일은, 특히 단편적인 글도 아닌 한 권의 책을 집필한다는 것은 대단한 에너지가 소모되는 일이다. 그래서 한 살이라도 더 젊을 때 시작하는 것이 여러모로 유리하다. 노년기에 이르러 자서전류를 쓰는 것으로 책 쓰기 목표를 정했다면 수정하기를 권한다. 보다 젊은 나이에 자신의 힘으로 책 쓰기에 성공했다면 그는 누가됐든 진일보된 책을 또 쓰고 말 것이다. 권수를 더해갈수록 보다 세련되고, 보다 완성도 높은 책을 계속 쓰게 될 것이다. 그렇게 책 쓰기 노하우를 쌓은 이가 훗날 자서전을 쓰는 것은 너무도 쉬운 일이 된다. 물론 세련미와 완성도 면에서도 크게 성장해 있어 당초 구상했던 노년의 책 쓰기보다 몇 곱절 훌륭한 책을 완성하게 될 것이다. 아무런 예행연습 없이 노년에 이르러 달랑 자서전 한 권을 쓰는 이의 작품과는 비교할 수 없는 수준에 이를 것이라고 장담한다.

처음이
어려울 뿐이다

    세상 모든 일이 그러하듯 처음이 어렵다. 한 번도 가보지 않은 길이니 서툴고 어줍을 수밖에 없는 노릇이다. 한국 속담에 '도둑질도 처음이 어렵다'는 말이 있지 않은가. 좋은 일이든 나쁜 일이든 횟수가 늘어갈수록 익숙해지고 대담해진다는 의미일 것이다. 실제로 모든 일은 처음이 어려울 뿐이다. 두 번째 할 때는 처음 할 때에 비해 월등히 쉬워진다. 세 번째 한다면 더 쉬워지는 것은 당연지사이다. 책 쓰기도 마찬가지이다. 첫 책을 내기가 너무도 어려울 뿐이다. 두 번째 책을 발행할 때는 첫 번째 책을 발행할 때와 비교해 절반의 수고만 하면 된다. 세 번째 책은 또 그 절반의 수고만으로도 충분히 발행할 수 있다. 익숙해지면 모든 일은 쉬워진다. 수도 없이 많은 책을 발간한 사람이라도 그 역시 첫 책을 출간할 때는 결코 쉽지 않은 과정을 거쳤을 것이 자명하다. 두 번째, 세 번째 횟수를 늘려가면서 그의 책 쓰기는 속도 면에서 빨라지고, 내용 면에서 성숙해졌을 것이 당연하다.

그래서인지 책을 한 권 출간하고 멈추는 사람을 거의 보지 못했다. 한 권의 책을 출간한 경험을 가진 사람이라면 반드시 두 번째 책을 출간하고 이어 세 번째, 네 번째 책을 출간한다. 그러면서 자신도 모르는 사이에 출판 전문가가 된다. 나의 경우를 예시해도 마찬가지이다. 몇 권의 책을 발행하다 보니 책을 쓰는 일이 더 이상 공포의 대상이 아니다. 좋은 소재를 잡아 마음만 먹으면 언제든 쓸 수 있는 것이 책이란 생각을 갖게 됐다. 그러다 보니 내가 가진 책 쓰기의 경험과 노하우도 충분히 책 쓰기의 소재가 될 수 있다는 생각을 했고, 결국은 책 쓰기 가이드북을 집필하게 됐다. 이 책이 완성되면 여기서 그치지 않고 반드시 또 새로운 책 발행에 나설 것이다. 내가 이토록 책 쓰기에 매진할 수 있는 것은 가장 어렵다는 첫 번째 관문을 통과했기 때문이다. 첫 번째 관문을 넘어서면 다음부터는 한결 쉽게 이어지는 관문을 통과할 수 있게 된다. 나중에는 달인의 경지에 오르게 되고, 나아가 보다 실용적이고 보다 많은 이들이 원하는 책을 쓰는 비법을 터득하게 된다.

생애 첫 책이 출간돼 세상에 나왔을 때의 기쁨은 경험해 보지 못한 이들이 상상하는 것보다 훨씬 크다. 며칠 동안 밤잠을 설칠 정도의 설렘을 경험하게 된다. 더욱이 내가 만든 책이 서점의 판매대에 진열돼 있거나 책꽂이에 꽂혀 고객의 손길을 기다리고 있는 모습을 목격하면 그 설렘과 뿌듯함은 더욱 커진다. 그러한 독특한 감정의 경험은 새로운 책을 집필하게 만드는 동력으로 작용한다. 더욱이 인터넷이 일반화된 이후의 세상에서는 책이 발행돼 판매되기 시작하면서부터 내 이름과 내 책이 항시 어디서라도 인터넷 망에서 검색된다. 포털 사이트의 검색창에 내 이름 혹은 내 책 이름을 적어 넣으면 상세 정보가 줄줄이 쏟아진다. 인터넷에서 검색되는 나를 발견하는 순간, 이미 나는 평범함을 벗어난 사람이 됐음을 실감하게 된다. 그 짜릿함은 경험해보지 않은 이가 상상하기에 다소 벅찬 감이 있다. 내 이름으로 발행된 책의 수가 늘어날수록 나의 인지도는 상승하게 되고 나의 숙련도는 가파르게 상승하게 된다.

첫 번째 책을 발행하는 것이 어렵듯이 한 권의 책을 쓸 때도 첫 장章을 완성하기가 어렵다. 첫 장을 완성하기가 어렵다고 표현한 것은 그만큼 두 번째, 세 번째 장을 쓸 때 수월해진다는 것을 표현하기 위함이다. 평소 글쓰기가 생활화돼 있고 높은 숙련도를 보이는 이라면 첫 장이나 두 번째 장이나 별 차이가 없을 수도 있다. 하지만 그렇지 않은 대개의 사람이라면 첫 장을 완성하는 것이 월등히 어려울 수밖에 없다. 어렵사리 첫 장을 완성했다면 그는 이미 한 권의 책을 쓴 것이나 마찬가지이다. 이어지는 두 번째와 세 번째 장을 쓸 수 있는 자신감과 노하우가 생겼기 때문이다. 첫 장을 완성했다는 것은 전체 책 분량의 20% 이상을 집필했다는 것을 의미한다. 절대 분량에서는 20%라지만 수고로움으로 따지면 5부 능선을 넘어선 것이다. 그러니 웬만한 사람이라면 거기서 집필을 멈추지 않는다. 금연을 결심하고 처음 3일이 어려울 뿐 차츰 견디기가 수월해지는 것과 마찬가지이다. 1주일 이상 금연에 성공하면 고통스러운 1주일을 견뎌낸 것이 아까워 다시 담배를 물지 않게 된다. 그래서 금연에 성공하게 된다.

처음 책 쓰기를 하는 이들의 공통점 중 하나는 처음부터 완벽한 문장을 구사해야 한다고 생각한다는 점이다. 즉 초고가 곧 완성된 원고라고 착각한다는 것이다. 초고는 초고일 뿐이다. 수차례 갈고 다듬기를 통해 더욱 완성도 높은 원고로 다듬어지는 것이다. 때로는 전문가의 손을 빌려 부족한 완성도를 높이기도 한다. 초고부터 너무 완벽한 글을 쓰고자 하는 이들은 원고 집필이 더디다. 실행력 있게 쭉쭉 원고를 뽑아내야 하는데 자꾸 이미 쓰고 난 원고에 집착해 뒤를 돌아본다. 이미 쓴 원고에 집착하고 자꾸 뒤를 돌아볼수록 원고 집필의 진행은 느려질 수밖에 없다. 차를 몰고 가면서 지나온 길에 집착할 필요가 없듯이 책을 쓸 때도 앞만 보고 달려가면 된다. 앞만 보고 달려가 첫 장을 속히 완성하는 일이 무엇보다 중요하다. 첫 장을 완성하면 무서운 속도로 탄력이 붙을 것이라고 장담한다. 첫 장을 완성시킬 무렵이면 자신감도 붙고 글쓰기의 오묘한 매력에 빠져들게 된다. 그 리듬에 올라타야 한다.

책 쓰기에 있어 "시작이 반이다."라는 한국 속담은 최고의 명언이다. 시작을 하기가 어려울 뿐 시작을 하고 나면 반은 성공한 셈이다. 특히 첫 장을 완성했다면 이후에는 자기 자신과 성실성을 놓고 벌이는 한판 싸움에 지나지 않는다. 막연한 두려움을 안고 처음 집필을 시작한 때와 비교하면 첫 장을 완성한 시점에 이르러 확연히 달라져 있는 자신의 모습을 발견하게 된다. 양자를 쉽게 표현해 비교하자면 '전혀 감을 잡지 못한 나'와 '감을 잡은 나'의 차이이다. '책 쓰기란 이런 것이구나.'라고 감을 잡고 나면 집필 속도가 빨라진다. 글을 쓰는 요령도 터득하게 되고 늘 발목을 잡아당기던 두려움도 사라지게 된다. 그래서 누구라도 책 쓰기에 도전한다면 무슨 일이 있어도 첫 장은 완성해 보라는 권유를 한다. 실제로 첫 장을 완성하고 이후의 집필을 멈춰 선 사례는 없었다. 그만큼 첫 고개를 넘는 일이 힘들다는 것을 방증하는 것이다. 첫 장을 완성하자. 그것이 책 쓰기에 성공하는 첫 번째 조건이다.

책을 쓴 사람과
책을 못 쓴 사람

　세상에 많은 사람들이 살고 있고, 이들을 구분하는 방법은 여러 가지이다. 성별에 따라 남녀로 나눌 수도 있고, 소득분위에 따라 상류층, 중산층, 서민층으로 나누기도 한다. 이밖에 사람을 나누고 구분하는 방법은 수천수만 가지라 할 수 있다. 그 가운데 하나로 '책을 쓴 사람'과 '책을 못 쓴 사람'으로 구분해 보고자 한다. 태어나 죽을 때까지 단 한 권이라도 자신의 저술을 남기고 죽는 사람보다는 그러지 못한 사람이 월등히 많을 것이다. 언뜻 생각해도 자신의 저술을 남긴 사람의 비율은 높지 않다. 실제 주위를 둘러봐도 어떤 형태로든 자신의 책을 저술한 사람은 그리 많아 보이지 않는다. 자신의 신분이 교수이거나 전문 작가라면 모를까 그렇지 않고 일반적인 삶을 살아가는 사람이라면 자신의 주위에 책을 출간한 경험이 있는 사람의 수는 극히 제한적일 것이다. 내 주위를 둘러봐도 책을 출간하지 못한 사람이 단 한 권이라도 자신의 책을 저술한 사람보다 몇 배, 아니 수십 배 많다. 완성된 저술을 갖고 있는지의 여부는 고사하고 책

을 써보겠다는 마음 자체를 갖지 않는 이들이 월등히 많다. 그만큼 책 쓰기는 일반적인 사람들에게 필요성이 간절하지 않은 일이다. 책을 쓴 효과가 어떤 것인지 안다면 그들이 느끼는 필요성은 커질 텐데 대부분의 사람들은 그걸 인지하지 못한다.

그럼에도 불구하고 내가 세상 사람을 구분하는 방법 중 하나로 책을 쓴 사람과 책을 못 쓴 사람으로 구분하고자 하는 것은 그만큼 양자 간에 큰 격차가 나타나기 때문이다. 책을 쓰고 난 이후 자신의 신변에 나타나는 변화는 너무도 많고, 너무도 크다. 정확한 통계는 없다. 세상에 책은 많지만 한 사람이 다수의 책을 펴낸 경우가 많아 한 권이라도 책을 출간한 사람이 차지하는 비율은 전체 인구 대비 그리 높지 않다. 아무리 높게 잡아준다 해도 전체 인구의 1%를 절대 넘지 못할 것이라고 확신한다. 이 나라 대한민국의 출판 환경이 우수하고 국민의 학력 수준과 지식수준이 다른 나라에 비해 월등히 높다는 점을 고려할 때 전 세계인 중 출간 경험자의 비율을 분석해보면 이보다 월등히 낮아질 것이 분명하다. 이런저런 기준을 적용하더라도 자신의 이름으로 한 권의 책을 출간하는 순간, 저자는 지구촌 인구의 1% 이내에 드는 사람으로 분류된다. 어떤 기준으로든 인류 전체 인구의 상위 1% 안에 든다는 것은 그리 녹록지 않은 일이다. 책 쓰기를 통해 단숨에 지구상의 1% 이내 사람으로 분류될 수 있다.

과거에는 전문가들만 자신의 분야에 대한 책을 출간했다. 전업 작가가 그러했고, 교수나 연구원 등이 출판시장의 주요 고객이었다.

하지만 이제는 누구라도 마음만 먹으면 책을 쓸 수 있는 여건이 됐다. 그것은 인터넷의 영향이 가장 크다. 자신의 전문 분야라 해도 보충자료 없이 한 권의 책을 머릿속에 든 지식만으로 완성한다는 것은 불가하다. 불확실한 지식이나 정보를 보충해 줄 자료가 필요하다. 과거 인터넷이 없던 시절에는 도서관을 찾거나 신문을 스크랩하는 등의 방법으로 자료를 모아두지 않으면 보충자료를 제공받는 일이 불가했다. 하지만 인터넷이라는 무궁한 정보의 바다가 출현한 이후 웬만한 자료는 즉석에서 찾아낼 수 있게 됐다. 그러니 자신이 책을 쓰고자 하는 큰 방향을 설정하고 나면 보충자료를 인터넷에서 검색해 가면서 충분히 보완해 나갈 수 있다. 이것은 책 쓰기에 있어서 혁명이라고 표현할 수 있는 일이다. 인터넷이 없던 시절에도 어렵게 자료를 모아가며 책을 쓴 사람들이 있다는 사실을 생각할 때 지금과 같은 시대에 겁을 먹고 책 쓰기를 엄두도 내지 못한다는 것은 어불성설이다.

책 쓰기와 인터넷의 관계는 계속된다. 책이 출간돼 시중에 풀리는 순간 저자의 이름과 책 제목은 자연스럽게 인터넷 검색 대상이 된다. 출판사에서 출판정보를 독자들에게 제공하기 위해 인터넷에 자료를 업로드하기 때문에 자연스럽게 포털 사이트에서 검색이 된다. 그때부터는 그 자료가 내 신분증을 대신하게 된다. 언제 어디서 누굴 만나더라도 PC나 스마트폰을 통해 포털에서 검색되는 자신의 정보를 제공할 수 있게 된다. 책의 저자로 소개되는 인물 정보는 비록 처음 만나는 사람일지라도 상대를 신뢰하게 만든다. 내용이 어떤 것이 됐든 책을 출간했다는 사실이 검증되는 순간, 지식인으로 또는 전문가로 인정받게 된다. 실제로 나도 유사한 일을 경험했다. 신분증을 제시해야 할 상황에 신분증이 없어 즉석에서 스마트폰으로 내 이름을 검색해 상대에게 보여주고 내 신분을 확인한 일이 있다. 포털 사이트에서 검색되는 나의 정보를 확인한 후 상대가 나를 대하는 태도나 말투가 바뀐 것은 여기서 굳이 부연설명하지 않겠다.

책이 출간되면 주위에서 나를 대하는 태도가 바뀌는 것은 물론이고 자신도 모르는 사이에 스스로도 변화하는 자신의 모습을 발견하게 된다. 주위에서 누굴 만나든 주변인들이 자신을 소개할 때 책 제목과 함께 책의 저자라고 소개하게 된다. 소개를 받은 사람은 한결 정중하게 저자를 대한다. 처음 만나는 사이지만 결코 만만하게 보는 일이 없다. 그런 일이 반복되다 보면 자신도 모르는 사이에 책의 저자에 맞는 말투와 몸가짐을 드러내게 된다. 그런 변화는 꼭 자신이 의도해서 이루어지는 것이 아니다. 그냥 아주 자연스럽게 나타나는 변화이다. 이런 환경의 변화는 차츰 나 자신의 내면도 변화시켜 간다. 그러면서 더 세련된 책, 더 많은 정보와 지식, 또는 풍부한 감정을 세상 사람들에게 전달할 수 있는 책을 출간하고 싶다는 의욕을 갖게 된다. 그것은 제2, 제3의 저술을 탄생시키는 동력 구실을 한다. 책 한 권의 출간이 불러다 주는 삶의 변화는 주위 환경으로나 내면적으로나 의외로 크다.

포털 사이트에서 자신의 이름과 책 제목이 검색되는 것은 기본이고, 본인 저술은 자신의 가장 적극적이고 효과적인 홍보수단이 된다. 출간된 자신의 저서는 명함 대용품이 된다. 누굴 만나든 명함과 함께 자신의 저술을 건네면 굳이 자세한 자신의 소개를 하지 않아도 상대의 뇌리에 깊이 박히게 된다. 사업을 하는 사람이라면 자신의 저서를 갖는 것이 상상도 못 한 홍보 효과를 유발한다. 한 권의 책을 집필해 완성했다는 것은 그의 지식수준과 더불어 해당 분야의 전문성을 증명해주는 수단이 된다. 또한 몇 개월간 열정적으로 집필 작업에 임했다는 사실 자체만으로도 본인의 성실성을 입증해 보일 수 있다. 그래서 다른 어떤 직종 종사자보다 비즈니스맨에게 자신의 저서는 큰 효과를 안긴다. 자신의 분야에 대한 전문성과 더불어 성실성을 어필할 수 있기 때문이다. 사업가뿐 아니라 영업 분야 종사자, 취업을 준비 중인 청년, 승진을 앞둔 공무원, 청혼을 준비하는 예비 신랑신부 등등 누구에게라도 자신이 지은 책이 있다는 사실은 무엇과도 비교할 수 없는 비장의 무기 역할을 할 것이다. 왜냐면 책을 발간하는 순간, 세상에 존재하는 흔한 99%와 비교되는 1% 이내의 부류에 속하게 되기 때문이다. 선거를 앞두고 정치인들이 책을 발간해 출판기념회를 개최하는 등 대대적인 홍보전을 여는 것도 이와 같은 맥락에서 이해하면 된다.

나의 호칭이
바뀐다

    사람마다 호칭이 있다. 어려서는 그냥 이름이 호칭인 경우가 대부분이지만 사회생활을 시작하게 되면 이름이나 성씨 뒤에 일정한 호칭이 따라 붙는다. 권위주의와 체면주의 문화가 만연해 있는 한국사회에서 호칭은 대단히 중요한 의미를 갖는다. 사실 한국사회에서 호칭의 격은 계속 상승하고 있다. 이제 웬만한 사람에게는 '사장님' 또는 '선생님' 등의 호칭이 따라 붙는다. 백화점이나 은행 등이 '손님'이란 말 대신 '고객님'이란 말을 만들어내면서 사회 전 분야에 걸쳐 호칭의 상승이 이루어졌다. '운전수 아저씨'가 '기사 아저씨'와 '기사 양반'을 거쳐 '기사님', '기사 선생님'으로 바뀌는 데는 그리 오랜 시간이 걸리지 않았다. 이는 한국인이 존칭에 민감해서 상대적으로 격이 높은 호칭으로 불리기를 바라는 마음이 크다는 점과 무관해 보이지 않는다. 실제로 한국사회 곳곳에서 호칭의 격은 급경사의 에스컬레이션을 타고 있다. 그러다 보니 특별한 직함이나 직위가 없어도 '사장님'이나 '회장님'으로 부르는 일이 예사가 됐다. 과거에 사장을 사

장이라 부르고 회장을 회장이라 부르던 시대에는 '사장님', '회장님'이 듣기 좋은 호칭이었을지 몰라도 그 호칭이 만연한 현 상황을 고려하면 그저 '아저씨'라고 부르는 것이나 별반 다르지 않게 들린다. 그래서 그다지 격이 높다고 느껴지지 않는 호칭이 됐다. '선생님'도 아주 흔한 호칭이 돼서 교사들이 난처한 상황이 됐다.

호칭의 남발이나 인플레이션은 사회 곳곳에서 나타나 학위가 없는데도 '박사님'이라고 부르거나 대학이 아닌 평생교육기관이나 학원 등지에서 수업을 진행하는 이들에게도 '교수님'이란 호칭을 쓰는 것이 예사가 됐다. '시인'이란 호칭도 21세기 이후 급격히 늘어났다. 나이가 들고 일정한 부와 직위를 획득하고 나면 좀 더 고상한 호칭을 하나쯤 받고 싶은가 보다. 그래서인지 각종 등단지에 시 몇 편을 적어 보내면 이내 등단의 관문을 통과하게 되고 곧바로 '시인님'이란 호칭이 따라붙는다. '시인'이란 호칭은 본래 직접 호칭으로는 사용되지 않고, 간접호칭으로만 사용됐지만 언젠가부터 직접 부르는 호칭으로도 사용하고 있다. 그만큼 시인이라고 불리고 싶은 사람이 많기 때문인 것 같다. 과거에는 극소수에게 붙여지던 호칭이 근자에 이르러 장삼이사의 호칭이 된 경우는 많다. 지금도 이미 호칭의 인플레이션은 극심한 상태이지만 한국사회에서 상대의 호칭 높여 부르기는 계속 고공행진을 하고 있다. 언제쯤 멈춰 설지 아무도 모른다.

앞서 설명한 대로 책 쓰기는 어려운 자신과의 싸움을 극복해야만 성공할 수 있는 과제이다. 책을 한 권 완성하면 주위의 많은 것들이 변화한다. 나를 바라보는 시선이 달라지는 것을 느낄 수 있고, 전문가로 인정받을 수 있다. 사실 학위논문이나 각종 학술지에 수록하는 논문의 경우, 그 분야를 전공하는 소수의 사람들만 공유하는 정보일 수 있다. 대중들에게는 접근 자체가 어려울 뿐 아니라 정형화된 형식을 중요시하는 데다 전문용어를 사용하는 특성상 일반 대중은 읽기 불편하고 읽어도 쉽게 이해하기 어렵다. 그래서 양질의 논문을 쓰게 되면 그 분야의 공부를 하는 학계에서는 인정받을지 몰라도 대중에게 인정받기는 힘들다. 반면 일반 서적의 경우, 누구나 공감할 수 있는 이야기를 담아내고 그 분야의 정보나 지식이 필요한 이들에게 유익함을 줄 수 있는 내용을 정리해 내면 쉽게 대중 속으로 파고들 수 있다. 입소문을 타고 베스트셀러 반열에 오르는 책을 출간하면 단숨에 돈과 명예를 움켜쥘 수도 있다. 특별강의 요청이 쇄도해 하루아침에 인기스타 강사가 될 수도 있다. 방송 출연을 통해 삽시간에 유명인이 되기도 한다. 생각만 해도 짜릿한 인생의 반전을 한 권의 책을 통해 이룰 수 있다.

책 쓰기에 성공하면 달라지는 또 다른 중요한 점 한 가지는 호칭이 달라진다는 것이다. 우선 책이 출간됨과 동시에 '작가' 또는 '작가님'이란 호칭으로 불릴 수 있다. 굳이 자신이 평소 불리는 호칭이 더 좋아서, 또는 '작가'라는 호칭이 어색하고 불편해서 굳이 그렇게 부르지 않았으면 좋겠다고, 이전에 부르던 대로 불러달라고 하는 수도 있겠지만 그렇지 않다면 누구나 들을 수 없는 호칭 가운데 하나인 '작가'라는 호칭으로 불릴 수 있다. 대개 시집을 출간하면 '시인'이라는 호칭으로 불리지만 그 외, 대부분의 책을 출간하면 일반적으로 '작가'라는 호칭으로 불린다. '저자'나 '저자님'이란 호칭으로도 불리게 된다. 이는 '책을 집필해 낸 사람'이란 의미여서 의미가 각별하다. '작가 선생님' 또는 '선생님'이란 호칭으로 불리기도 하는데 일반적으로 편하게 부르는 '선생님'이란 호칭과는 분명히 구분되는 정중한 억양의 '선생님'이란 호칭을 듣게 된다. 책을 출간하게 되면 자신의 이름 뒤에 따라붙는 호칭이 바뀐다. 호칭을 부르는 정중함도 달라짐을 느끼게 된다. 책을 출간하면 기분 좋아지는 변화가 주위에서 참 많이 일어난다.

가장 강력한
자기계발

언젠가부터 한국사회에 '자기계발'이란 말이 유행하기 시작했다. 더불어 '자기계발서'란 장르의 책이 서점가를 장악했다. 자기계발의 사전적 의미는 '잠재하는 자기의 슬기나 재능, 사상 따위를 일깨워 줌'이라고 정의되어 있다. 그렇다. 사람은 누구나 잠재된 슬기나 재능, 사상이 있다. 그렇지만 대개의 사람들은 자신이 잠재하고 있는 그 슬기나 재능, 사상에 대해 무지하고 그것을 찾아내려 애쓰지 않는다. 상당히 독특하고 값어치 있는 것인데도 불구하고 별것 아닌 것 또는 누구나 다 있는 재능 등으로 폄하하는 경우가 많다. 남의 눈에는 대단해 보이는 그 재주가 정작 본인의 시각으로 보면 보이지 않는다. 그래서 자기계발이란 그런 잠자고 있는 각기 개인의 혼을 일깨워 주는 활동이라고 보면 된다. 자기계발은 대단히 중요한 자기화 과정이다. 자기계발을 통해 자신의 가치를 확인하고 가능성을 찾을 수 있기 때문이다. 이런 면에서 볼 때 가장 확실하고 강도 높은 자기계발은 책 쓰기이다. 책을 집필하는 과정을 통해 자신도 몰랐던

존재감을 스스로 확인하거나 깨닫는 경우가 많다. 자기가 얼마나 대단한 존재인지 깨닫고 싶다면 책을 쓰라고 자신 있게 권하고 싶다. 책 쓰기를 통해 감춰져 있던 자신의 능력과 끼를 발굴하고 무한한 자신감을 갖게 될 것이다.

　책을 집필하다 보면 '내가 이 분야에 아는 것이 이렇게 많은가?', '대중에게 책을 통해 해주고 싶은 말이 이렇게나 많나?' 하는 것을 느끼게 된다. 또한 가지런히 정리돼 있지 않던 지식이 차곡차곡 정리되고 체계화되는 과정을 경험하게 된다. 목차를 편성하고 전체적인 밑그림을 그리면서 지식이 체계화됨을 느낄 것이고 한 꼭지씩 원고를 채워 나가면서 자신이 갖고 있는 노하우가 광범위하고 다양하다는 것을 스스로 깨닫게 된다. 대중에게 내놓을 책의 제작 과정을 통해 더 많은 자료를 수집하고 참고문헌을 찾아보면서 지적 견고함이 더해짐을 느끼게 된다. 엉성하게 알고 있던 지식이 다져지고 견고해지는 것을 느끼는 것 자체가 즐거움의 연속이다. 그래서 책 쓰기를 가장 확실한 자기계발의 과정이라고 단정적으로 말하고 싶다. 책을 한 권 발행하는 과정에서 엄청난 자기 공부가 된다. 보다 근거 있는 지식과 정보를 제공해야 한다는 압박감에 알고 있던 지식도 재차 확인하게 되고 다음 출간을 위해 정리해서 자료화하는 절차를 거치게 된다. 책 한 권 쓰고 나면 학위논문 한 편 쓴 것에 견줄 만큼의 지식팽창과 자기계발이 이루어진다. 이런 면에서 책 쓰기는 남을 위한 배려의 측면도 있지만 자신을 위한 성찰과 되새김의 측면도 매우 강하다.

자기계발이란 말이 유행한 것은 대략 20~30년(1990년대 이후) 전쯤부터가 아닐까 싶다. 자기계발이란 말은 '자기계발서'라는 장르의 책과 더불어 유행을 탔다. 자기계발서(다소의 의미 차이가 있지만 자기개발서라고 써도 된다)는 국내 발행되는 도서의 절대다수를 차지하는 장르이다. 한마디로 '성공하기 위해, 남을 딛고 일어서기 위해, 남들보다 돈을 많이 벌고 부자가 되기 위해 이런 일을 하고 이런 일은 하지 마라'는 식의 메시지를 쏟아내는 책이다. 제목이 화려하고 내용도 대동소이하다는 특징을 갖는다. 자기계발서가 크게 유행하면서 내용은 별다른게 없는데 제목만 살짝 바꿔가면서 발행되는 책들이 무수히 쏟아지고 있다. 그래도 사람들은 자기계발서를 구매하고 읽기를 반복한다. 자기계발서 내용대로라면 그 책을 읽은 이들의 상당수가 성공해 높은 지위에 오르고 엄청난 부자가 돼 있어야 한다. 하지만 현실은 그렇지 못하다. 그 책들은 한결같이 세상의 구조는 그대로인데 개인만 변하면 세상이 바뀔 수 있다고 주장하고 있기 때문이다.

　자기계발서는 출판사와 서점가에서 양서良書를 몰아냈다. 어른들은 아이에게, 선배들은 후배에게 동서고금에 걸쳐 "책을 많이 읽어야 한다."고 주문한다. "책 속에 길이 있다."고 가르친다. 내 생각에 어른들이, 선배들이 읽으라고 주문한 책은 마음을 키우고 생각을 키울 수 있는 고전과 교양서, 문학서 등이다. 자극적인 말장난이 주류인 자기계발서는 그 범주에 포함되지 않는다. 그러나 현실이 답답한 젊은이들은 양서에는 도무지 관심이 없다. 그저 확실한 자기최면을 통해 분발을 강요하는 말장난을 되풀이 하는 자기계발서에만 관심을 보인다. 그래봐야 아무것도 달라지는 게 없다는 사실을 그들은 잘 모른다. 그저 당장 자극적인 충격을 안기지 못하는 교양서를 읽는 것은 시간낭비라는 생각을 갖고 있다. 마치 몸을 고치는 한약에는 관심이 없고, 당장 병을 고치는 양약에만 집착하는 것과 같은 현상이다. 이 나라의 자기계발서 열풍은 한동안 계속될 것 같다. 자본주의가 점차 고도화되면서 불나방처럼 성공을 좇는 젊은이들의 수는 점점 늘어가고 있다는 것이 이를 방증한다.

내가 그동안 고집스럽게 문학서와 칼럼집 위주의 출간을 했던 것도 이러한 사실과 무관치 않다. 누군가에게 간절히 필요한 실용서도 큰 범주의 자기계발서라는 편견을 가졌던 것이다. 자기계발서를 천박함의 극치라고 여겼던 탓에 내가 관심을 갖고 출간할 수 있는 실용서조차도 자기계발서로 취급받는 것이 싫었다. 그래서 인문교양서 외의 책을 출간하는 일에는 관심 자체를 갖지 않았다. 그러다가 자기계발서와는 구분되게 대중들이 간절하게 원하는, 그들에게 실제적 유익함을 안길 수 있는 실용서는 말장난을 되풀이 하는 자기계발서와 확연히 구분된다는 확신을 갖게 됐다. 그래서 실용서를 쓰는 첫 시도로 책 쓰기와 관련된 구체적 정보를 제공하는 책을 출간하기로 마음먹었다. 책 집필에 도전하고 이를 성공시키는 일이야말로 진정한 자기계발이라는 인식을 갖고 책 쓰기에 도전하려는 이들에게 길을 일러 주고 싶었다. 주저만 할 뿐 실행으로 옮기지 못하는 예비 작가들에게 용기를 안기고 싶었다. 이 책을 읽고 실제 책 쓰기에 도전하고 성공하는 이들이 진정 많이 배출되기를 간절히 희망한다.

책 쓰는 법을 배워야
책을 쓴다

　자신의 책을 발간하고 싶은 사람은 너무도 많다. 관심이 없던 이들이라도 특별한 상황을 맞거나 독특한 자극을 받으면 책을 쓰고 싶다는 욕구가 강하게 밀려올 수 있다. 젊어서 관심을 갖지 않다가 나이가 들어가면서 서서히 책 쓰기에 관심을 보이는 경우도 많다. 그러나 쓰고 싶다는 욕구는 갖지만 이것을 실행으로 옮기기란 결코 만만치 않다. 일반적으로 글쓰기를 생활화하지 않는 사람이라면 누구랄 것 없이 막연함에 부딪히게 되고 겁부터 먹는 것이 당연하다. 평소 한 페이지의 글을 쓰는 것도 어려운데 한 권의 책을 쓴다는 것이 도저히 엄두가 나지 않는 것이다. 평소 운동이라곤 동네 한 바퀴 도는 정도도 안 했던 사람이 어느 날 갑자기 마라톤에 도전하려는 것과 마찬가지이다. 그러나 42.195㎞도 한 발 한 발이 모아져 다다를 수 있는 거리이다. 등산에 나설 때도 평지인 시작 지점에서 내가 오르고자 하는 산의 정상을 바라보면 까마득해서 겁부터 먹게 된다. '내가 과연 저 높은 곳까지 올라갈 수 있을까?' 하는 생각이 먼저 든

다. '정상에 오르지도 못하고 중간에 지쳐 되돌아오지 않을까?' 생각하며 출발을 망설이기도 한다. 하지만 거의 모든 사람은 산 정상에 오르고 그곳에서만 느낄 수 있는 청량한 바람을 맛보고 성취감도 경험하고 하산한다. 동네 뒷산부터 시작해 점차 산의 높이를 더해가며 체계적으로 도전했다면 보다 쉽게 산에 오를 수 있음은 더 말할 나위가 없다. 마라톤도 마찬가지이다. 몸을 만들어가며 서서히 훈련강도를 높여야 마침내 완주의 가쁨을 맛볼 수 있다.

인생의 모든 일이 그러하다. 무엇 한 가지를 배우려면 바닥 상태의 초보자 단계부터 출발하게 마련이다. 중년 남자들 사이에서 열풍이 불고 있는 색소폰을 배우는 일도 마찬가지일 것이다. 처음에 악기를 받아보면 도대체 어디를 잡고 어떻게 불어야 소리가 나는 건지 까마득하다. 누군가의 안내를 받아 시키는 대로 소리를 내보려고 해도 소리를 내기란 좀처럼 쉽지 않다. 한 곡조 멋들어지게 뽑고 싶은 생각은 간절하지만 도대체 이룰 수 없는 꿈처럼만 느껴질 것이다. 그러다 겨우 계이름대로 소리를 낼 정도로 시작을 하고 아주 간단한 동요부터 한 곡을 마스터한 후 차츰 난이도를 높여 제대로 된 한 곡을 연주할 수 있게 된다. 그러기까지 수개월의 시간이 소요되는 것은 당연지사이다. 한 단계씩 실력이 향상되며 느끼는 성취감은 경험해본 사람이라야 알 수 있다. 세상에 둘도 없는 특정 분야 달인이라고 해도 그 역시 문외한 시절이 있었고, 초보자 단계를 거쳐 능숙한 단계에 이르렀음은 더 설명이 필요 없겠다. 책 쓰기도 마찬가지이다. 언감생심 엄두도 내지 못하던 일이 차츰 현실이 되는 것이다. 세상에 공짜가 없고, 노력 없이 이루어지는 일이 없다는 사실은 누구나 인정하는 진리이다.

어떤 분야에 익숙해지기 위해서는 많은 시간과 노력을 투자해야 한다. 시간과 노력을 투자하는 것 외에 중요한 일이 한 가지 더 있다. 그것은 누군가의 도움을 받아야 한다는 사실이다. 고수의 도움 없이 혼자 터득해가며 어떤 일을 성취해 나가는 경우도 없지는 않다. 분명 있다. 그러나 그러려면 몇 곱절의 시간과 노력이 뒤따라야 한다. 누군가의 도움을 받고 간다면 그 길은 의외로 쉽게 갈 수 있다. 하지만 경험자의 도움 없이 혼자 가는 길은 그만큼 더 멀고 험할 수밖에 없다. 가까운 곳도 길을 몰라 뱅글뱅글 돌아 가까스로 찾아 갈 수 있다. 목표점이 바로 옆인데도 다다르지 못하고 주위를 배회만 할 수도 있다. 누군가 길만 알려줘도 한결 쉽게 목표점에 다다를 수 있다. 운전을 할 때 내비게이션의 도움을 받으면 큰 어려움 없이 목적지에 도달할 수 있게 되는 것과 마찬가지이다. 앞서 예시한 대로 색소폰을 배운다고 가정을 하자. 백지 상태에서 혼자 악기를 가지고 소리 내는 것부터 시작해 음계를 찾아내고 곡을 완성하려면 상상하기 어려운 고통이 뒤따를 것이다. 엄청난 시행착오를 겪어야 하는 것은 불문가지이다. 그러나 누군가가 거들어 주면 몇 곱절 쉽게, 가고자 하는 길을 갈 수 있다. 하물며 책 한 권을 쓰는 엄청난 일을 하면서 아무런 주위의 도움 없이 혼자서 그 길을 간다고 하면 그 길은 그만큼 험준할 것이다. 너무 힘들어 좌절하기를 반복하다가 중도 포기할 가능성도 그만큼 크다.

나는 책 쓰기가 색소폰을 배우는 일과 비교해 결코 더 쉽지 않다고 생각한다. 내가 색소폰을 배워 본 일이 없기 때문에 단정적으로 말하는 것이 경솔할 수 있지만 그만큼 책 쓰기가 만만한 일이 아님을 설명하고자 함이다. 누군가의 아무런 도움도 없이 색소폰을 혼자서 배우겠다고 시도하는 이는 없을 것이다. 악기를 구입하는 일부터 경험자의 조언을 받기 시작해 이후 한 단계 나아갈 때마다 경험자의 지도를 받는 것을 당연하게 여길 것이다. 이런 관점에서 이해할 때 책 쓰기도 당연히 경험자의 지도를 받아야 한다. 첫 번째 책을 출간할 때는 특히 그러하다. 그러나 이상하게도 글쓰기나 책 쓰기에 대해서는 누군가에게 배워가면서 차근차근 숙련도를 높여야 한다는 생각을 하지 않는 경우가 많다. 도움을 받아야 한다는 생각을 갖더라도 주위에서 글쓰기 또는 책 쓰기 전문가를 찾기란 쉽지 않다. 학원이 있는 것도 아니고 주위에 책을 출간한 경험이 있는 이를 찾아내는 일부터 암초에 부딪히게 된다. 설령 출간 유경험자라도 그가 누군가를 지도할 시간이 있는지 알 수도 없는 일이다. 또 출간의 경험은 있다고 하나 누군가를 체계적으로 지도해 줄 능력을 겸비하고 있는지도 파악하기 어렵다.

이런저런 이유 때문에 책 쓰기를 도와줄 경험자, 또는 전문가를 발굴하기란 쉽지 않다. 여기서 도움을 받을 수 있는 방법을 몇 가지 소개하고자 한다. 우선은 주위에 독서클럽이나 글쓰기 스터디 등의 모임이 활동하고 있는지를 조사해보면 된다. 아파트 단지별로 혹은 마을 단위로 이런 모임이 활성화돼 있는 경우가 의외로 많다. 가까이에서 찾지 못했다면 범위를 넓혀 시·군 단위로 그런 모임이 결성돼 활동하고 있는 경우도 있으니 안테나를 보다 넓게 작동해 봐야 한다. 인터넷을 검색하다 보면 의외로 많은 독서클럽이나 글쓰기 스터디 모임이 운영되고 있음을 확인할 수 있다. 독서클럽은, 읽기에 주력하는 모임이지만 경우에 따라서는 글쓰기 또는 책 쓰기에 관심을 갖고 서로 독려하면서 모임을 이끌어 가기도 한다. 글쓰기 모임은 주로 문학작품을 쓰고자 하는 사람들의 모임이 많다. 에세이 정도의 글을 쓰는 모임이 일반적이다. 전문적인 실용서를 쓰고자 할 때는 방향성이 안 맞을 수도 있으니 사전에 충분히 모임의 방향성을 파악한 후 가입하는 것이 좋다. 일부 지방에서는 책 쓰기 시민동호회 활동이 활성화돼 이 모임을 기반으로 성과물을 내는 이들도 양산되고 있다. 바람직한 방향이다.

최근 서울권을 중심으로 책 쓰기 전문가가 출판사와 연결돼 출간의 꿈을 꾸는 이들을 대상으로 몇 개월 과정의 캠프를 운영해 책을 쓸 수 있도록 지도해주는 활동이 성황이다. 이런 방법을 통하면 가장 빠르고 정확하게 자신의 책을 출간할 수 있다. 하지만 고액의 수강료를 지불하는 것이 일반적이다. 이 과정을 통해 평생소원인 본인의 책 출간에 성공한 이들도 의외로 많다. 이 같은 전문 출판과정 강좌는 주로 서울에서 진행되고 있다. 지방의 경우 지망생 모집부터 한계가 노출되고, 출판사와 연계하기 어렵다는 문제점도 있어 아직 활성화돼 있지는 않다. 과정에 참여하는 비용도 만만치 않아 이 또한 투자 능력이 없는 이들에게는 높은 벽이다. 주위에서 글쓰기나 책 쓰기 동아리도 찾지 못하겠고, 전문가들이 진행하는 캠프에도 시간상, 비용상 참여하기 어렵다면 주변 도서관이나 평생학습 기관을 방문해 유사한 과목이 개설돼 있는지 확인하고 관계자들로부터 안내를 받는 것도 좋은 방법이다. 평생교육기관 관계자들은 의외로 많은 시민들의 학습 동아리에 대한 정보를 갖고 있다. 출판사를 직접 찾아가 상담을 받아보는 것도 좋겠다. 출판사는 출간 경험이 있는 많은 이들의 정보를 소상히 알고 있어 도움을 줄 수 있는 인물을 찾아주기도 한다. 직원 규모가 10명 정도 되는 출판사는 전문 작가를 배치하고 있어 이들과 상담해도 큰 도움을 받을 수 있다. 유감스럽지만 지방에선 그 정도 규모의 출판사를 찾기 힘들다.

언제까지
주저만 할 것인가

　사람의 실천력 차이는 참으로 크다. 실력 차이야 어쩔 수 없는 일이라 하겠지만 실천력 차이는 극복할 수 있는 일인데 본인이 극복하지 못하니 안타까움이 그만큼 크다. 사람의 유형을 크게 나눌 때 돈키호테형과 햄릿형으로 구분한다고 한다. 뭐든 가리지 않고 저돌적으로 도전하고 시도하는 유형을 돈키호테형이라고 한다면, 할까 말까 망설이기만 반복하고 결단력 있게 행동으로 옮기지 못하는 유형이 햄릿형이라 하겠다. 책 쓰기를 하려면 단연코 돈키호테형 인간이돼야 한다. 마음먹었다면 즉시 시행에 옮길 각오로 단계에 착수해야 한다. 이런 저런 생각이 많아 이리 발목을 잡히고 저리 발목을 잡히다간 한 걸음도 나갈 수 없다. 책을 출간하기 어렵다는 얘기다. 주저하지 말고 과감하게 나서는 용기가 필요하다. 주저하는 이들의 유형은 참으로 여러 가지이다. 이들도 책을 쓰고 싶다는 마음은 먹는다. 하지만 이후 행동으로 연결시키지 못한다. 행동으로 연결시키지 못하는 이들의 한결같은 공통점은 계속 주저하고 망설이기만 한

다는 것이다. 그러면서 이런저런 핑계를 만들어 행동에 나서지 못하는 이유를 합리화한다. 핑계는 주로 '시간이 없다.', '마음의 여유가 없다.', '지금은 때가 아니다.' 등등이 주류를 이룬다. 이런 유형들의 입에서는 '나중에', '다음에', '시간 되면' 등등의 말이 끊이지 않는다. 어쩌면 습관이다.

  생각이 너무 많은 것도 이들을 행동에 옮기지 못하게 한다. 우선 실행에 옮기고 나면 어떤 방식으로든 해결법을 찾게 되고, 실행력은 더욱 가속화된다. 그러나 시작을 못하면 계속 제자리걸음만 하게 된다. 이런 유형의 사람들이 하는 생각은 때론 어처구니없기까지 하다. 예컨대 이들은 '내가 책을 쓴다면 남들이 비웃거나 흉보지 않을까?', '남들이 내가 썼다고 믿어주기나 할까?', '내가 정말 책을 쓸 수 있을까?', '책을 잔뜩 출간해 놓고 안 팔리면 어쩌나?', '책을 출간하려면 돈이 많이 든다던데?' 등등 아무 보탬도 되지 않는 유형의 걱정만 되풀이한다. 이런 고민들은 책을 쓰는 데 아무런 도움이 못 된다. 도움이 되기는커녕 방해가 될 뿐이다. 그렇지만 이처럼 실행에 돌입하지 못하고 주저만 하고 걱정만 하는 유형은 의외로 많다. 실제로 이 책을 읽으면서도 혀를 끌끌 차며, 또는 손바닥으로 무릎을 치며, 자신의 이야기를 하고 있다고 스스로 인정하는 이들도 많을 것이다. 걱정꾼들이 그만큼 많다는 방증이다. 불필요한 걱정을 하는 시간에 시작을 하면 한참 멀리 갈 수 있다. 주저하고 고민만 하던 시간에 실행을 시작했다면 지금쯤 벌써 한 권의 책을 완성해 서점에서 자신의 책을 찾아보는 희열을 경험했을 사람이 의외로 많다. 인생에 어떤 도움도 주지 못하는 불필요한 망설임을 떨쳐내는 일이 책을 쓰기 위해 해야 할 가장 급한 일이다.

주저하기만 하고 망설임을 즐기는 유형의 사람들의 공통점이 또 있다. 이들은 불필요한 자문과 조언에 너무도 많은 시간을 허비한다. 이 사람 말 듣고, 저 사람 말 듣고 하면서 마음 고쳐먹기를 계속 반복한다. 여러 사람으로부터 많은 자문과 조언을 했음에도 불구하고 또 다른 사람을 찾아가 그 사람에게 자문과 조언을 한다. 그러고는 마음을 고쳐먹고 또 다른 조언자를 찾는다. 그들이 계속 조언만 구하는 것은 실행에 옮길 의지력과 용기가 부족하기 때문이다. 고민하고 조언을 구할 시간이면 실행에 옮겼을 때 무척 많은 일을 할 수 있다. 책 쓰기를 같은 시점에 마음먹은 사람이 있다고 가정할 때, 실행력 있는 돈키호테형 사람이 책을 완성해 갈 무렵까지도 고민만 하고 주저하기만 하는 햄릿형 사람은 시작도 하지 못한다. 그들의 고민과 망설임은 끝이 없기 때문이다. 망설임과 주저함을 극복하는 방법은 주변인을 만나는 일을 중단하고 제대로 된 전문가를 만나는 일이다. 전문가를 통해 구체적인 방법을 제시받고 긍정적 동기부여가 된다면 실행력은 커질 것이다. 책 쓰기 클럽에 가입해 활동하거나 실행을 도와줄 전문가에게 자문료를 선납하고 곧바로 착수할 수 있도록 해달라고 부탁하는 것도 좋은 방법이다. 무료 강좌나 무료 개별지도를 받게 될 경우, 더욱 의지가 박약해질 수 있다. 적당한 선의 비용을 부담할 때 긴장감도 생기고 의지도 충천하게 됨을 잊지 말자.

오늘 바로
시작하라

지나치게 완벽을 추구하는 사람들이 있다. 이들은 참으로 책을 쓰기 어려운 유형 가운데 한 부류이다. 사실 사람에게 완벽한 시간이란 없다. 어떤 일이든 시작해서 진행하는 가운데 완벽에 가깝도록 완성도를 높여나가는 것이다. 완벽하게 마음가짐을 갖고, 완벽하게 자료 수집을 마치고, 완벽하게 시간을 확보하고, 완벽하게 비용을 마련하고, 완벽하게 마케팅 준비를 하고 책의 출간을 준비하는 사람은 아무도 없다. 일을 벌여놓고 진행하는 과정에 하나씩 준비하고 해결해 나가는 것이다. 노련한 전문가도 마찬가지이고 이제 처음 책 쓰기를 시작하는 초보자도 마찬가지이다. 완벽한 준비 상태에서 책 쓰기를 시작하기란 불가능하다고 할 수 있다. 또한 아무리 완벽한 준비를 했다고 해도 실제 일을 진행하다 보면 곳곳에서 예기치 못했던 돌발 상황이 발생하게 되고 그로 인해 당초 구상했던 추진방향을 수정해 가며 목적지에 이르게 된다. 그러니 완벽한 준비란 있을 수 없는 것이다. 완벽한 준비를 한 후 책 쓰기에 착수하겠다고 하는 것

은 끝내 시작하지 않겠다는 것과 별반 다르지 않다.

　이 같은 상황에 대해 혹자들은 '완벽주의의 함정'이라고 표현을 한다. 완벽하게 준비해 시행착오 없이 일을 마치겠다는 과도한 욕심에서 벗어나지 못하면 책 쓰기는 영원히 꿈으로만 남게 된다. 내가 완벽주의의 함정에 빠져 착수하지 못하고 있는 사이 누군가 결단력 있게 실행에 돌입해 내가 세상에 발표하고자 했던 책을 먼저 발표해버리고 만다. 그렇게 되면 내가 그동안 준비했던 모든 과정들은 일순간 수포로 돌아가게 된다. 왜냐하면 순발력 있게 책을 출간하는 사람들은 시류의 흐름을 너무도 잘 알고 유행어를 따라, 또는 인기 있는 인물이나 주제를 따라 책을 출간한다. 예를 들어 대선을 앞둔 시점에 출판사들은 당선 가능한 인물에 대한 출간을 준비해 당선이 확정된 시기부터 시작해 취임 초기에 이르는 기간 집중적으로 마케팅을 전개한다. 모든 언론 매체가 집중적으로 대통령 당선인에 대한 홍보물을 쏟아내기 때문에 대중들의 관심이 당선인에게 집중되는 것은 당연하다. 그 반짝 시기를 놓치게 되면 책의 인기는 급락하고 만다. TV 드라마나 영화가 선풍적인 인기몰이를 할 때도 관련 책의 판매는 급증한다. 완벽한 준비를 이유로 고민만 하고 주저하고 있을 때 민첩한 이들은 벌써 책을 내놓기 시작한다. 그런 면에서 전문가들은 책을 쓰기 시작하는 가장 바람직한 시점이 바로 '오늘'이라고 말한다.

　공공부문이든 민간부문이든 조직에서 청춘을 바친 이들 중 상당수는 자서전 형태의 책 쓰기 로망을 갖고 있다. 그들은 실제로 "내가 겪은 이야기를 책으로 엮으면 베스트셀러가 될 것이다."라는 말을 거리낌 없이 하며 자신의 경력과 경험을 과시한다. 그러면서 정년 후에 자신의 책을 쓰겠다고 말한다. 그러나 그것은 잘못돼도 한참 잘못된 생각임을 알아야 한다. 정년 이후에 책을 쓰겠다는 생각은 갱년기 이후에 애를 낳겠다는 생각과 큰 차이가 없다. 정년 이후에 책을 쓰겠다고 말하는 이들에게 한 가지 묻고 싶다. "혼기를 앞둔 자녀가 있다면 당신이 현직에 몸담고 있을 때 결혼식 하기를 원합니까? 아니면 정년 이후에 결혼식 하기를 원합니까?" 이 물음에 정년 이후에 혼사를 치르고 싶다는 사람은 아마 단 한 명도 없을 것이다. 그들이 퇴임 전에 자녀들의 혼사를 치르려 애쓰는 것은 그래야만 많은 하객들을 불러 모을 수 있고, 그런 만큼 많은 축의금을 거둬들일 수 있기 때문이다. 실제 현직에서 물러난 상태에서 혼사를 치르면 하객 수가 확연하게 줄어드는 것을 우리는 쉽게 목격한다. 그런 현상은 지극히 당연하다. 그래서 조직에 몸담고 있는 이들은 예외 없이 자신이 현직 직함을 갖고 있을 때 자녀들의 혼사를 모두 마치고자 애쓴다.

그럼에도 불구하고 책 쓰기는 굳이 정년 이후에 하겠다고 한다. 순진한 마음에 현직에서 물러나면 시간도 많아지고 마음에 여유도 생길 테니 그때 써야겠다고 생각하는 것 같다. 너무 계산적으로 들릴 수 있으나 책 쓰기도 자녀 결혼식과 똑같은 관점에서 이해해야 한다고 설득하고 싶다. 현직에 있으면서 넓은 인간관계를 형성하고 있고, 영향력을 발휘할 수 있을 때 책이 출간돼야 그 파급효과가 커지는 것은 너무도 당연한 일이다. 내가 현직을 떠나 한가한 사람이 됐을 때 책의 영향력은 반감된다는 사실을 잊어선 안 된다. 애써 세상에 나온 내 책이 관심 받지 못하고 서점 창고에, 내 집 서재에 수북이 쌓여 있는 모습을 지켜보는 일은 생각보다 서글프다. 내가 왕성한 활동력을 발휘하고 있을 때가 바로 내 책이 출간돼야 할 시점이다. 그래야 주인 덕에 책도 주목받을 수 있다. 많은 사람이 읽어 여기저기서 호평이 쏟아져야 더 많은 판매가 이루어지고 책의 영향력도 커지는 것이다. 그래서 책은 현직에서 가장 왕성한 활동력을 보이는 시기에 출간될 수 있게 준비해야 한다. 한창 업무 숙련도가 올라가고 인간관계 교류의 폭이 넓어지는 인생의 전성기가 시작되는 시점이 책을 출간해야 하는 시점임을 명심하자. 그래서 오늘 당장 책 쓰기 구상에 돌입해야 한다.

퇴임하고
한가할 때 쓰겠다고?

　내가 책을 세상에 냈고 그 책들이 전국 주요 서점에 비치됐다고 가정하자. 온라인 서점과 각종 인터넷 쇼핑몰에서 판매가 시작됐다고 하자. 지그시 눈을 감고 내 책이 과연 몇 권이나 팔릴지 생각해보자. 내가 평소 얼마나 많은 책을 구매했는가도 성찰하면서 말이다. 또 내가 얼마나 무명작가들의 책을 구매해 주었고 열심히 읽었는가도 곰곰이 생각해 보자. 남들처럼 몇만 권, 몇천 권이 금세 팔릴 것이라고 생각하는가. 나와 친분 관계가 있는 이들이 "내가 아는 사람이 책을 출간해 서점에서 판매되고 있네."라고 기뻐하거나 신기해하며 한 권씩 구매하는 경우를 제외한다면 과연 내가 쓴 책이 몇 권이나 불특정 소비자들의 구매를 자극할까 이성적으로 생각해 보면 책을 판매하는 일이 쉽지 않음을 예감할 것이다. 지인들이 예의상 또는 격려 차원에서 구매해 주는 책을 포함한다 해도 수백 권을 팔기란 결코 쉽지 않다. 실상 세상에 나와 전국의 서점에 뿌려진 책 가운데 전체 판매된 수량이 수만 권은 고사하고 단 1,000권을 넘는 책

이 그리 많지 않다. 비참한 이야기지만 사실이다. 웬만한 마당발이 아니라면 지인들이 단체로 구매해 주거나 10권, 20권, 30권 단위로 대량 구매해 주는 수량을 포함해도 1,000권을 넘기기란 결코 쉽지 않다.

책을 발간하는 일은 적어도 수백만 원 이상의 자금이 동반된다. 누구나 읽고 싶어 하는 인기 만점, 영양 만점의 내용으로 쓰인 원고이거나 저자가 국내 상위 1%에 속하는 유명작가라면 모를까 그렇지 않다면 출판사가 전액 자부담으로 책을 발행하는 일은 거의 없다. 책을 발행할 때는 저자가 전액 출판비용을 부담해 원하는 수량만큼의 책을 주문하는 방식을 사용하기도 하고, 출판사와 저자가 협의해 일정 수량의 제작비용을 각자 책임지는 방식을 사용하기도 한다. 가장 적게 발행하면 불과 100~200권을 발행할 수도 있지만 대개는 500권 이상이 출판을 위한 최소 분량이다. 일반적으로 초보자라도 1,000권가량의 책을 발행하는 것이 상례이다. 1000권이라 하면 별 것 아닌 것처럼 느껴질지 모르지만 1,000권을 한데 모아 쌓으면 적지 않은 부피이다. 큰 수레에 한가득 차는 분량이다. 1,000권을 발행해 저자가 수백 권을 지인들에게 나눠주고 나머지 수백 권이 일선 서점에 뿌려졌다고 가정했을 때 단 100권도 팔리지 않는 책이 부지기수이다. 특히 전문가의 도움을 받지 않고 저자 혼자서 구상한 대로 책을 발행하고 별도의 비용을 들여 마케팅 활동을 전개하지 않았다면, 수백 권의 책을 판매하기란 녹록지 않다. 저자가 연예인이나 정치인 등 유명세를 타는 인물이 아니라면 더욱 그러하다. 책 내용이 아무리 좋아도 대중의 시선을 끌 기폭제가 없다면 책은 서점 창고에 쌓일 확률이 높다.

그나마 최소 몇백 권, 경우에 따라서는 몇천 권의 책을 판매하고 사람들이 관심을 갖고 읽어보게 하는 방법은 저자가 현직에서 왕성한 활동을 하고 있는 경우이다. 현직에 있다는 것은 그가 특정 업무나 분야에서 키맨 역할을 할 수 있다는 것을 의미한다. 키맨은 그의 판단에 의해 어떤 정책방향이나 구매가 결정되도록 하는 등 업무상 막강한 영향력을 행사하는 사람을 지칭한다. 현직을 떠난 상태에서 키맨이 될 수 없다. 너무 야박한 이야기처럼 들릴지 모르겠으나 세상이 그러니 어쩔 수 없다. 대중들은 곳간의 열쇠를 내려놓은 사람을 더 이상 주목하지 않는다. 어떤 이를 주목하는 것은 그 인물의 됨됨이라기보다는 그가 움켜쥐고 있는 열쇠인 경우가 많다. 그러니 내가 손에 있는 열쇠를 모두 내려놓고 무장해제된 상태에서 쓴 책이 세상의 주목을 받아 나를 실망시키지 않을 수준의 판매고를 올린다는 것은 결코 쉽지 않은 일이다. 책은 내가 현업에 종사하고 있을 때, 가장 물이 오른 현장 감각을 기반으로 집필할 때 가장 좋은 작품이 나온다. 내가 손에 쥔 열쇠 꾸러미가 가장 많을 때 가장 높은 판매고를 올릴 수 있음은 설명이 필요 없는 사실이다. 이렇게 설명했는데도 퇴임 이후에 책을 쓰겠다면 더 이상 할 말은 없다.

자서전은
나중에 써도 된다

책을 써보지 않은 사람들의 공통된 특징 하나가 있다. 이들은 처음으로 한 권의 책을 쓴다고 할 때, 대부분 자서전을 쓰고 싶어 한다. 자신의 일대기를 정리해 한 권의 책으로 만들어 기록으로 남기고 싶어 하는 것이다. 그래서 자서전을 쓰고 싶어 하는 이들이 많고, 이들은 자기 스스로의 힘으로 자서전을 쓰는 것을 인생의 목표 중 하나로 잡는다. 그들이 왜 자서전을 쓰고 싶어 하는지, 어떤 내용을 담고 싶어 하는지 대충은 알 만하다. 하지만 여러 차례 책을 출간한 경험자 입장에서 자서전 쓰기를 그다지 권하고 싶지는 않다. 자서전 자체가 무의미하다는 것이 아니라 서둘러 자서전을 쓸 필요가 없다는 것이다. 자서전 말고도 써야 할 책, 대중이 원하는 책은 얼마든지 있다. 하고많은 책 가운데 굳이 자서전을 먼저 쓸 필요가 없다는 말을 하고 싶다. 자서전은 이후 언제라도 쓸 수 있다. 자서전보다 먼저 세상이 원하는 책을 쓰라고 권하고 싶다. 앞서 밝혔듯이 책 쓰기는 묘한 마력을 갖고 있다. 딱 한 권만 쓰겠다고 다짐한 사람도 한 권을

완성하고 나면 두 번째, 세 번째 책 쓰기에 나서게 된다. 그렇지 않은 사람도 있겠지만 내가 지금껏 보아온 대부분의 사람들은 그러했다. 지금껏 보아온 사례로 미루어 첫 저서로 자서전을 쓰는 것은 효율성 면에서 바람직하지 않다. 자서전은 인생 후반부에 써도 늦지 않기 때문이다.

노인들을 대상으로 하는 자서전 쓰기 특강이 진행되는 것을 여러 곳에서 목격했다. 어느 시·군·구는 지자체 차원에서 관내 노인 분들을 대상으로 자서전 쓰기 지원사업을 벌이는 경우도 있다고 들었다. 지자체가 전문가 강좌를 개설하고 노인분들이 참여할 수 있도록 도와주거나 출판비를 지원하는 경우도 있다고 한다. 지자체가 할 수 있는 아주 좋은 사업이라고 평가하고 싶다. 아주 고령인 노인 분들을 대상으로 하는 자서전 쓰기라면 모를까 이제 막 은퇴하고 현직에서 물러난 50대나 60대라면 자서전 쓰기는 한참 뒤로 미뤄도 된다. 그들은 아직 사회에 해야 할 일이 너무도 많다. 그들이 사회에 전해주어야 할 전문성 있는 노하우는 많다. 평생 현직에서 축적한 엄청난 노하우와 정보를 후배들에게 전해주는 일에 전력해야 할 나이이다. 그러니 자신의 인생을 되돌아보고 정리하는 책의 출간은 나중으로 미루고 우선 먼저 자신의 전문성을 살릴 수 있는 책을 쓰는 일에 몰두해야 한다. 그런 종류의 책을 한두 권 집필하고 나면 자서전 정도의 책은 큰 노력을 기울이지 않고도 편히 쓸 수 있게 된다. 책을 몇 권 써보면 어떻게 써야 읽히는 책이 되고, 어떻게 써야 효율적으로 독자에게 접근할 수 있는지를 알게 된다.

자서전을 꽤 여러 권 읽고 마치 한 사람이 쓴 것과 같은 획일적 스타일로 집필됐다는 점을 느꼈다. 그래서 자서전 쓰기를 가이드하는 전문가들이 집필한 책을 읽어 보았고, 이후 왜 대한민국 땅에서 출간되는 그 많은 자서전들이 한결같이 같은 폼으로 집필됐는지 알 수 있었다. 전문가가 썼다는 가이드북 자체가 같은 폼을 소개하고 있다. 어린 학생들에게 일기를 쓰라고 하면 아침부터 저녁까지 있던 일을 시간 순으로 나열하고 맨 아랫줄에 '참 재미있었다.'라고 클로징을 하는 것과 다를 바 없는 획일적 구조이다. 몇 해 전 어버이날을 앞두고 모 단체로부터 중·고교생 800명이 쓴 편지수기를 심사해 달라는 의뢰를 받았다. 처음엔 가벼운 마음으로 시작했다가 불과 몇 시간인 지난 후부터 요새 유행하는 말로 멘탈이 붕괴됨을 느꼈다. 계속 같은 형식, 같은 내용이 반복됐기 때문이다. 마치 한 사람이 쓴 것 같은 느낌을 지울 수 없었다. 끝까지 인내심을 가지고 모든 편지를 읽었지만 눈에 띄는 작품을 찾을 수 없었다. 심사하는 일이 즐겁고 보람되기보다는 무척 고통스럽고 힘들었다. 몇몇 우수작을 선별해내는 데도 여간 힘든 게 아니었다. 그때 우리나라 교육 현장에서 글쓰기 교육이 얼마나 부실한지를 실감했다. 가르치기부터 획일적으로 가르치니 그 틀에 맞춰 쓰는 글이 개성이 넘칠 수는 없는 노릇이다.

단순 글쓰기뿐 아니라 한 권의 책을 만드는 데도 이 같은 글쓰기 교육 부재의 후유증은 여실히 나타난다. 자서전을 읽다 보면 어쩌면 그렇게 같은 형식, 비슷한 내용으로 한 권의 책이 만들어졌는지 놀라지 않을 수 없었다. 실제로 자서전을 쓰고 싶다는 이들을 만나 이야기를 나눠보면 그들 역시 내가 지금껏 보아온 형식의 자서전과 같은 책을 만들려고 구상하고 있음을 확인하게 된다. 전문가라는 사람들이 출간한 책부터 그렇게 안내를 하고 있으니 비전문가인 그들이 그런 형식대로 따라가려 하는 것은 당연하다. 전문가라는 강사들이 강의를 통해 그렇게 쓰는 것이라고 일러주니 그들이 그렇게 방향을 잡는 것은 당연하다. 전문가라는 이들이 그렇게 쓰라고 가이드북을 세상에 내놓고, 그렇게 강의를 하고 있어 그 책을 읽은 이들이 그렇게 쓰는 것이다. 그러니 천편일률적인 자서전을 썼다고 해서 그들을 탓할 수 없다. 그러나 글쓰기가 생활화돼 있고 책 쓰기 경험이 있는 진정한 전문가라면 이런 형식이 대단히 매너리즘에 빠져 있는, 재미없는 글이란 사실을 알게 된다. 글쓰기와 책 쓰기도 기술인지라 몇 권의 책을 발간해보면 진정 좋은 글을 쓰는 방법, 독자들이 재미있어 하고 편해하는 글을 쓰는 방법을 터득하게 된다. 그래서 몇 권의 책을 쓰고 난 후 나중에 자서전을 써도 늦지 않다고 자신 있게 주장하는 것이다.

현재 출간돼 있는 대부분 자서전의 특징은 재미가 없고, 독자들의 흥미를 유발할 기본 요소가 부족하다는 공통점이 있다. 천편일률적으로 유소년기, 청년기, 중년기, 장년기로 나누어 시대 순으로 글을 엮어냈다는 공통점도 있다. 재미가 없다는 것은 독자들의 관심과는 동떨어진 자신만의 이야기를 하고 있기 때문이다. 아무리 자신의 인생을 정리하는 자서전이라 할지라도 책이기 때문에 일단 재미가 있어야 하고 유익해야 한다. 자신만 아는 가정사를 나열하고 살아온 이야기를 시대순으로 풀어낸 글이 저자와 아무런 관계가 없는 일반 독자들의 관심과 흥미를 이끌어낼 수는 없다. 이미 출간된 자서전의 대부분은 가난한 환경을 극복하고 공부해서 사회에 진출해 고생 끝에 일정 수준의 부와 명예를 이뤄낸 이야기가 대부분이다. 본인은 감격에 겨워 눈시울을 붉혀가며 한 줄 한 줄 써 내려갔을지 몰라도 저자와 특별한 관계가 있는 사람이 아니라면 전혀 관심 없는 이야기이다. 그러니 재미가 있을 수 없다. 그 책을 재미있다고 여기고 가치가 있다고 여기는 것은, 또한 끝까지 정독해서 읽는 사람은 저자 자신과 가족들뿐이다. 나머지 사람들은 머리말과 목차 정도만 보거나, 목차를 살펴보다 자신과 관련 있는 부분이 발견되면 한두 꼭지만 읽고 그대로 책장에 꽂아 둔다. 책장에 한번 꽂히면 이후 절대 다시 찾지 않게 된다. 몇 번의 이사를 하는 동안 겨우 살아남기를 몇 번 하다가 결국 나중에는 종이류 재활용품 장으로 옮겨지는 운명을 맞는다. 재미가 없고 너무 뻔한 내용이기 때문이다. 그러니 몇 번의 출간 노하우가 축적된 후에 자서전을 쓰는 것이 옳다. 책 두 권 정도를 발행하고 나서 자서전 집필에 나서면 독자의 관심을 끌 수 있는 구성과 내용으로 쓸 수 있다. 집필기간도 대폭 단축시켜 단기간에 완성할 수 있다. 내 인생을 정리하는 책인데 가치 있고, 의미 있게 써야 하지 않겠나.

소재가
없다고?

　한 편의 글을 쓰려면 가장 먼저 해야 할 일은 글의 소재를 찾는 것이다. 소재란 도대체 무엇에 대해 글을 쓸 것인가이다. 단편적인 글쓰기도 마찬가지겠지만 한 권의 책을 집필할 때도 상황은 같다. 자신이 쓰고자 하는 책의 소재를 발굴하는 것이 가장 먼저 해야 할 일이다. 대개의 사람들은 '나처럼 평범한 사람이 무슨 수로 책 한 권 분량의 전문 지식을 쏟아내나. 단 한 편의 글을 쓸 소재도 없는데?', '그저 하루하루 같은 일을 반복하며 사는 내가 뭐 특별하게 아는 것도, 겪은 일도 없는데 무슨 내용으로 책을 쓴단 말인가?'라는 생각을 한다. 책은 대단한 학식과 지식이 있는 대단한 사람이 쓰는 것이라고 여기기 때문에 자신은 책을 쓸 자격도 없고, 능력도 없다고 단정한다. 그래서 책을 쓴다는 생각을 하지 않고, 자신이 무엇에 대해 책을 쓸 수 있을까에 대해서도 생각하지 않는다. 그러니 책을 쓸 수 있는 소재가 없을 수밖에 없다. 소재를 발굴해 내지 못하는 데다 아직도 책은 대단한 전문가만 쓰는 것이라는 생각을 갖고 있으니 자신

이 책을 쓰겠다는 생각에 접근하지 못하는 것이다. 이 같은 생각은 아주 오래전 극소수 전문가만 책을 집필하던 시대의 생각에서 벗어나지 못하고 있는 것이다. 지금은 누구나 전문가인 시대이고 누구나 책을 쓸 수 있는 시대가 됐다는 사실을 깨닫지 못하고 있는 것이다. 소재를 찾지 못하는 것은 바로 이런 이유에서 출발한다.

내 책을 내가 써보겠다는 의지가 확고하면 '무엇에 대해 써야 하나?'에 대한 고민이 시작된다. 무엇에 대해 쓸 것인지를 결정하려면 자신에 대한 냉철한 분석이 먼저 필요하다. 자신의 일과를 천천히 분석적으로 생각해 보면 내가 어느 분야에 대해 책을 쓸 수 있을지 가닥이 잡힌다. 아주 쉬운 예를 소개해 보겠다. 내가 서울 소재 모 대학에서 30명이 못 되는 인원과 한 학기 과정의 수업을 이수한 일이 있다. 이들 가운데 자신의 저서를 발간한 사람이 몇 있다. 그들이 책 쓰기 소재를 무엇으로 어떻게 잡았는지를 살펴보면 책의 소재를 어떻게 잡는지 감이 잡힐 것이다. 50대 초반의 평범한 직장인 A씨는 '나의 직업은 아빠입니다'라는 제목으로 책을 출간했다. 제목에서 알 수 있듯이 자신이 아빠의 위치에서 아이들과 교감하며 가정을 모범적으로 이끌어 가는 소소한 일상을 소개했다. 어느 가정에나 있을 가족 구성원 간의 갈등과 충돌을 극복해 가는 방법, 가족회의를 이끄는 방법, 가족여행을 갈 때 준비하고 각자의 역할을 배분하는 방법 등이 주요 내용을 이룬다. 아주 쉽게 쓴 글이어서 읽으면서 이내 이해가 된다. 이 책을 읽으면 '이런 일상 속의 이야기도 책의 소재가 될 수 있구나!' 하는 생각을 하게 된다.

60대로 접어든 여성 B씨는 교직생활 정년을 불과 몇 년 앞두고 명예퇴직을 한 후 다양한 활동을 하며 바쁜 인생을 살아가고 있다. 그녀는 '워킹맘을 위한 육아 멘토링'이란 제목의 책을 발간했다. 가정과 직장을 모두 지켜내야 했던 워킹맘으로 살아온 자신의 경험담을 쏟아내며 동시에 초보 워킹맘들이 반드시 알아두어야 할 일, 해서는 안 될 일 등을 조목조목 설명했다. 이 책은 워킹맘들이 겪는 고충을 낱낱이 이해하는 관점에서 썼기 때문에 읽은 워킹맘은 동병상련을 느끼며 공감하고 위로를 받을 수 있다. 세상에 워킹맘은 많다. 그들은 남모르는 고충과 어려움 속에 살고 있다. 그들에게 선배 워킹맘들이 전하는 위로의 메시지와 육아의 지혜는 너무도 간절하다. 무심코 보면 보이지 않을 너무도 흔한 워킹맘이라는 소재가 훌륭한 한 권의 책으로 탄생할 수 있었다. 역시 공무원 정년을 몇 년 앞두고 명예퇴직한 C씨는 '인생 2막, 이렇게 준비했다'라는 책을 발표했다. 이 책은 제2의 인생을 하루라도 빨리 적응하기 위해 철밥통을 박차고 나와 새로운 세상에 적응해나가는 자신의 리얼스토리를 담았다. 자신이 현직에 있을 때부터 퇴임 후 새로운 직업을 갖기 위해 준비했던 과정을 소개하며 같은 처지에 놓여 있는 후배 직장인들에게 자신감을 안기는 한편 새로운 삶을 개척해 가는 비법을 소개하고 있다. 세상엔 워킹맘도 많고, 제2의 인생을 준비하는 이들도 많지만 소수만 자신이 겪은 노하우를 책으로 엮어낼 소재로 잡아낸다. 마음의 눈을 크게 뜨고 천천히 자신의 삶을 뒤적이면 책으로 쓸 소재는 널려 있다. 눈을 안 뜨고 마음을 닫으니 안 보일 뿐이다.

엄청난 지식만 책의 소재가 되는 것은 아니다. 아빠로서 아이들과 소통하며 행복한 가정을 이끌어가는 노하우와 더불어 가장으로서 잘못한 일에 대한 후회와 반성 등의 내용도 훌륭한 책의 소재가 된다. 이미 대한민국 여성의 일반적 모습이 돼버린 워킹맘 생활을 미리 경험한 선배로서 후배들에게 해줄 육아와 관련된 노하우를 모아 책의 소재로 삼은 것도 좋은 사례이다. 퇴임을 앞두고 제2의 인생을 준비하고 있는 이들에게 지침서 역할을 해줄 경험담을 묶은 것도 훌륭한 책의 소재가 됐다. 이렇듯 책의 소재는 학술적이거나, 전문적인 영역이 아니어도 얼마든지 가능하다. 오히려 누구나 겪는 일상생활 속의 일들이 쓸 내용도 풍부하고 독자들에게 훨씬 가까이 다가갈 수 있는 좋은 소재라 할 수 있다. 자신이 어렵게 체득한 삶의 지혜를 다른 이들이 한결 용이하게 극복할 수 있도록 해주는 가장 좋은 길이 책을 쓰는 일이다. 책의 소재는 자신의 직업과 연관된 것이면 좋다. 그만큼 전문성이 보장되기 때문이다. 그렇지만 꼭 그럴 필요는 없다. 취미생활이나 신앙생활, 친목활동 등 생활 곳곳에서 겪은 경험을 토대로 진솔하게 쓸 수 있는 내용이라면 모두가 좋은 소재가 될 수 있다. 누구나 겪는 일이라도 아직 경험하지 못한 이에게 이미 경험한 이가 체계적으로 전하는 메시지는 좋은 책의 소재가 된다. 누구나 책을 쓸 수 있는 좋은 소재는 갖고 있다. 찾으려 애쓰지 않고 있어서 찾지 못하고 있는 것뿐이다.

책 쓰기의
설계도 목차

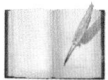

집을 지어본 사람에게 집 짓는 일은 그리 어렵지 않다. 경험을 통해 집 짓는 방법을 알고 있기 때문이다. 경험이 없는 이라면 우람하게 버티고 서있는 집의 모습을 보며 '저렇게 큰 집을 어떻게 짓나?' 감탄하며 집 짓는 일을 어려운 남의 일로만 여긴다. 책 쓰기도 마찬가지여서 한 권의 책을 보면 무경험자들은 '저렇게 많은 분량의 원고를 무슨 수로 쓰나?' 하고 겁에 질린다. 하지만 책을 써본 사람은 책 쓰는 일이 그리 어려운 일만은 아니라는 생각을 갖는다. 왜냐면 이미 경험을 해봤기 때문이다. 집을 지을 때도, 대규모 빌딩을 지을 때도 시작할 때는 막막하게 여겨지지만 단계별로 하나씩 하나씩 공정을 진행하다보면 아무리 큰 규모라도 완성할 수 있게 된다. 공정을 단계별로 진행할 수 있는 것은 설계도가 있어서 가능하다. 설계도는 집을 짓는 데 절대적으로 필요한 계획서이다. 아무리 복잡한 공정이라도 설계도에 따라 차근차근 공사를 진행하면 언젠가 건물은 완성된다. 책의 집필을 완성하는 것도 설계도대로 차근히 진행하

면 된다. 설계도가 그려지면 막연함과 두려움이 사라진다. 자신감이 생기고 계획도 구체화된다. 그렇다면 책을 쓰는 데 설계도는 무엇인가. 그것은 바로 목차이다. 목차는 전체 책 쓰기 일정을 조절하고 책의 구성을 계획하는 설계도면이다. 그래서 책 쓰기에 나서는 사람들은 목차가 완성되면 책 쓰기 공정의 절반이 완성됐다고 말한다.

목차를 만드는 일은 책을 만드는 과정 중 가장 중요하다고 해도 과언이 아니다. 목차를 잘 짜야 책 구성이 짜임새가 있고 같은 주장이 중복되지 않는다. 목차가 완성되면 저자는 어떤 내용을 얼마만큼의 분량으로 어떻게 써야 할지 전체적 틀을 잡게 된다. 목차를 짜면서 전체적인 내용이 더욱 체계화될 수 있게 쓸 내용의 순서나 비중을 조절할 수 있게 된다. 목차를 짜는 과정을 진행하면서 하는 또 다른 중요한 일은 낱낱의 소제목들이 집필하고자 하는 책의 전체 소재에서 벗어나지 않는지 여부를 확인하는 것이다. 소제목을 잘 잡으면 자신이 쓰고자 하는 내용이 머릿속에서 술술 풀려나온다. 적어도 책을 쓰고자 마음먹고, 준비하고 있는 사람이라면 소제목만 보고도 기록하고 싶은 내용이 머릿속에서 줄줄 쏟아져야 한다. 자신이 쓰고자 하는 내용에 부합한 소제목이 매겨졌을 때 생각 보따리는 잘 풀린다. 그래서 소제목 하나하나를 정할 때도 신중하게 생각하고 최선의 선택을 해야 한다. 소제목은 저자에게는 풍성한 쓸거리를 풀어내게 하는 나침반 역할을 하고, 독자에게는 내용을 짐작하게 하거나 읽고 싶은 충동을 느끼게 만드는 광고 같은 역할을 한다. 책은 전체 제목인 표제를 비롯해 각 장의 제목, 단원 소제목까지 모두 좋은 제목을 매기는 것이 무엇보다 중요하다. 비주얼이 좋고 향기가 좋은 음식이라야 식욕이 생기듯 제목이 좋아야 읽고 싶은 마음이 생기기 때문이다.

그렇다면 목차는 어떻게 정하는 것인가. 책을 쓰는 사람마다 각기 다른 방법을 택할 것이기 때문에 단정적으로 어떻게 하는 것이라고 밝히기 어렵다. 다만 이 책에서는 저자인 내가 이용하는 방법을 소개하고자 한다. 책은 4장 또는 5장으로 구성하는 것이 일반적이다. 그래서 4~5개의 장章 · Chapter으로 나눠 큰 틀을 정하고 그 하부에 10~12개 꼭지Session의 글을 작성하면 된다. 가령 요리에 대한 책을 쓴다고 가정한다면 대략 4개나 5개 정도의 장으로 나누어 장의 제목을 우선 정한다. 4~5개의 장을 나눌 경우, 장의 구분을 어떻게 할 것인지를 먼저 정한다. 국, 찌개, 무침, 볶음으로 나눌 것인지 또는 경기요리, 강원요리, 충청요리, 호남요리, 영남요리로 나눌 것이지 아니면 어린이가 좋아하는 요리, 청소년이 좋아하는 요리, 장년과 중년이 좋아하는 요리, 노인이 좋아하는 요리로 나눌 것인지를 먼저 정한다. 요리라는 소재를 가지고 장을 나누는 방법은 수십, 수백 가지가 될 수 있다. 장의 편성을 마친 후에는 각 장의 주제에 부합하는 글을 쓰기 위한 소제목을 발굴해 채워나가면 된다. 이때도 각 장에 10~12개 남짓한 꼭지의 글을 배치한다고 가정하고 소제목을 정하면 된다. 장의 구분을 먼저 하고 나중에 하부 소제목 글을 배치하면서 유사한 내용이 중복 배치되지 않도록 하고 장의 제목에 걸맞지 않는 글이 배치되지 않도록 유념하면서 목차를 완성해야 한다. 물론 소제목을 잡으면서 저자는 머릿속으로 어떤 글을 어느 정도의 분량으로 쓸 것인지에 대한 생각을 멈춰선 안 된다.

반대의 방법으로 목차를 정할 수도 있다. 우선 내가 쓰고 싶은 이야기의 소제목을 생각하는 대로 기록하고 이후 그것을 비슷한 내용끼리 묶어내는 방식이다. 기록을 할 때는 어떤 기준이나 형식에 얽매이지 않고 그저 생각나는 대로 적는다. 막힘없이 생각나는 대로 거침없이 적어 내려간다. 어차피 조정하는 과정을 거쳐야 하기 때문에 처음부터 완벽한 제목을 잡으려고 애쓰지 않아도 된다. 쓰고 싶은 이야기를 대략 50~60개 소제목으로 정리하고 그것을 연관성 있는 주제별로 묶어내는 작업을 한다. 그것을 묶어내면 그것이 장章이 된다. 책 한 권은 대개 4~5개 장으로 구성하는 것이 일반적이다. 비슷한 내용의 소제목들을 모아 대략 10~12개씩 장 하부에 배치하면 된다. 소제목을 배열하는 과정에서 어울리지 않는 소제목은 과감하게 버리기도 하고 유사한 내용이라면 하나로 묶어내기도 하며 장을 완성한다. 특정 장에는 기록하고 싶은 내용이 많은데 다른 장에는 내용이 부족할 수도 있다. 각 장의 하부 소제목 꼭지 수를 똑 같이 맞출 필요는 없다. 1~2개 이내의 차이가 날 정도로 비슷한 수준으로 맞추는 것이 좋겠지만 꼭 그럴 이유는 없다. 어떤 장은 4~5개 꼭지의 소제목이 붙고, 어떤 장에는 15개 꼭지 이상의 소제목이 붙어도 무관하다. 그것은 전적으로 집필자의 자유이다. 각 장마다 비슷한 수의 소제목을 배열하는 것은 관행일 뿐 정해진 원칙은 아니다. 각 꼭지의 글 분량을 줄여 20개 넘게, 또는 30개 넘게 배열해도 무관하다. 책을 쓰기 위한 설계도인 목차가 완성되면 막연했던 두려움도 감소하고 한결 자신감이 생기는 것을 느끼게 될 것이다. 매 순간 노련한 전문가의 도움을 받는다면 한결 쉽게 목차를 완성할 수 있음은 당연하다.

죽기 전에
내 책 쓰기

제2장

읽는
리더에서
쓰는
리더로

읽는 리더에서
쓰는 리더로

　인류의 역사는 대략 40만 년 전후로 추정된다. 실로 어마어마한 세월이다. 이 긴 시간 중 불과 5,000년이 인류가 파악하는 역사시대이다. 그 이전의 시대는 기록이 없어 화석이나 기타 자연현상을 통해 추정하는 시대일 뿐이다. 그래서 그런 시대를 역사 이전의 시대라 하여 선사시대라고 부른다. 역사시대가 시작된 이후 인류는 이런저런 형태로 자신들의 흔적을 남겼다. 벽화를 그리기도 했고, 석고나 목판, 가죽 등에 그림을 남기기도 했다. 문자를 만든 이후에는 보다 적극적으로 역사를 기록했다. 종이가 발명되기 이전부터 인류는 나무나 가죽 등을 이용해 책을 만들어 자신들이 익힌 정보나 지식을 후세에 또는 지역적으로 떨어져 있는 다른 인류에게 전달하고자 시도했다. 책은 시공을 초월해 지식을 전달할 수 있는 수단이 됐다. 책을 만들기 시작하면서 인류는 다른 어떤 생명체도 흉내 내지 못할 발전과 성장을 이루어왔다. 인류가 이토록 독보적인 성장을 할 수 있던 것은 문자와 언어를 사용했기 때문이란 사실에 누구도 이견

이 없다. 이 중 언어는, 전달력은 강하지만 휘발성이 있어 온전히 지식을 전달하는 데 한계가 있다.

이와 달리 문자는 영구적인 기록성을 갖는다. 그래서 책이 인류를 발전시킨 가장 기본적 역할을 했다. 이후 종이가 발명되고 나아가 인쇄술이 발명되면서 인류의 문명 발전은 더욱 가속도가 붙었다. 단언컨대 책이 없었다면 인류의 지금과 같은 발전은 없었을 것이다. 안전하고 정확하게 새로운 지식과 정보를 저장하고 전달하는 역할을 책이 맡았기 때문이다. 책이 인류 발전에 기여한 공로에 대해서는 굳이 재론이 불필요하다. 그래서 책을 발행한다는 것은 단순히 자신의 인지도를 높이고 판매를 통해 수익을 창출하는 등의 활동으로 국한되게 생각할 수 없다. 책을 발간하는 작업은 인류 발전에 기여하고 공헌하는 활동이다. 사회를 구성하고 있는 불특정인들에게 내가 가지고 있는 지식과 노하우를 전달하는 과정이다. 그래서 보다 많은 사람들이 내가 오랜 세월 축적한 지식과 정보를 보다 쉽고 빠르게 습득할 수 있도록 도와주는 행위이다. 나아가 후손들에게도 보다 빨리 새로운 지식을 습득해 종전보다 원활하게 지식활동을 할 수 있도록 도와주는 역할을 수행하는 일이기도 하다. 그러니 책을 발간하는 일은 자신에게는 물론 사회 전체의 발전에 기여하는 아주 긍정적인 창작활동이다. 책을 쓸 때는 사회와 인류 발전을 위해 공헌하고 있다는 생각을 갖고 기쁜 마음으로 작업에 임해야 한다.

인류가 문자를 갖기 시작한 것은 멀리 잡아도 5,000년이 안 된다. 이 기간 인류는 엄청난 책을 발간했고, 후세에 계속적으로 전달해 왔다. 앞선 선각자들의 저술활동은 인류 발전을 이끈 견인차 역할을 했다. 인류의 조상 가운데 책을 발간해 후세에 남긴 이들에게 선각자란 표현을 쓴 것은 그만큼 그들의 공로가 지대하기 때문이다. 그들의 저술활동이 없었던들 우리는 이렇게 빨리 성장과 발전을 이루지 못했을 것이 분명하다. 그러니 자신들이 애써 터득한 지식이나 노하우를 아낌없이 후세에 남겨준 선인들이야말로 선각자라 할 수 있다. 더구나 그들은 지금과 비교해 지극히 어려운 과정을 통해 소중한 책을 발간해냈을 것이다. 자료도 빈약하고 제작 과정도 지극히 어려웠을 것이다. 인쇄술이 발명되기 이전에는 일일이 손으로 써서 책을 만드는 수고로움을 감내했을 것이다. 종이가 발명되기 이전에는 목판에, 가죽에 기록을 이어가는 수고를 했을 것이 분명하다. 아무리 생각해도 고맙기 그지없는 분들이다.

지금껏 인류 역사가 진행되는 동안 무수한 책을 발간한 선각자들은 당대의 환경으로 미루어 0.1% 안에 드는 지식 상류층이었을 것이라고 가정하고 싶다. 도서관도 없고, 인터넷도 없던 시절에 전문 출판사의 도움도 받지 않고 책이라는 소중한 유산을 만들어 후대에 전수해 준 선인들에게 머리가 숙여진다. 그들은 대단한 당대의 상류 지식층이었을 것이 자명하다. 그들이 당대 사회를 이끈 지식인이자 리더였을 것이란 추측이 가능하다. 문맹률이 높던 시대에 문자를 읽어 해독하는 것조차 소수 엘리트층의 전유물이던 시대에 자료를 정리해 책을 엮어낸 이들이야말로 당대의 진정한 리더였다고 말할 수 있다. 시대상을 현재와 비교해본다면 불과 수백 년 전만 해도 책을 집필하는 것은 고사하고 글자를 읽고 해석할 줄 아는 것만으로도 상류지식인층이었을 것은 명약관화하다. 문자해독능력을 갖춘 소수 엘리트가 사회의 주도층으로 활약했을 것이다. 하물며 정보를 취합해 체계적 형식으로 책을 만든 이들은 당대 극소수의 엘리트였을 것이다.

그렇지만 통상 사회를 이끌어 나가는 주도 세력이 10% 이내의 엘리트라고 한다면 과거에는 문자해독능력을 갖춘 이들이 사회 리더였을 것이다. 한글 창제 이전의 시대를 생각해 보면 한자로 작성된 어려운 문장을 줄줄이 해석할 수 있는 능력을 가진 이들은 전 국민의 10% 이내였을 것이다. 그들이 시대를 이끄는 리더였을 것이다. 한글 창제 이후에는 모든 공식 서류나 책자의 제작은 여전히 한문으로 이루어졌다. 그러니 우리나라의 경우도 19세기 말까지 한문을 읽고 해석할 줄 아는 소수가 사회지배층을 차지했을 것이다. 그러나 불과 100년이 조금 넘게 지난 지금은 상황이 완전 달라졌다. 완전한 한글 시대가 왔고, 전 국민 가운데 문자해독능력이 없는 인구는 1% 미만이 됐다. 극소수의 문맹자가 있지만 그나마 완전 사라질 날이 멀지 않았다. 이제는 글을 읽고 해독하는 능력만으로는 리더로 부상할 수 없는 시대가 됐다. 전 세계 200여 국가 가운데 문맹률이 사실상 제로에 가까운 유일한 나라, 80%에 육박하는 세계에서 가장 높은 대학진학률을 보이는 나라가 대한민국이다. 대한민국에서 글을 읽고 해독하는 것은 더 이상 특별한 기능이 아니다.

그렇다면 시대를 이끌어 나가는 리더의 조건은 무엇일까? 불문가지 책을 쓰는 일에서 답을 찾아야 한다. 책을 읽는 것과 직접 책을 집필하는 것은 비교가 될 수 없는 차이를 보인다. 어떤 내용이 됐든 개인 저술을 갖고 있는 사람은 분명 읽기만 하는 대중에 비해 가치 있는 지식과 정보를 더 많이 갖고 있고, 이것을 체계적으로 정리해 낼 수 있는 능력을 가진 인물로 평가할 수 있다. 이들은 99명이 하지 못하는 일을 해낸 1명이다. 단정할 수 없지만 상위 1% 지식인이라고 대중들은 분류한다. 실제로 저자들은 책을 통해 자신만의 감정, 정보, 지식, 비법 등을 대중에게 전달한다. 대중들은 책을 통해 교양을 쌓고 지식을 축적해 간다. 이런 면에서 책을 발행하는 사람들은 진정으로 이 시대를 이끌어 가고 있는 리더라고 인정할 수 있다. 책을 쓰는 사람들은 이 시대를 기록하는 막중한 역사적 소임을 진행하고 있는 부류들이다. 읽기 능력자가 시대를 리드하던 시대는 이미 오래전에 끝났다. 진정한 리더가 되려면 쓰기에 집중해야 한다. 쓰기 능력은 말하기 능력과 더불어 지식인이 갖추어야 할 가장 중요한 덕목이다. 이 시대의 리더로 살아가기를 원한다면 당장 컴퓨터를 켜고 세상에 유익함을 안길 원고를 쓰기 시작해야 한다.

가장 무서운 적은 '다음에'

개인적으로 '다음에'와 '나중에'란 말을 매우 싫어한다. 순진한 마음에 '다음에'란 말이 '언젠가는 실행에 옮길 것이지만 지금은 때가 아니다. 그러니 기다려 달라.' 정도로 이해했다. 그러나 지금은 생각이 바뀌었다. '다음에'는 '하지 않겠다.'는 말을 냉정하게 하지 못해 완곡하게 거부하는 표현일 뿐이라고 느끼고 있다. 실제로 내가 지금껏 겪은 수많은 사람들 가운데 '다음에'라고 말해 놓고 그것을 다음에 어떤 형태로든 실천한 사례는 거의 보지 못했다. '다음에'나 '나중에' 말고도 '검토해 보겠다.'나 '생각해 보겠다.' 등의 말도 면전에서 거절을 하지 못할 뿐이지 사실상 실천하고 싶은 마음이 없음을 의미한다. 이는 내가 오랜 사회생활을 통해 많은 사람들을 겪어본 후에 얻은 결론이다. 차라리 '싫다.', '관심 없다.' 등의 단호한 어조로 말하면 상대는 단념하고 달리 방법을 강구할 텐데 '다음에'니 '나중에'니 하는 따위의 말로 일말의 기대감을 갖게 하는 것은 상대를 헛김 빠지게 하는 일이다. '검토해 보겠다.'나 '생각해 보겠다.'등의 말로

거부하는 것도 마찬가지이다. 이처럼 애매한 표현으로 인해 화자(말하는 사람)와 청자(말 듣는 사람) 간의 간극이 생기는 것은 당연하다. 그러니 이런 말을 들을 때는 청자 입장에서 일찌감치 포기를 하는 것이 옳다. 공연히 미련을 남겨 둬봐야 소용없는 일이다. '다음에'나 '나중에' 등으로 답변한 이는 이후에 찾아가 똑같은 제안을 해도 '다음에' 또는 '나중에'로 대답할 확률이 90% 이상이다. 거절의 의미로 받아들이는 게 편하다.

누군가에게 책을 써보라고 권유했을 때 그가 '다음에'나 '나중에'라고 답했다면 그 또한 책을 평생 못 쓸 가능성이 크다. 책을 썼을 때 얻을 수 있는 것, 달라지는 것, 책을 쓸 수 있는 방법, 책을 제작하는 비용 등을 구체적으로 설명해 주었는데도 '다음에'라고 말 하는 사람은 십중팔구 책을 영원히 쓸 수 없다. 다만 '다음에'라고 말하면서 명확한 이유를 들고, 자신이 말하는 '다음에'가 언제인지 구체적으로 밝히는 사람이라면 사정은 조금 다르다. 그런 경우의 '다음에'는 사정이 있는 '다음에', 이유가 타당한 '다음에'이기 때문이다. 평소 책을 쓰고 싶다는 생각을 갖고 있던 사람이라면 모를까 전혀 생각하지 않던 이에게 갑자기 책을 써보라고 권유했을 때 대개는 손사래를 치며 부정적 답변을 하기가 쉽다. 전혀 마음의 준비가 안 돼 있기 때문이다. 그런 경우라도 책 쓰기의 효과에 대해 말해주고 방법에 대해 일러주면 곧 긍정적 반응을 보이는 사람도 있다. 이들 가운데는 이내 실천력을 발휘해 적극적 자세를 보이며 구체적 질문을 하고 메모하는 모습을 보이는 경우도 있다. 이런 정도의 적극성을 보이는 사람이라면 그는 책 쓰기에 성공할 가능성이 매우 높다. 세상 모든 일이 그러하겠지만 적극적이고 긍정적인 사람은 실행력이 뒤따르고 강한 의지도 보인다. 그런 사람이라면 책을 쓸 수 있다.

누군가 어떤 제안을 해올 경우, 유독 마음이 동하는 일이 있다. 평소 관심이 없던 일이지만 누군가의 설명을 듣고, 제안을 받고 마음이 쏠리기 시작했다면 그것은 동기부여가 발동한 것이라고 할 수 있다. 내 마음이 움직이기 시작했을 때, 동기부여가 일어나기 시작했을 때가 책 쓰기를 결심할 때라고 말하고 싶다. 어떤 자극에 의해 마음이 움직이기 시작했을 때 즉시 실행을 위한 최소한의 실천이 시작됐다면 그 타이밍을 놓쳐선 안 된다. 그 순간을 지나 점점 달아오른 마음이 식으면 다시 데워지기까지 또 얼마의 시간이나 자극이 필요할지 모른다. 그래서 마음이 움직이기 시작했을 때 곧바로 책 쓰기를 위한 최소한의 절차에 돌입해야 한다. 자신을 책 쓰기로 안내해 줄 멘토를 정한다든지, 책 쓰기 과정을 함께 진행할 사람들이 모여 있는 동아리를 찾아 가입한다든지, 내가 쓰고자 하는 내용과 유사한 내용을 담아 이미 발간된 책을 여러 권 구입해 읽기 시작한다든지, 기타 관련 자료의 수집에 착수한다든지 등등의 절차를 시작해야 한다는 것이다. 그런 적극성을 보이는 사람이라면 반드시 자신이 원하는 책을 쓸 수 있다. 하지만 '다음에'나 '나중에'란 말을 반복하는 이들은 영원히 자신의 책을 세상에 내놓을 수 없다. 단단히 마음을 먹어도 어려울 일을 그렇게 허약한 의지력으로 돌파할 수 없다고 생각하기 때문에 단정적으로 그들이 책을 쓸 수 없다고 말한 것이다.

출간과 동시에
나는 전문가

세상엔 전문가들이 넘쳐난다. 전문가라면 세상 각 분야에 두루 박식하기보다는 특정 분야에 깊은 지식을 갖고 있는 사람을 말한다. 세상은 각 분야에 박식한 사람을 원하기도 하지만 전문가를 더 간절히 원하고 있다. 전문가는 어떤 문제가 발생했을 때 해결할 수 있는 능력을 가진 사람이다. 일반인이 갖지 못한 해결능력을 가졌으니 그 분야에서만큼은 확실하게 인정받을 수 있다. 세상은 점차 세분화되고 전문화되고 있어 전문가의 역할은 어느 때보다 간절해지고 있다. 그래서 대부분의 사람들은 전문가가 되고 싶어 한다. 전문가가 되면 거기에 합당한 대우를 받게 되고 금전적 보상도 뒤따르게 된다. 그렇다면 전문가의 기준은 무엇일까? 구체적으로 따져보면 뚜렷하지 않다. 가장 중요한 것은 많은 사람들이 전문가로 인정해 주어야 한다는 것이다. 학위나 자격증이 전문가임을 증빙하기도 한다. 하지만 그것이 절대적 기준이 되지는 못한다. 학위나 자격증을 취득한 이들로 국한해 전문가라고 지칭할 수는 없다. 공인된 학위나 자격증을

갖추지 못했어도 전문가로 인정받는 사람은 너무도 많다. 전문가에 대한 기준이 모호하고 분야마다 사정이 다르니 어디서부터가 전문가라고 단정하기란 쉽지 않다. 섣부른 기준으로 전문가와 비전문가를 가르는 일도 불가하다.

책의 출간과 전문가의 관계에 대해 생각해 보자. 일단 특정 분야의 책을 집필했다면 그는 전문가라고 인정할 수 있다는 것이 나의 생각이다. 한 편의 글을 쓴 것이 아니라 형식과 내용을 제대로 갖춘 완벽한 책 한 권을 집필했다면 그를 전문가로 인정해주어야 한다. 예컨대 여행을 주제로 한 책을 집필한 사람이 있다고 가정하자. 그가 책을 쓰면서 자신의 머릿속에 있는 지식만을 가지고 전체 내용을 담아냈을 것이라고는 생각하지 않는다. 그는 분명 여행 관련 책을 집필하기 위해 이미 출간된 여행 관련 책을 여러 권, 경우에 따라서는 수십 권 독파했을 것이다. 그뿐이겠는가. 인터넷을 통해 여행과 관련된 정보를 헤아릴 수 없을 정도로 많이 검색하고 그 내용을 출력해 자료화시켰을 것이다. 책에 더 알찬 내용을 싣기 위해 수시로 생각하고, 메모하고, 다른 이들과 이야기를 나누었을 것이다. 신문을 읽다가도 여행과 관련된 내용이 눈에 들어오면 모두 읽었을 것이고, 그 자료를 스크랩했을 것이다. 때로는 어려운 내용의 논문도 읽었을 것이다. 직접 여행을 많이 다녔을 것은 더 말할 필요도 없을 것이다. 여행을 하면서도 남들과 달리 더 자세히 살펴보고 메모하는 태도를 보였을 것이다. 이런 과정을 거쳐 한 권의 책을 완성했는데도 그를 보고 전문가가 아니라고 말할 수 있을까.

어느 분야에 아무리 대단한 전문가라도 추가적인 학습활동이나 자료수집 없이 그저 자신의 머릿속 지식만으로 한 권의 책을 완성한다는 것은 불가능하다. 더욱이 보다 실한 내용을 책에 담아내기 위해 책을 집필해서 완성품을 내놓는 날까지 긴장의 끈을 놓지 않고 탐색을 했을 것이다. 모든 신경을 책 쓰기에 집중했을 것이다. 자신이 집필하는 책의 내용과 관련된 이야기를 듣게 되면 시간과 공간을 가리지 않고 귀를 쫑긋 세워 진일보한 내용을 얻어내려고 노력했을 것이다. 책을 쓰는 기간은 사람마다 천차만별이겠지만 아무리 짧아도 1개월은 걸릴 것이고 보통 반년은 소요될 것이다. 물론 1년 또는 그 이상의 시간 동안 책을 집필하는 저자도 있을 것이다. 직접 원고를 쓰는 기간 외에도 관련 정보를 수집하는 데 또 엄청난 시간과 노력을 기울였을 것이다. 이런 지극히 어렵고 긴 과정을 극복해야만 비로소 한 권의 책이 세상에 나오게 된다. 그러니 책을 쓴 사람은 분명 전문가로 인정받는 것이 옳다. 비록 어떤 분야에 아무런 사전 지식이 없는 비전문가라 해도 한 권의 책을 출간하겠다는 목표를 세우고 수개월간 노력을 기울였다면 그는 분명 그 지난한 과정을 이겨내면서 전문가로 성장했을 것이 당연하다. 그러니 책을 출간한 모든 사람은 그 분야의 전문가로 인정받는 것이 맞다. 그래서 책을 쓴 저자는 책이 출간된 직후부터 바로 강연회에 강사나 토론회 패널로 초청받기도 한다.

책 쓰기만 한
공부가 없다

학문이나 기술 등을 배우는 활동을 우리는 '공부'라고 표현한다. 학습활동을 인간 최고의 가치로 규정하는 유교의 문화권에 속해 있는 한국은 공부를 신성시하고 공부하는 사람을 우대한다. 공부를 향한 국민적 열정이 너무도 높은 탓에 한국은 전 세계가 인정하는 공부의 나라가 됐다. 그러나 한국식 공부는 마음의 수양이나 생각의 크기를 확장하는 본질적 개념에서 멀어지고 있다. 문제의 정답을 찍는 기술이 공부인 양 변질되고 있다. 지금 이대로의 모습이 진정한 공부와는 궤도를 달리한다는 사실을 알면서도 문제 맞히기 기술자를 양성하는 방식의 공부 경쟁은 계속되고 있다. 점차 심화되고 있다. 그런 공부는 재미와 기쁨을 안겨주지 못한다. 끊임없이 고통과 시련만 줄 뿐이다. 문제 맞추기 경쟁을 하는 형태의 공부는 반드시 서열화를 동반한다. 줄을 세워서 1등부터 꼴찌를 구분하고자 한다. 그것이 주는 고통과 시련은 참으로 크다. 공부가 사람을 서열화하는 수단으로 사용되지 않는다면 공부라는 단어와 고통 및 시련이란 단

어는 금세 결별하게 된다. 공부를 통해 사람을 줄 세우는 것이 괴롭고 힘들 뿐이지 공부 자체가 괴로울 수는 없다. 그 서열화를 내려놓으면 공부는 그때부터 재미와 기쁨의 대상이 된다.

그래서 모든 학령기 교육을 마치고 나서 이루어지는 평생교육은 공부 자체가 주는 재미와 기쁨을 맛볼 수 있는 대상이다. 평생교육 프로그램은 별도의 비용과 시간을 감내하면서도 자발적으로 참여한다. 평생교육에 참여하는 이들은 과정에 충실히 임한다. 시험을 치르지 않고 자격증을 부여하지 않아도 그 과정에 스스로 열중하고 몰입한다. 평생학습자들이 이처럼 스스로 공부하고 공부를 통해 재미를 찾는 것은 서열화라는 굴레에서 벗어나 있기 때문이다. 석차로 줄을 설 필요도 없고, 그로 인한 차별도 존재하지 않으니 공부는 스트레스를 주는 대상이 아니다. 새로운 지식을 탐구하려는 욕구는 인간의 기본적 욕구 중 하나이다. 성적에 연연하지 않고 본능에 충실한 활동을 하니 재미가 있을 수밖에 없다. 학교에서도 시험이 없어지고 석차가 없어져 그로 인한 차별이 사라진다면 학생들은 공부를 싫어하지 않을 것이다. 학교에 가는 일이 즐거울 것이다. 더욱이 자기가 좋아하는 과목만 선택해서 수강할 수 있다면 공부를 싫어하는 학생은 사라질 것이다. 인간은 공부를 싫어하지 않는다. 시험 보고, 점수 매기고, 서열화 하고, 그것을 근거로 사람을 차별하는 것을 싫어할 뿐이다. 공부는 인간의 본능이다. 식욕, 성욕, 수면욕 등이 1차적 욕구라면 학습욕이나 명예욕 등은 2차적 욕구이다. 공부를 통해 욕구 충족을 해주면 인간은 즐거워할 수밖에 없다.

한 권의 책을 쓰려고 준비하다 보면 엄청난 공부를 해야 한다. 물론 자신이 갖고 있는 기본적 지식과 노하우가 책을 쓰기 위한 기본 콘텐츠가 돼야 한다. 하지만 머릿속에 있는 지식과 노하우만으로는 책을 쓰기에는 턱없이 부족하다. 또한 불확실한 내용이 너무도 많다. 확실성과 진실성이 없는 불완전하고 부실한 내용으로 책을 집필할 수는 없는 노릇이다. 그러니 책을 집필하기 위해서는 부단히 자료를 수집해야 하고, 내가 갖고 있는 정보와 지식이 정확한 것인지 확인하는 작업을 거쳐야 한다. 가장 최근에 발표된 새로운 지식이 있는지 확인해서 그 내용을 보충해야 한다. 가장 체계적이고 합리적으로 내용을 전달하기 위해서 가장 실효적 구성을 해야 한다. 제대로 된 형식과 내용을 갖춘 한 권의 책을 만들기 위해서는 이처럼 지속적인 학습활동을 해야 한다. 이러한 과정이 없이는 책을 만들 수 없고, 설령 만들었다 해도 책으로서 값어치가 없는 부실한 종이뭉치에 불과하다. 책은 저자의 이름을 걸고 세상에 나온다. 그래서 저자 입장에서 책은 자신의 밑천을 세상에 드러내는 작업이다. 부실한 책을 발표해서 "이걸 책이라고 만들었나?"라는 평가를 받는 경우도 있다. 그런 책이라면 차라리 안 만드는 게 낫다. 책을 만들기 위해서는 끊임없이 공부해야 한다. 그러나 그 공부는 할수록 재미있는 공부이다. 인간의 본능을 해소시켜 주는 공부이기 때문이다. 매운 음식을 좋아하는 사람이 혀의 고통을 즐기듯 책을 쓰는 사람은 수면시간을 줄여야 하고, 지인을 만나는 등의 사생활을 못 하는 불편을 감내해야 하지만 그 고통을 즐긴다. 공부하는 즐거움에 빠져버리게 되기 때문이다. 또한 힘든 작업을 하는 내내 내 책이 출간돼 세상에 발표되는 짜릿한 순간을 생각하며 행복에너지가 분출하기 때문이다.

　최고의 전문가 집단 중 한 부류는 교수집단이다. 교수를 포함한 연구직 종사자들은 정기적으로 논문을 발표한다. 논문은 어떤 연구 결과물을 모든 사람들이 납득할 수 있게 논리적 구조로 전개한 글이다. 그래서 논문은 가장 학술적인 글이다. 논문을 쓸 줄 알아야 그 분야의 최고 전문가로 인정받을 수 있다. 하지만 논문은 대단히 까다로운 형식을 갖고 있어 별도로 그 형식을 학습하지 않은 일반인들이 작성하기 어려운 구조를 갖고 있다. 그래서 학계에 머물러 있는 이들 사이에서만 통용되는 형식의 글이다. 논문은 그 형식에 익숙해 있는 소수의 연구직 종사자들이 아니라면 접근하기가 대단히 어려운 글이다. 형식도 형식이거니와 내용면에서도 실생활과 격리돼 있는 경우가 많다. 그래서 일반인들과 더욱 거리가 멀어진다. 학계에서 대단한 연구 성과가 논문으로 발표됐다고 가정하자. 해당 분야에 종사하는 이들 사이에서는 대단히 큰 파급 효과가 나타날 것이 분명하다. 그것이 종당에는 일반인의 생활에 직·간접적인 변화를 동반하게 되겠지만 당장 그 효과가 사회 전반에 미치지는 못한다. 그래서 일단 논문은 그 파장의 범위가 학계에 제한된다고 할 수 있다. 물론 나중에는 사회 전반으로 확산되겠지만 말이다. 논문이 발표돼 학계라는 완충지대를 거치지 않고 곧바로 사회에 파장을 일으키는 경우는 거의 없다. 학계에서 대단한 평가를 받은 논문이 반드시 일반인들의 실생활에 직접적인 영향을 행사하는 경우도 드물다. 이 모든 현상은 논문이 갖는 제한성 때문이다.

반면 책은 논문과 확연한 차이점을 보인다. 물론 논문도 넓은 범주 내의 책으로 분류할 수 있지만 여기서는 통념적으로 받아들여지는 일반적인 책을 이야기하고자 한다. 책은 논문과 비교해 형식이나 내용이 훨씬 쉽다. 그래서 누구나 독해능력만 갖추면 새로운 지식이나 정보를 습득할 수 있다. 새로운 지식을 얻게 되는 많은 통로 가운데 가장 일반적인 길은 역시 책을 읽는 일이다. 책은 지식의 보고寶庫이고 지식을 연결해 주는 매개체 역할을 한다. 책은 가장 보편적인 지식 전달 매체이다. 더구나 책은 구매나 대여도 용이하다. 논문의 경우 구매가 사실상 어렵고 도서관을 방문하거나 도서관 사이트에 접속해 파일을 다운받는 방식으로 구할 수 있지만 책은 온라인과 오프라인 서점을 이용해 언제든 구매할 수 있다. 대여할 수 있는 시스템도 잘 갖춰져 있다. 이런 이유 때문에 대중은 새로운 지식 습득을 위해 주로 책을 찾는다. 책은 공부를 위한 도구이다. 책을 통해 지식을 축적할 수 있다. 그렇다면 누군가에게 지식을 주기 위해 책을 쓰는 사람이 그보다 많은 공부를 선행해야 함은 묻지 않아도 알 수 있는 일이다. 책을 쓰기 위해서는 많은 공부를 해야 한다. 체계화돼 있지 않은 지식을 구조화와 개념화 과정을 통해 체계화해야 한다. 그래서 책 한 권을 쓰고 나면 엄청난 지식을 습득하게 되고 정리돼 있지 않던 지식이 가지런히 정리된다. 책 쓰기는 가장 적극적이고 효율적인 공부이다.

포털 사이트에서
내 이름 찾기

　인터넷이 일반화된 이후 포털은 도깨비 방망이가 됐다. "금 나와라 뚝딱! 은 나와라 뚝딱!" 외치면 감당할 수조차 없을 정도로 많은 방대한 정보가 내 눈앞에 쏟아지기 때문이다. 인터넷이 없는 세상은 이제 생각할 수조차 없는 세상이 됐다. 전기 없는 세상, 전화 없는 세상, 자동차 없는 세상과 마찬가지로 인터넷이 없는 세상은 너무 불편해서 상상하기도 싫은 세상이다. 특히 인터넷에서 포털의 존재 가치는 상상을 초월한다. 일종의 터미널이라 할 수 있는 포털을 기반으로 인터넷은 편리성과 다양성을 제공받는다. 인터넷에는 무궁한 정보를 업로드 할 수 있고, 한 번 업로드 된 정보는 언제 어디서라도 인터넷 기반이 구축된 환경에서는 검색과 열람이 가능하다. 그러다 보니 검증되지 않은 쓰레기 정보가 범람하고 있는 것도 사실이지만 그래도 유익한 양질의 정보가 월등히 더 많다. 사정이 이렇다 보니 대개의 사람들 사이에서 포털을 통해 검색되는 정보를 거의 무비판적으로 받아들이는 풍조가 생겨났다. 이는 경계해야 할 사항

이지만 세상은 그렇게 흘러가고 있다. 인터넷을 통해 습득된 정보는 진리가 아니지만 마치 진리처럼 세상 속으로 파고 들어가고 있다. 이런 분위기 속에 기업이나 기관, 단체는 물론이고 개인까지도 포털에 의존해 존재감을 부각시키고 인정받으려고 부단히 애를 쓰고 있다. 거듭 밝히지만 인터넷도, 포털도 담고 있는 모든 내용이 진리일 수는 없다. 하지만 대중은 포털을 기반으로 한 인터넷이 진리를 제공하고 있다는 착각의 수위를 높여가고 있다.

누구랄 것 없이 한 번쯤은 인터넷 포털 사이트 검색 창에서 자신의 이름 석 자를 적어 넣고 엔터키를 쳐봤을 것이다. 유명 인사라면 자세한 인물정보가 검색되겠지만 그렇지 않은 장삼이사 생활인이라면 인터넷에서 신상이 공개되지 않는다. 물론 자신이 블로그나 카페 등을 적극 활용해 자신에 대한 정보를 업로드 하면 검색엔진에 걸려드는 것이 어려울 리도 없다. 하지만 스스로 올린 자신의 정보는 공식 기관이나 전문업체가 업로드 한 정보만큼의 신뢰를 담보하지 못한다. 또한 개인 자격으로 업로드 하는 정보는 대개가 지극히 개인적이고 일상적인 것들에 치중돼 있다. 제3자가 원하는 양질의 정보를 제공하지 못하는 것이 일반적이다. 그래서 아직까지 포털 검색 창에 이름을 적어 넣었을 때 공신력 있는 기관이나 기업이 제공하는 개인 정보가 검색되면 그 사람의 신뢰도가 인정되는 것이 현실이다. 포털에서 관리하는 인물정보 대상에 포함되려면 각 포털 회사가 설정한 기준에 부합해야 한다. 그 기준 안에 포함되는 것은 결코 만만치 않다. 예컨대 4급 이상 국가직 또는 지방직 공무원, 상장기업 이

사급 이상 임원, 언론사 차장급 이상, 대학교수 및 정부출연연구소 연구원 등 나름의 기준이 있다. 특정 분야에서 오랜 세월 경력 관리가 되지 않았다면 단숨에 그 관리 대상에 포함되기는 쉽지 않다.

책을 출간해 한국출판협동조합을 통해 ISBN(국제표준도서번호)을 부여받으면 곧바로 발행된 책에 대한 모든 정보가 데이터베이스화된다. 저자와 관련한 기록이 관리되는 것은 말할 나위 없다. 또 각 출판사가 당사에서 출판된 책을 홍보하기 위해 책과 더불어 저자에 대한 홍보에 돌입하고 자체적인 데이터베이스를 구축하는 것은 당연하다. 이런 이유 때문에 책이 출간되면 저자 역시 인터넷에서 곧바로 검색되기 시작한다. 인터넷을 통해 책을 출간한 저자로 검색된다는 것은 어느 경로를 통해 소개되고, 정보가 관리되는 것보다 확실한 자기 PR Public Relation이 된다. 책과 함께 그 책의 저자로 포털에서 검색되는 것은 생각만 해도 기분 좋은 일이다. 전국은 물론 세계 어디에서도 곧바로 확인 가능한 국제 신분증을 갖게 되는 셈이다. 더불어 포털을 통해 밝혀지는 나의 이력은 내가 어떤 일을 하더라도 내게 든든한 후원자 역할을 하게 될 것이다. 포털에서의 검색이 인연이 돼 어느 날 어느 기관이나 단체에서 연락이 와서 강연을 의뢰하거나 토론회에 패널로 참석해 줄 것을 요청하는 일도 생길 수 있다. 이 같은 경험을 실제로 해보면 책의 힘이 얼마나 위대한가를 실감하게 될 것이다. 인터넷 포털에서 이름이 검색되고 나의 존재감이 드러나는 것이 얼마나 큰 삶의 변화를 불러올 것인지에 대해 아직 책을 발간하지 못한 대중들은 실감하지 못한다. 책을 발행하고 인터넷에서 내 이름이 검색되는 것은 내 인생의 중요한 가치 변화 요인이 될 것이다. 수년씩 고생해서 쓰게 되는 학위 논문보다 몇 곱절 큰 삶의 변화와 포지션 변화를 실감하게 될 것이다.

입력했다면
출력하라

　지식인의 정의는 무엇일까? 대체 누굴 일컬어 지식인이라고 칭해야 적합한가. 사전에는 '일정한 수준의 지식과 교양을 갖춘 사람' 또는 '지식층에 속하는 사람'이라고 규정해 놓았다. 참으로 애매하기 짝이 없는 정의이다. 일정한 수준이 도대체 어느 수준이란 말인가? 지식층이 어디이기에 지식층에 속해야 지식인이란 말인가? 최근 이 어려운 문제를 명료하게 진단해 준 강연을 들었다. 화학을 전공했다는 한 교수가 학생들 앞에서 "읽기와 쓰기를 자유롭게 구사할 줄 알아서 그것을 직업으로 삼는 사람이 지식인이다."라고 정의했다. 들어보니 맞는 말이다. 그의 말대로 지식인으로 살아가려면 평생 읽기와 쓰기를 업으로 삼아야 한다. 높은 이해력을 바탕으로 읽기를 통해 늘 새로운 지식을 받아들이고, 이것을 자신이 이미 습득하고 있는 기본 지식과 융합해 새로운 지식을 생산해 내고 문서화해서 전달하고, 발표하는 등의 일을 업으로 삼는 자를 우리는 지식인이라고 칭한다. 지식인이 읽기와 쓰기를 생업으로 삼는 직업군을 가진 사람

이라고 할 때 둘 중 한 가지라도 소홀하면 지식인의 범주에서 벗어난다. 아무리 많이 읽어도 쓰기를 잘 못하거나, 안 하면 지식인이라 할 수 없다. 내가 평소에 생각해 오던 지식인에 대한 생각과 다르지 않다. 그래서 나 역시 지식인에 대한 그 교수의 정의에 동감한다.

지식인의 책무라고 하는 두 가지 가운데 읽기는 상대적으로 표시가 잘 나지 않지만 쓰기는 확연히 겉으로 표출된다. 엄청난 독서량을 통해 많은 지식을 확보하고 있는 자라 할지라도, 말하기를 통해 자신의 지식을 능숙하게 표현해내는 능력이 탁월할지라도 그가 쓰기로 지식을 표현해내지 못하면 그는 지식인의 범주에 포함될 수 없다. 쓰기가 간단한 보고서나 에세이일 수도 있고, 논문이나 책 한 권일 수도 있다. 또는 여러 권으로 편집된 방대한 분량의 책일 수도 있다. 지식인은 어떤 형태로든 자유롭게 자신이 머릿속에 갖고 있는 지식이나 정보를 대중이 이해할 수 있도록 글로 표현해 낼 줄 알아야 한다. 그래서 쓰기는 지식인이 갖추어야 할 가장 기본적인 능력이다. 일반적으로 많은 책을 읽고, 많은 강의를 듣게 되면 지식이 확장된다. 그래서 듣기와 읽기를 입력과정이라 할 수 있다. 이에 반해 축적된 지식을 머릿속에서 융합해 새로운 지식체계를 만들어내고 그것을 끄집어내 설명하는 능력은 말하기와 글쓰기를 통해 실현할 수 있다. 그래서 말하기와 글쓰기를 출력과정이라 할 수 있다. 결론적으로 듣기, 읽기, 말하기, 글쓰기가 일상화돼 있고 그만큼 능숙한 사람이 지식인이다.

중·고등학교나 대학에 다니면서 수업을 들어보면 귀에 쏙쏙 들어오게 교과 내용을 잘 설명해주는 교사나 교수가 있고, 그렇지 못한 교사나 교수가 있다. 수업을 잘하고 못하는 능력은 실상 그 사람의 지식수준과 정비례하지는 않는다. 듣는 사람의 수준에 맞게 그들의 입장을 고려하며 강의하는 기술이 부족할 뿐이다. 이를 일컬어 '관점획득능력'이라고 한다. 관점획득능력이 뛰어난 사람은 듣는 이들의 수준을 가늠해 그 수준에서 이해할 수 있는 언어를 구사하고 사례를 제시하면서 강의를 한다. 하지만 관점획득능력이 없는 교수자는 상대의 수준을 고려하지 않고 자기 혼자 만족하는 강의를 진행한다. 듣는 이들에게는 고통스러운 강의이다. 아무튼 강의 기법의 편차는 크다. 하지만 중요한 점이 있다. 사람들은 강의기술이 좋고 나쁨에 따라 그가 진정한 지식인인가 아닌가를 단정하지 않는다. 단지 강의 전달력이 있고 없음으로 구분할 뿐이다. 잘 알아듣지 못하는 강의를 하더라도 '저분은 우리 수준에 맞춰 강의하는 능력이 없을 뿐이지 지식이 없는 것은 아니다.'라고 이해한다. 아는 게 없는 무지한 사람이라고 단정하지는 않는다.

하지만 글쓰기는 다르다. 글로 제대로 표현해내지 못하면 지식인이 아니라고 단정한다. 말하기가 어줍거나 상대의 수준에 맞춰 강의하기가 잘 안 되는 사람이라도 글쓰기를 통해 자신의 생각을 논리적으로 전개하는 능력을 갖췄으면 지식인으로 인정한다. 하지만 아무리 말을 잘하고 수업을 청중 수준에 맞춰 진행하는 능력이 탁월한 사람일지라도 논리적인 글을 쓰는 능력이 없으면 누구도 그를 지식인이라고 인정하지 않는다. 한 가지가 더 있다. 과거에는 책을 많이 읽었으면 지식인이라고 인정해주었다. 하지만 이제는 그 기준이 달라졌다. 아무리 많이 책을 읽었어도 책이나 논문을 쓰지 않았으면 그는 지식인의 범주에 포함되기 어렵다. 읽기의 양으로 지식인임을 인정받기 어려운 세상이 됐다. 보다 구체적으로 말하면 자신의 책이 발간돼 세상에 나왔어야 진정한 지식인으로 구분되는 세상이 됐다. 입력으로 끝나면 지식인의 책무를 다하는 것이 아니라는 게 대중들의 생각이다. 충분히 입력했으면 그것을 조합해 새로운 지식을 생산해내고 그것을 대중을 위해 출력해 낼 때 비로소 진정한 지식인이 될 수 있다는 것이다. 많은 지식을 확보했으면 혼자만 그것을 즐기지 말고 대중에게 토해내라는 것이다. 지식의 입력과 출력이 조화를 이루어 사회에 기여하고 공헌하는 것이 진정한 지식인의 자세라는 것이 대중들의 생각이다. 과거에 비해 기준이 옮겨간 것이다.

대중들은 지식인들이 보다 많은 출력 활동을 해주길 바란다. 대중을 상대로 하는 쉽고 편한 강의활동을 많이 해주길 바라고, 또한 보다 많은 책을 저술해 세상에 내놓아달라고 주문한다. 양자 가운데 더욱 간절히 원하는 것은 책의 발행이다. 영상매체의 발달과 기록성 강화로 강연활동도 인류에 기여하는 바가 커졌지만 그래도 여전히 책의 출간을 바란다. 책을 발행하는 것은 비단 동시대를 살아가는 이들을 향한 메시지 전달에 그치지 않고 후세들에게도 크나큰 선물이 되기 때문이다. 지식인임을 자처하는 이들 가운데, 또는 지식인이라고 불리길 바라는 이들 가운데 책 쓰기를 게을리 하는 자는 자신에게 주어진 막중한 책임을 다하지 않고 있는 것이다. 아직도 무수히 많은 책을 읽었다고 자랑하면서 정작 한 권의 책도 출간하지 못했다면 그는 진정한 지식인으로 평가받을 수 없다. 읽기를 통해 입력한 지식과 정보에 자신이 경험을 보태 책으로 출간해내야 비로소 지식인의 역할을 다한 것이다. 듣기와 읽기는 말하기와 글쓰기를 위한 활동이다. 입력만 하고 출력을 하지 못하는 컴퓨터가 있다면 아무도 구매하지 않을 것이다. 그것은 컴퓨터가 아니기 때문이다. 입력한 데이터를 내가 원할 때 언제든지, 원하는 수준으로 가공하고 처리해서 제공해 줄 때 진정한 컴퓨터 역할이 완성된다. 이 땅에 지식인임을 자처하는 이들이여, 지식인으로 살아가고 싶은 이들이여 지금 당장 책 쓰기에 나서라.

글은 쓰는데
책은 못 쓰는 사람들

글을 잘 쓰는 사람은 얼마든지 있다. 참 좋은 내용의 글을 맛깔스럽게 쓸 줄 아는 능력을 갖춘 이들이 의외로 많다. 쓴 글을 외부에 발표하지 않고 혼자만 즐기는 유형의 사람들이 있다. 이들은 대개 누군가 자신의 글을 읽는 것을 부끄러워하고 지나치게 겸손해서 자신의 글 솜씨를 폄하한다. 그저 혼자 글쓰기를 즐긴다. 이런 유형의 사람들은 좋은 재능을 갖고 있음에도 불구하고 사실상 일정 선에서 글쓰기 능력의 성장이 멈춰 선다. 아무도 글에 대해 평가해주지 않으니 자신이 쓴 글이 정말 잘 쓴 글인지, 혼자 만족하고 마는 수준인지 정확한 가늠이 안 된다. 적극적으로 자신의 글을 발표하는 유형도 있다. 블로그나 카페 등 온라인을 적극 활용해 자신의 글을 수시로 발표하고 정기적으로 종이신문, 인터넷신문, 잡지 등에 글을 발표하는 이들도 적지 않다. 양자를 비교하면 적극적으로 글을 발표하는 후자의 발전 가능성이 월등히 높다. 혼자만 보는 글을 쓸 때보다 남 앞에 발표하는 글을 쓸 때는 한결 삼가는 마음을 갖게 되고, 보다

완성도 높은 글을 쓰기 위해 노력한다. 발표하기 전에 퇴고를 거듭하며 글의 완성도를 높이려는 노력을 하거나 주변인들에게 평가를 받고 이후에 수정작업을 거쳐 발표하면 그만큼 글은 좋아질 수밖에 없다. 탁월한 글쓰기 솜씨로 주위로부터 인정받고 온라인을 통해 유명세를 타는 사람들도 많다. 이들 가운데 일부는 열렬 팬들을 다수 확보하기도 한다.

그런데 아주 좋은 글쓰기 재주를 가졌음에도 불구하고, 나름 유명작가의 반열에 올랐음에도 불구하고 본인 이름으로 만든 책이 없는 경우가 의외로 많다. 이들이 책을 출간하지 않은 이유는 다채롭다. 책을 출간하는 일에 관심이 없는 경우도 있고, 소심해서 출간을 결정하지 못하는 경우도 있다. 또 책을 출간하는 과정을 이해하지 못해 정보 부족으로 출간을 못하는 경우도 있다. 이밖에 주위에서 누군가 떠밀어 주면 못 이기는 척 출간을 해볼 텐데 스스로 출판사를 찾아가는 것이 부끄러운 유형도 있다. 출판을 하면 돈이 많이 들 것을 무서워하는 이도 있고, 책을 출간했는데 안 팔리면 어쩌나 걱정이 커서 용기를 내지 못하는 이들도 있다. 아직 때가 아니라고 계속해서 '다음에', '나중에'라고 말하며 시간을 허비하는 이들도 있다. 이런저런 이유 외에도 출간에 나서지 못하는 이들의 유형은 다양하다. 책 한 권을 내고도 남을 충분한 양질의 원고를 갖고 있음에도 불구하고 용기가 없거나 정보가 부족해서 나서지 못하는 이들도 많다. 책을 내려면 누구와 상의해서 어느 출판사를 찾아가 어떤 과정을 거쳐야 하는지 몰라 고민만 하다가 시간을 허비하는 유형도 있다. 이들 가운데는 평생 고민만 하다 결국 뜻을 이루지 못할 소심한 이들도 있고, 누군가 길만 일러주면 출판에 나설 이들도 있다.

책을 쓰기 위해서는 글쓰기가 선행돼야 함은 재론의 여지가 없다. 글을 모아야 책이 되기 때문이다. 하지만 일반적인 글쓰기와 책 쓰기는 엄연히 다른 무엇인가가 존재한다. 그것은 바로 기획력이다. 아무리 좋은 원고가 많이 있어도 여기에 기획이란 개념을 가미하지 않으면 책으로 완성되지 않는다. 이런저런 식재료를 마구 넣고 끓였다고 해서 요리가 될 수 없듯이 뭔가 체계적인 분류와 진행이 뒤따라야 한 권의 책이 완성될 수 있다. 대단히 방대한 분량이지만 책 한 권은 하나의 주제로 일관한다. 이 얘기를 썼다가 저 얘기를 썼다가 하면 안 된다. 앞글과 뒷글의 논리가 상반돼도 안 된다. 하나의 주제와 가치가 일관되게 펼쳐져야 한다. 그러기 위해서는 철저한 기획력을 바탕으로 목차를 짜고 거기에 맞게 글을 엮어 가야 한다. 원고의 분량도 일정해야 한다. 어떤 꼭지는 원고지 한두 장 분량이고 어떤 꼭지는 원고지 열 장, 스무 장으로 쓰면 그 또한 기획력의 부재이다. 이 밖에 책이 갖춰야 할 기본 요소는 더 있다. 글은 발표하면 그만이지만 책은 만들어서 판매를 해야 한다. 많은 책을 발행하고 판매를 못 하면 저자나 출판사나 마찬가지로 큰 손해를 보게 된다. 뒤에 자세히 소개하겠지만 자비출판인 경우에는 저자가 모든 제작 비용을 감내해야 한다.

이런 이유 때문에 출판은 신중하고 전략적으로 접근해야 한다. 글을 쓰는 모든 작가가 책을 쓰지는 못한다. 그것은 철저하게 기획력의 부재 때문이다. 책을 출간하기 위해서는 겨냥하는 독자층이 있어야 한다. 또한 내용도 교훈적이어야 하고 어떤 형태로든 독자들에게 유익함을 안겨야 한다. 그냥 자기 혼자 쓴 글을 차례대로 엮었다고 해서 책이 될 수는 없다. 책 모양은 갖췄지만 도저히 책이라고 할 수 없는 단순한 인쇄물도 얼마든지 많다. 책을 쓰기 위해서는 책 쓰기 과정에 대해 사전 경험이 있는 이들에게 과정에 대해 충분히 배워야 한다. 어떤 내용으로 쓸 것인가, 어느 출판사와 어떤 방식으로 계약해 책을 출판할 것인가, 어떻게 판매하고 재고가 발생하면 어떻게 처리할 것인가 등등에 대해 면밀히 검토한 후에 책 쓰기를 시작해야 한다. 이런 과정이 제대로 숙지되지 않은 상태에서 무리하게 책 쓰기에 나서면 온갖 고통을 감내하고서 막대한 금전적 손해를 보게 되는 수도 있다. 책 내용이 사회적 통념과 괴리된 비교훈적인 내용으로 가득하다면 출간 이후에 감당 못 할 사회적 비난을 받게 되는 수도 생긴다. 나아가 파렴치한 사람으로 낙인 찍혀 고통스러운 나날을 보내게 되는 수도 있다.

글을 쓰는 사람은 많지만 그들이 모두 책을 출간하는 것은 아니다. 글은 잘 쓰지만 책을 못 쓰는 이들의 다수는 책 쓰기에 대한 정보가 대단히 부족하거나 하나의 작품을 만들어낼 만한 기획력이 없기 때문이다. 그렇지 않다면 너무 소심해서 생각만 많고 실행력을 발휘하지 못해 책 쓰기를 손에 잡히지 않는 무지개로만 여기기 때문이다. 훌륭한 글재주를 가졌어도, 책으로 출간했을 때 폭발적인 반응을 일으킬 만한 훌륭한 테마를 가졌어도, 책 쓰기에 대한 정보 및 기획력 부족과 소심함 때문에 평생 책을 출간하지 못하는 사람들이 의외로 많다. 책을 출간해 본 경험자 입장에서 참으로 안타깝고 애석하다. 본인이 소심해서 결단을 못 내리는 경우는 방법이 없다. 그런 유형의 사람을 설득해서 책을 출간하게 될 경우, 나중에 책 재고가 쌓이거나 기타 원하는 성과가 나타나지 않을 때 설득한 사람이 온갖 원망을 받게 된다. 그러니 소심한 사람을 설득해 억지로 책을 쓰게 권고할 필요는 없다. 다만 방법을 모르고 절차를 몰라 실행에 나서지 못하는 사람이라면 주위에서 도와줄 필요가 있다. 자신의 책을 발간하고 나면 자신에게 어떤 변화가 일어나는지 그들은 모른다. 그 점을 일깨워 주어 그들이 정말 자신의 책을 쓰게 되고 이후 그로 인해 자신의 삶이 바뀌게 된다면 길을 일러준 이는 평생 은인 대접을 받게 될 것이다. 주위를 둘러보자. 탁월한 감각과 글재주를 가졌음에도 책 쓰기에 나서지 못하는 이들이 있다면 그들의 마음속에 내재한 혼을 깨워주자. 당장 책 쓰기에 나서도록 해주자.

승진하고
싶다면

　공공부문이 됐든 민간부문이 됐든 조직생활을 하는 직장인이라면
승진은 절대적 바람이다. 승진에 별 관심을 보이지 않으며 자유롭게
즐기는 삶을 사는 이들도 더러 있지만 내가 지금껏 지켜본 직장인들
의 대다수는 승진에 절대적 가치를 부여하고 있다. 어떤 이들은 너
무도 강한 집착을 보여 '도대체 저런 모습으로 살아가는 것이 무슨
의미가 있는 걸까?' 하는 측은한 마음이 들 때도 많다. 수직적 질서
체계가 조직문화로 깊숙이 자리 잡고 있는 대한민국 사회에서 직장
인들에게 승진이란 경험해보지 않은 사람들은 절대 이해할 수 없는
엄청난 의미가 있다. 민간부문도 사정은 다르지 않겠지만 공직사회
구성원들의 승진에 대한 바람은 더욱 간절하다. 공무원들과 어울려
이야기를 나누다 보면 어떤 소재로 대화를 시작했든 간에 일정 시간
이 지나면 승진과 인사에 대한 이야기로 흘러간다. 모든 대화가 결
국 승진과 인사로 흘러간다는 것은 그들의 머릿속에 승진과 인사에
대한 생각이 가득하다는 것을 의미한다. 인사에 관심을 갖는 것도

결국은 승진과 연결된다. 승진을 하려면 승진할 수 있는 자리로 옮겨가야 하기 때문에 승진 못지않게 인사에 관심을 갖는 것이다.

공무원을 비롯해 승진에 모든 것을 건 직장인들과 대화를 나눌 때마다 참으로 안쓰러운 생각이 든다. 어차피 퇴임하고 사회에 나가면 아무 쓸모도 없는 직장 내 승진을 위해 저토록 신경을 쓰고 스트레스를 받는 것일까 싶어 지켜보는 마음이 편치 않다. 그러면서 속으로는 '그렇게 승진하고 싶으면 책을 쓰시오'라고 주문을 건다. 대개는 마음속으로만 주문을 걸지만 일부에게는 직접 방향을 제시하기도 했다. 하지만 내 말을 귀담아듣는 이는 없었다. 물론 내가 적극적이고 구체적으로 설명하지 않은 이유도 있겠지만 그들이 내 말을 귀담아듣지 않는 이유는 평소 전혀 생각지 않던 일이기 때문이다. 주어진 업무를 처리하고 최소한의 사교생활과 취미생활, 가정생활을 하는 것도 시간이 부족하고 힘겨운데 책을 쓴다는 생각을 해봤을 리만무하다. 더욱이 책 쓰기가 승진하는 데 어떤 작용을 할 것이란 생각을 해보지 않았기 때문에 관심을 갖지 않는 것이다. 치열한 승진의 문턱을 넘어보지 않아서 내가 너무 쉽게 생각하는 것인지는 모르겠으나 나는 책 쓰기가 조직 내에서 승진을 꿈꾸고 있는 직장인에게 어떤 형태로든 도움을 줄 수 있을 것이라고 확신한다. 터무니없는 승진 서열을 뒤바꿀 정도로 파괴력 있다고 장담할 수는 없겠지만 초박빙의 승진 대결이 진행되고 있다면 책은 엄청난 무기가 될 수 있다고 단언한다.

직장인들이 문단활동에 관심을 갖고 활동하다가 시집이나 수필집 등을 출간하는 사례는 간혹 보게 된다. 하지만 시집이나 수필집은 승진을 위한 필살기가 될 수는 없다. 승진에 필요한 무기로 책 쓰기를 준비한다면 그 책은 업무와 관련성 있는 내용이어야 한다. 가령 토목직 공무원이라면 토목과 관련된 책, 사회복지직 공무원이라면 사회복지와 관련된 책을 써야 한다. 교수나 연구원이 아닌 이상 대단히 학술적인 책을 쓸 필요는 없다. 일반인들이 이해할 수 있을 정도의 내용으로 자신이 현직 경험을 하며 얻은 노하우나 경험담 등이면 족하다. 정책 제안의 내용이 삽입됐다면 그보다 더 좋을 수는 없다. 자기 분야의 업무와 관련된 책을 집필했다는 것은 그만큼 확실한 자기 업무영역을 구축하고 있다는 것을 의미한다. 해박한 업무 지식과 업무에 대한 애정, 관심이 남다르다는 것을 표현하는 데 책 쓰기보다 좋은 일이 있을까. 업무와 관련된 지식이나 애정을 표현하는 것 외에 책을 썼다는 것은 그만큼 성실하다는 것을 나타낼 수 있는 징표이다. 모험심과 용기, 기획력, 결단성 등을 갖추고 있다는 방증이 되기도 한다. 승진 후보로 거론되는 두 사람이 있다고 가정할 때 모든 평가 기준이 우열을 가릴 수 없이 비등하면 자신의 책을 갖고 있다는 것은 화룡점정의 필살기가 될 수 있다. 난 그렇게 생각한다. 나만의 생각일까.

문서를 다루는 직업을 가진 이들이라면 어떤 형태로든 인쇄물을 간행해 본 일이 있을 것이다. 업무계획서라든가 보고서라든가, 제안서라든가 등등의 서류를 인쇄소에 맡겨 책자 형태로 제본해 본 경험이 있을 것이다. 사실 인쇄와 출판은 엄청난 차이가 존재한다. 인쇄는 기본 문서에 단순한 디자인 작업만 더해 다량으로 만들어 제본하는 작업에 불과하지만 출판은 전문성 있는 내용의 글에 기획력을 가미해 비교적 복잡한 공정을 거쳐 오랜 시간을 두고 완성하게 된다. 이처럼 확연한 차이가 있지만 인쇄를 해본 경험자와 그렇지 않은 자의 차이는 크다고 생각한다. 뭔가 책자 형태로 완성된 출력물을 제작해봤다는 것은 책을 만드는 데 막연한 자신감으로 작용할 수 있다. 그래서 조직생활을 하면서 각종 인쇄물을 제작해 본 경험자라면 책 쓰기에 나서기가 한결 수월할 것이란 게 내 생각이다. 어떤 일을 시작하면서 자신감을 갖고 시작하는 것과 두려움을 갖고 시작하는 것과는 엄청난 차이가 존재할 수밖에 없다. 책 쓰기는 경험해 보지 못한 이에게는 결코 녹록지 않은 과정이다. 난생처음 책 쓰기에 도전하는 상황에서 업무를 통해 수차례 책자 형태의 기록물을 제작해봤다면 그것은 분명 큰 도움이 된다. 그래서 모든 직장인들에게 말하고 싶다. "당신들은 인쇄 경험조차 없는 이들에 비해 많은 경험을 갖고 있습니다. 오랜 세월 한 분야에 근무하며 쌓은 훌륭한 전문 지식이 있고, 당신이 책을 출간했을 때 구매를 비롯해 어떤 형태로든 당신을 도와줄 많은 지인들이 있습니다. 승진하고 싶다면 소주잔을 기울이며 매일같이 동료들과 모여 앉아 답도 없는 승진 얘기를 나눌 시간에 책을 쓰십시오. 그러면 승진이 한발 더 가까이 다가올 것입니다."

음반도 내고,
책도 내고

　정말 노래를 잘하는 사람을 만나는 일이 있다. 언뜻 들어도 일반
적으로 노래를 잘한다는 수준을 뛰어 넘어 출중한 실력을 보이는 이
들을 만나게 된다. 그런 이들 가운데는 유명세를 타고 있는 가수는
아니더라도 나름 직업으로 가수활동을 하는 이들도 있고, 더러는 전
혀 다른 직업을 갖고 평범하게 생활하는 이들도 있다. 유흥업소에서
노래를 하는 직업을 가진 가수들의 경우, 유명세가 없을 뿐이지 방
송에서 접하는 가수와 비교해도 손색없을 실력을 갖춘 이들이 많다.
시골 장터나 관광지 행사장에서 만나는 각설이들도 듣고 감탄할 정
도의 노래 실력을 갖춘 이들이 많다. 이들도 노래 부르는 것을 직업
으로 삼는 이들이니 엄연한 가수라고 할 수 있다. 방송에 출연만 하
지 않을 뿐 가수가 분명하다. 그래서 이들은 대개 자신의 음반을 갖
고 있다. 멋진 프로필 사진이 담긴 CD 앨범을 늘 휴대하고 다니면서
홍보용으로 나누어 준다. 물론 판매도 한다. 이들 무명가수 외에도
자신의 음반을 내는 이들이 의외로 많다. 평범한 주부, 직장인이면

서 자신의 음반을 갖고 있는 이들은 얼마든지 있다. 이렇듯 무명가수나 일반인 가운데 노래를 잘하는 사람이 자신의 음반을 제작할 수 있게 된 것은 누구나 원하면 자신의 음반을 낼 수 있게 사회 환경이 변화했기 때문이다. 녹음실을 갖춘 음반 기획사가 생활 가까이 접근해 누구라도 음반을 제작할 수 있는 환경이 갖춰진 것이다. 극소수의 가수에게만 허용됐던 음반 제작이 일반인의 삶 속으로 침투한 덕에 누구라도 마음만 먹으면 자신의 음반을 가질 수 있게 됐다.

극소수 전문가에 국한됐던 영역이 일반인으로 확대된 것은 음반뿐 아니라 책 출판도 마찬가지이다. 불과 반세기 전만 해도 책을 출간하는 것은 전업 작가나 교수, 연구원 등의 전유물이었다. 하지만 출판 환경이 보편화되고 개인용 컴퓨터의 보급이 확산된 이후 책을 출간하는 일도 전문가 영역에 국한됐던 제한성을 탈피했다. 누구라도 좋은 원고만 갖고 있으면 온라인과 오프라인을 통해 출판사와 연결해 책을 만들 수 있는 여건이 만들어졌다. 정보가 없고, 기획력이 없어서 책을 못 쓰고 있는 사람들을 위해 책을 제작할 수 있도록 전체 과정을 도와주는 전문가들도 많이 생겨났다. 음반을 제작하거나 책을 출간하거나 마찬가지로 제작한 음반이나 책을 판매해 투입된 금액을 환수하고 나아가 수익을 챙기겠다는 의도를 갖고 제작하는 경우가 일반적이겠지만 그런 부담에서 벗어나 나 스스로의 만족을 위해 음반을 내고 책을 내는 경우도 많다. 모든 제작비를 자비로 투입해 만든 음반이나 책을 자신의 홍보물로 활용하는 사례는 아주 많다. 전업가수만 음반을 내고 전업작가만 책을 쓰던 시대는 벌써 지났다. 이제는 누구라도 자신의 음반을 제작하고 책을 출간할 수 있는 시대가 됐다. 책을 쓰려면 '나 같은 사람이 뭘~'이라고 생각하며 책 쓰기를 남의 일로만 여기는 생각부터 바꿔야 한다. 시대가 변하고 환경이 변했음을 인지해야 한다.

작가라서 책을 쓰는 것이 아니고 책을 쓰면 작가가 되는 것이다. 이것이 21세기형 사고방식이다. 남들은 되고 나는 안 된다는 식의 소극적 사고를 떨쳤을 때 책 쓰기는 가능하다. 음반을 제작했으면 그때부터 가수라고 불러도 무방하다. 마찬가지로 책을 출간했으면 바로 작가 대열에 합류하게 된다. 작가라는 이름은 아주 멀어서 접근할 수 없는 신비한 영역이라는 생각을 가질 필요는 없다. 나도 책을 쓰면 당장 작가가 된다는 사실을 명심하자. 수십만 장의 음반을 판매하는 인기가수만 가수라 할 수는 없다. 수만 권의 책을 판매하는 유명작가만 작가라고 할 수도 없다. 많은 책을 판매해서 유명세를 타면 유명작가라고 부른다. 하지만 역으로 생각해 보면 책 내용을 떠나서 유명작가가 쓴 책이기 때문에 많은 사람이 그 책을 사기도 한다. 인기가수와 무명가수의 차이는 얼마나 많은 팬을 확보하고 있는가의 여부일 뿐 노래 실력 자체는 아니다. 유명작가와 무명작가의 차이도 그렇게 생각하면 된다. 유명세에 따라 책의 판매 부수가 차이 날 뿐이지 유명작가의 원고가 절대 우수하다고 단정할 수는 없다. 좋은 책을 자주 발행하고 그것이 입소문이 나다 보면 언젠간 유명작가가 될 수 있다. 그러면 더 많은 사람들이 내 책을 구매하게 되고 자연스럽게 나도 유명작가, 베스트셀러 작가로 등극할 수 있게 된다. 인생은 그런 거다.

책 만들기
너무 좋아진 시대

　인쇄술이 발명되기 이전의 시대를 상상해보자. 책이 얼마나 소중했을지 짐작이 된다. 책을 만들기 위해 일일이 필사筆寫의 과정을 거쳤을 것이다. 한 자 한 자 일일이 적어가며 한 권의 책을 만들기 위해 얼마나 많은 공을 들였겠는가. 책 자체가 귀하다 보니 학습 활동이 어려웠을 것이란 점도 짐작 가능하다. 그러니 새로운 지식을 만들어 내는 것은 얼마나 어려웠겠는가. 새로운 지식이란 학습을 통해 축적된 지식들을 머릿속에서 정리하고 융합해 만들어 내는 과정을 일컫는다. 이런 면에서 책이 귀하던 시절, 새로운 지식을 습득하고 이를 책으로 제작해내는 일은 상상하기조차 어려운 과정이었을 것이다. 인쇄술이 발명돼 책을 발간하기 시작한 것이 15세기의 일이니 그 이전에 후손을 위해 책을 남긴 선현들은 실로 대단한 일을 해낸 사람들이다. 종이가 발명되기 이전에는 또 어떠했는가. 종이가 발명된 것은 2,000년 전이다. 그 전에는 목간이나 구운 흙판, 짐승의 가죽 등에 기록을 남기고 책을 만들었다. 그 시절에 책을 만들어 후세

에 남긴 이들의 위대함은 더 말해 무엇 하겠는가. 지금도 인류가 즐겨 읽은 논어나 성경, 불경 등이 모두 종이 발명보다 수백 년 앞선 시기에 만들어졌다니 놀라울 따름이다. 문자가 만들어진 것은 기원전 3000년 무렵부터이다. 그러니 인류는 5,000년 전부터 비로소 무언가 기록을 남기기 시작해 역사시대를 열어젖힌 것이다. 우리나라를 비롯해 인류 역사를 반만 년이라고 말하는 것도 이 같은 이유 때문이다.

인류가 문자를 사용하기 시작한 것은 5,000년 전, 종이를 발명한 것은 2,000년 전, 활자를 발명한 것은 600년 전이다. 그 까마득하던 시절에도 선현들은 후손을 위해 책을 만들었고, 역사를 기록했다. 역사를 기록하고 지식을 전달하고자 했던 선현들의 눈물겨운 노력이 없었던들 우리는 지금과 같은 문명의 시대를 맞이할 수 없었을 것이다. 인쇄술은 고사하고 종이조차 없던 시절 선현들이 지은 책들은 아직까지도 인류의 사상을 지배하고 있다. 그들이 나무판에 한 자 한 자 글자를 적으며 어렵게 책을 만드는 과정을 상상해 보면 숙연한 마음까지 든다. 오랜 인류사를 거슬러 올라가지 않더라도 책을 만드는 과정은 그리 호락호락하지 않았다. 컴퓨터와 프린터기가 보급되기 이전, 옵셋 인쇄가 보편화되기 이전의 책 만들기는 지금과 비교해 대단히 어려운 과정을 거쳐야 했다. 작가들은 일일이 원고지에 펜으로 써서 원고를 작성해야 했다. 인쇄를 할 때도 원고지에 적힌 원고를 보면서 글자 하나하나의 활자를 심는 조판작업을 하는 번거로움을 거쳐야 했다. 조판작업을 통한 인쇄 방법은 불과 1990년

대까지도 일반적이었다. 물리적인 제작 과정 외에도 일일이 수작업으로 자료를 정리하고 검색해 참고했던 일을 생각해 보면 인터넷을 통해 수시로 최신 자료를 손에 넣을 수 있는 지금의 책 만들기 환경은 혁명적 변화이다.

컴퓨터로 원고를 수없이 복사할 수 있고, 이메일을 통해 시간과 공간을 초월한 정보 전달을 할 수 있는 환경은 과거 선인들이 어렵게 책을 만들던 시대의 환경과 비교하면 거저먹기라고 해야 할 정도이다. 완성된 원고를 출판사에 발송해 검토하게 하는 과정도 너무나 편해졌다. 이메일이 없던 시절에는 일일이 원고를 들고 출판사를 찾아다니는 번거로움을 감수해야 했다. 편집을 하고 디자인을 하는 과정에 출판사와 저자가 수시로 파일을 주고받으며 수정할 수 있다는 점도 놀라운 변화 중 하나이다. 많은 지면을 할애해가며 책 만들기가 어려웠던 과거의 환경을 소개하는 것은 현재의 책 만들기 과정이 너무도 쉽고 간편해졌다는 점을 강조하기 위함이다. 더 노골적으로 말하자면 '선현들은 그토록 고생을 해가며 후손을 위해 책을 썼는데 이토록 편한 작업환경 속에 살아가고 있는 현대인들이 왜 책 쓰기를 하지 않느냐?'고 나무라려는 것이다. 대한민국은 고교 졸업생의 80%가 대학에 진학하는 나라이다. 세계 최고의 대학진학률이다. 대학을 졸업한 것만으로 지성인, 지식인이란 평가를 받던 시절이 있었다. 오늘날의 대학졸업자를 지성인 또는 지식인이라고 말할 수 있을까? 책 쓰기는 고사하고 1년에 책 한 권도 제대로 읽지 않는 대학생이 부지기수이다.

지성인, 지식인으로 평가받고 저자로 대접받는 일이 그리 쉬울 수는 없다. 지극히 고통스러운 과정을 거쳐야 비로소 책의 저자가 될 수 있다. 책 쓰기는 결코 호락호락한 과정이 아니다. 하지만 종이도 없고, 활자도 없던 시절에 빈약한 정보의 기반 위에서 꿋꿋하게 책을 지어낸 선현들을 생각하면 지금의 책 쓰기 과정은 결코 어렵다고 엄살 부릴 수 없는 처지이다. 내 경우도 어려운 과정이 닥칠 때마다 옛날 양가죽을 벗겨 거기에 한 자 한 자 적어서 책을 쓰고, 대나무를 얇게 쪼개서 그것을 엮어 만든 죽간으로 책을 만들었던 선현의 노고를 생각한다. 그러면 정신이 번쩍 든다. 지식인은 남이 주는 정보와 지식을 받아먹기만 해서는 안 된다. 그것은 너무 이기적이다. 많은 책을 읽고 타인이 제공하는 지식과 정보를 습득했다면 자신도 타인을 위해 축적된 지식을 풀어내 공개해야 한다. 그것은 바로 책을 쓰는 일이다. 책 쓰기를 통해 지식인들은 자신에게 주어진 사회적 책무를 수행할 수 있다. 얻은 만큼 돌려주려는 환원정신을 가져야 한다. 많이 읽은 사람보다 많이 쓴 사람이 이타적이라고 말할 수 있다. 지식인이라고 자처한다면, 또한 지성인으로 인정받고 싶다면 책을 써서 사회에 선물해야 한다. 공자께서 환생하신다면 우리에게 이렇게 말씀하실 것이다. "아니 이렇게 좋은 환경에서 공부 안 하고 뭐해? 책 안 쓰고 뭐해? 책을 남기는 것은 배운 사람의 책임이고 의무야. 안 그래?"

역사 속
인물과 책

　　학교교육을 통해 또는 사회교육을 통해 역사를 배운다. 역사는 사람의 살아온 이야기를 엮은 것으로 시작부터 끝까지 인물이 등장한다. 그 인물들이 어떤 일을 했고, 그로 인해 세상이 어떻게 바뀌었다는 것을 배우는 게 역사이다. 한국역사만 해도 헤아릴 수 없는 수의 인물이 등장한다. 여기에 동양의 역사, 서양의 역사를 접하다 보면 끝도 없는 인물이 계속 나열된다. 그 인물들은 크든 작든 어떤 형태로든 인류생활에 영향력을 행사한 사람들이다. 그 영향력이 후대에까지 미쳐 생활, 문화, 의식 등을 바꾸어 놓았다. 우리는 그 기반 위에서 살아가고 있다. 나와는 아무런 관계가 없을 것 같은 역사 속 인물이 어떤 형태로든 나의 생활에 영향을 끼쳤다는 사실은 무척 흥미로운 일이다. 시간 또는 공간이 나와 까마득히 멀리 떨어져 있는 인물이라도 그들은 현재를 살고 있는 나의 생활방식에 직·간접적인 영향을 끼쳤다. 그런 구조를 이해하면 역사를 배우는 것이 얼마나 흥미로운 일인지 깨치게 된다. 많은 책을 읽고, TV 다큐멘터리를 시

청하면서 제대로 이해 못 해 의문으로 남아 있던 일이 그와 관련된 역사를 알게 된 후 자연스럽게 이해되기도 한다. 그래서 역사의 이해는 모든 공부의 선행 조건이다. 또한 역사는 사람의 이야기를 시간 순으로 엮어낸 것이므로 그 사람을 이해해야 한다. 역사 속 인물을 먼저 이해해야 역사를 제대로 이해할 수 있다.

실제로 역사 속에 등장하는 인물은 끝도 없다. 100%는 아니지만 역사 속 인물들의 공통점은 그들의 저서를 갖고 있다는 점이다. 또한 그들의 저서가 세상을 바꾸는 원동력이 됐다는 점이다. 역사 속에 등장하는 그 많은 인물들의 이름을 듣는 순간 거의 반사적으로 그가 쓴 대표적인 저서명이 떠오른다. 정약용의 『목민심서』, 김구의 『백범일지』, 이순신의 『난중일기』, 애덤 스미스의 『국부론』, 칼 막스의 『자본론』, 마르코 폴로의 『동방견문록』 등이 그 사례이다. 각 인물들이 집필한 대표 저서를 이해하지 못하면 그 인물의 사상을 이해할 수 없고, 그 시대상을 이해할 수 없다. 예나 지금이나 책은 자신의 사상을 대중에게 전달하는 가장 보편적이고 가장 강력한 수단이다. 최첨단의 시대에 살아가고 있지만 현재도 책을 통해 자신의 의식과 지식을 전달한다는 사실은 변함이 없다. 지금보다 더한 첨단시대가 열려도 책의 기능과 역할은 변하지 않을 것이다. 책은 가장 보편적이면서도 가장 안정적이고, 가장 호소력 있는 매체임이 분명하다. 영상이나 이미지를 기반으로 한 각종 매체들이 성행하고 있지만 텍스트를 기반으로 한 책은 여전히 그 역할을 충실히 수행하고 있다. 그래서 지금도 도처에서 책은 계속 집필되고 있다. 지금 집필되고 있는 책들은 어떤 형태로든 후대인들에게 영향력을 행사하게 될 것이다. 인류가 생존하는 그날까지 사람들의 책 쓰기는 계속될 것이다.

역사 속 인물들은 세상을 바꾸는 도구로 대부분 책을 이용했다. 『동의보감』이 없는 허준은 더 이상 허준이 아니다. 『동의보감』이라는 완성도 높은 책을 집필했기에 허준은 400년이 지난 지금도 전통 의학계의 최고봉으로 인정받고 있다. 김부식도 『삼국사기』를 저술해 고대의 역사를 후손들에게 전했다. 그 엄청난 역할을 했기에 김부식은 모든 한민족이 그 이름 석 자를 기억한다. 후손들은 김부식이 역사적으로 어떤 인물인지에 대해 잘 모른다. 그가 어떤 집안에서 어떤 벼슬을 했고, 삼국사기는 왜 지었는지 등에 대해 후손들은 별 관심이 없다. 오로지 김부식이란 이름을 들으면 『삼국사기』라 책이 떠오를 뿐이다. 김부식은 고려 말 역사를 이해하는 데 대단히 중요한 인물이다. 하지만 『삼국사기』라는 책의 가치가 너무도 압도적이기 때문에 그의 모든 행적이 책에 가려졌다. 『삼국사기』는 일연이 지은 『삼국유사』와 더불어 우리의 고대사를 기록한 최고의 역사서이다. 삼국사기는 모든 한민족이 김부식이란 이름을 기억하게 한 책이다. 『삼국사기』와 『삼국유사』가 없다면 우리 민족의 고대사는 없는 것이나 마찬가지이다. 책을 통해서 그 존재감이 온 국민의 머릿속에 각인된 인물은 이 밖에도 너무나 많다.

우리 한민족 역사상 가장 많은 저술을 남긴 이는 아마도 다산 정약용인 것 같다. 다산은 남긴 저술의 편수 면에서 압도적이지만 내용면에서도 모두가 국보급 저서이다. 『목민심서』를 비롯해 『경세유표』, 『여유당전서』, 『흠흠신서』 등은 하나같이 당대 최고의 전공서이다. 다산은 방대한 저서를 통해 당대 최고의 지식인으로 인정받았고, 한민족 5000년 역사를 통틀어 가장 뛰어난 석학이라는 평가를 받고 있다. 그는 40세부터 58세까지 18년의 기간에 500권에 달하는 저서를 발간했다. 한 해 평균 27~28권의 책을 발행한 것이다. 당시의 시대상으로 미루어 믿어지지 않는 왕성한 저술활동이라 할 수 있다. 다산 정약용과 관련된 기록을 뒤지다 보면 늘 등장하는 인물이 그의 형인 손암 정약전이다. 손암은 다산 못지않은 학식과 인품을 갖춘 인물로 곳곳에서 묘사된다. 다산은 다소 차분한 성격이었던 반면 손암은 호탕하고 기백이 넘쳤던 인물로 기록돼 있다. 손암 역시 당대 최고의 학자였지만 그를 기억해주는 사람들은 그리 많지 않다. 다산과 비교할 때 손암은 빈약한 저술활동을 했다. 그의 저서 중 모두가 기억할 수 있는 책은 『자산어보』 하나뿐이다. 다산과 손암의 역사적 평가는 바로 여기서 갈린다. 다산은 많은 저술을 남겼고, 이에 반해 손암은 저술활동이 빈약했다. 다수의 국보급 저술을 남긴 다산은 지금도 온 국민이 존경하는 최고의 학자로 추앙받고 있다. 다산이 이토록 오랜 세월 존경받을 수 있는 것은 그가 남긴 저서 때문이란 사실은 결코 부정할 수 없다.

고생은 잠시,
저서는 영원히

    준비돼 있는 자에게 책 쓰기는 즐거운 작업의 연속이다. 자신이 구상해왔던 내용을 체계화하고 논리적으로 풀어나가는 과정은 생각보다 큰 즐거움을 안겨준다. 하지만 오랜 시간 고도의 집중력을 발휘해 작업에 임해야 하기 때문에 즐거움만큼 고통도 수반된다. 완성도 높은 구상을 하고 그 구상에 따라 평소 자신이 기록하고 싶던 내용을 써 내려가는 작업은 경험해 본 사람만이 아는 희열이 있다. 하지만 그 희열은 책 쓰기를 위해 철저한 준비가 돼 있는 경우에 느낄 수 있는 감정이다. 준비가 미흡하다면 그 기쁨을 느끼는 일은 후로 미뤄야 한다. 준비가 미흡한 상태에서 무모하게 책 쓰기에 도전했다가는 오히려 고통을 감내해야 할 처지가 되고 중도 포기하는 수도 생길 수 있다. 책 쓰기가 기쁨이건 고통이건 그것은 각자가 느끼는 감정이다. 본인이 얼마나 철저한 준비가 돼 있는지 또는 시간이나 마음의 여유가 있는지에 따라 책 쓰기는 기쁨이 될 수도 있고, 고통이 될 수도 있다. 그러나 기쁨과 고통 여부와 관계없이 고생스럽

기는 마찬가지이다. 책 한 권 분량의 원고를 쓰는 데 일주일이면 끝내는 사람도 있지만 몇 달 또는 몇 년이 걸리는 사람도 있다. 평균적으로 서너 달은 족히 소요된다. 책 쓰기는 비단 원고 집필만을 의미하는 것은 아니다. 전체적인 구상과 구성 단계를 비롯해 초고 쓰기와 퇴고 과정을 거쳐 탈고를 마친 이후에도 출판사와의 계약, 디자인, 마케팅 등 모든 과정이 결코 만만치 않다.

특히 경험 없이 책을 처음 써보는 사람이라면 하나하나의 과정은 넘어야 할 산이다. 집필에만 서너 달이 소요된다고 했을 때 책을 완간하는 데는 족히 반년은 걸린다는 얘기다. 처음 책 쓰기를 시작해 책이 발행될 때까지 과정을 진행하면서 참으로 고생스럽다는 생각을 하게 될 것이다. 책이 발간된 이후에도 하루하루 판매되는 책의 수량을 파악해 가며 새로운 마케팅을 시도하는 일도 예상치 못한 스트레스를 안겨줄 수 있다. 놀고 싶고, 쉬고 싶은 마음을 접어가며 책을 쓰는 일은 생각만큼 쉽지 않다. 전업 작가라면 모를까 별도의 직업을 갖고 있다면 일과 중 시간을 내서 책을 쓰는 일이 시간과의 싸움이 될 수도 있다. 없는 시간을 쪼개 작업을 하다 보면 잠을 자는 시간을 줄이고 사생활을 포기하는 것이 유일한 방법이다. 평소 흘려보내고 마는 자투리 시간을 모아 활용하는 일도 책 쓰기가 진행되는 동안에는 습관화해야 할 일이다. 이렇듯 책을 쓰는 과정 내내 평소 자신에게 주어진 일 외에 또 다른 일을 해야 하기 때문에 그만큼 고생스러울 수밖에 없다. '내가 왜 이런 고생을 사서 하나?' 싶은 마음이 들 때도 많을 것이다. 하지만 내가 바라는 멋진 책을 내 손 위에

올려놓는 모습을 상상하며 그 고생스러운 시간을 이겨내야 한다.

　책을 쓰는 데 소요되는 시간은 개인의 능력에 따라, 주변 여건에 따라, 책의 내용에 따라 얼마든지 변할 수 있다. 그러나 일반적으로 아무리 짧게 잡아도 몇 달은 소요된다. 좁은 의미에서 책 쓰기는 집필을 하는 과정만 지칭하지만 넓은 의미에서는 구상하고 인쇄하고 마케팅하고 하는 등등의 모든 절차를 일컫기도 한다. 경험자와 무경험자의 차이는 집필 속도에서 다소 발생할 뿐 나머지 과정에서의 차이는 크지 않다. 아무튼 책을 쓰는 과정은 책이 완성될 때까지 고생의 연속이다. 실상은 책이 출간된 이후에도 마음고생은 계속될 수 있다. 고생해서 쓴 책인 만큼 판매되는 과정을 지켜보는 일이 마음 편하지는 않기 때문이다. 이래저래 책을 쓰는 일이 고생의 연속인 것은 맞다. 그렇다면 그 고생스러운 일을 왜 그렇게 하는 것이며, 해보지 못한 이들은 왜 그토록 해보고 싶어 하는 것일까. 그것은 고생스러운 작업 뒤에 그 고생을 몇 곱절 보상받을 수 있는 어떤 대가가 있다고 믿기 때문이다. 그 대가는 심리적인 것도 있겠고, 물질적인 것도 있을 것이다. 책의 저자가 됐다는 것은 전 국민 1% 이내의 지식인 범주에 발을 담갔다는 것을 의미한다. 역사에 이름을 남기게 됐다는 의미도 된다. 저자가 되면 사회적 지위가 변화하고 나를 부러워하는 사람들도 많아진다. 직접적이든 간접적이든 금전적으로도 적지 않은 보상이 뒤따른다. 이런 보상이 있기에 고생을 감내하고 책을 쓰는 것이다.

우리는 생활 속 경험을 통해서 고생스러운 일은 반드시 그에 따른 보상이 뒤따른다는 사실을 알고 있다. 그렇지 못한 경우도 있겠지만 대부분은 고생의 대가가 존재한다. 그렇기에 멀고 긴 보상을 받을 수 있다는 확신을 갖고 당장의 고생을 감내하게 되는 것이다. 책 쓰기도 마찬가지이다. 책을 만들겠다는 구상을 하는 단계부터 구체화시켜 집필에 돌입하고 원고를 완성해 책을 발행하기까지 온갖 고생스러움을 경험하게 되지만 그 모든 과정을 이겨낸 후 얻을 수 있는 보상은 다른 어떤 것보다 크다. 보상이 큰 것도 중요하지만 다른 어떤 보상보다 오래간다는 것이 중요하다. '호랑이는 죽어서 가죽을 남기고, 사람은 죽어서 이름을 남긴다.'는 한국 속담처럼 책을 쓴 사람은 죽고 난 후에도 자신의 이름과 더불어 책의 이름을 세상에 영원히 남기게 된다. 더구나 인터넷이라는 영구적 보관 시스템이 구축돼 있는 현재의 사회 구조를 고려할 때 책과 저자는 역사 속에 영원히 남을 수 있게 됐다. 수십, 수백 년의 세월이 흘러도 사라지지 않고, 어디서도 나의 이름과 책의 제목 및 내용은 남을 수 있게 됐다. 책을 쓰는 시간은 고생스럽겠지만 그 업적은 영원히 남을 수 있음을 상기하며 책 쓰기의 고생스러움을 극복해 나가야 한다.

독자들의 관심은
실용서로 옮겨갔다

    1970년대 이전의 사회상은 극빈가정이 아니라면 웬만한 집에 세계문학전집, 세계소년소녀문학전집, 한국문학전집, 세계위인전기전집 등 전집류 책들이 구비돼 있었다. 초등학교에 입학하면 위인전기를 읽기 시작했고, 이어 세계소년소녀문학전집부터 시작해 각종 전집류 책을 읽어야 했다. TV 보급률도 낮고 별다른 놀이시설이 없던 시절이다 보니 친구들과 노는 일이 유일한 낙이던 시절이었다. 놀다 지치면 책을 읽었다. 도서관도 대도시밖에 없던 시절이니 집에 있는 책을 읽는 것은 당연했다. 그래서 그 시절 이전에 유년기를 보낸 이들이라면 웬만한 위인전기나 문학서를 완독한 것이 그리 대단한 일이 아니다. 『세종대왕』『이순신』을 시작으로 『링컨』『간디』 등의 위인전을 모두 읽었고, 『장화홍련전』『콩쥐팥쥐』『흥부놀부전』『톰 소여의 모험』『이솝우화』『안데르센동화집』『몬테크리스토백작』『장발장』『로빈슨크루소의 모험』 등등을 읽지 않으면 누구와 대화를 할 수도 없는 상황에 처했다. 아무리 책 읽기를 싫어하는 경우라도 방학을 통

해 이런 책 몇 권씩은 읽게 마련이었다. 책 읽기를 즐기는 사람은 집에 구비된 전집류를 몇 차례씩 독파하는 일도 허다했다. 집집마다 방문하며 전집류 책을 판매하는 외판사원이 수시로 집을 드나들던 것도 당시의 문화였다.

그런데 불과 10년의 세월이 그저 몇 번 흘러가는 동안 세상은 너무나 바뀌었다. 각 가정은 더 이상 전집류 책을 구비하지 않는다. 전집류 책이 시야에서 사라졌으니 당연히 그런 류의 책을 읽은 일도 사라졌다. 2000년 이후 출생자 중 영상물이나 애니메이션 등이 아닌 책으로 이순신의 전기를 접한 이는 몇 명이나 될까? 로빈슨크루소의 모험을 읽은 이는 몇 명이나 될까? 영상매체가 일상화된 이후에 태어난 세대들은 책 대신 각종 영상물을 통해 위인들의 삶이나 세계적 문학작품을 접했을 것이다. 책이 아닌 다른 매체를 통해 위인전을 접하고 문학작품을 접했다고 해서 그들을 비난하거나 흉볼 이유는 없다. 세상이 변했으니 어쩔 수 없는 일이다. 쉽게 접할 수 있는 매체를 통해 과거에 책으로만 접할 수 있던 내용을 접하게 되는 일은 아주 자연스러운 현상이다. 고속열차가 놓였으니 서울에서 부산까지 걸어서 갈 이유가 없는 것과 마찬가지이다. 가까이에서 접할 수 있는 편한 매체가 생겼으니 책을 멀리하게 된 것은 어쩌면 당연하다.

그러나 전집류 책들이 자취를 감췄다고 해서 단행본 책까지 사라진 것은 아니다. 웬만한 집을 방문하면 책꽂이엔 책이 가득하다. 구비된 책의 형태와 장르가 바뀌었을 뿐이다. 책 외에 엄청난 매체들이 쏟아져 나와 세상을 뒤덮었지만 여전히 책은 발행되고 있다. 책을 쓰는 사람이 여전하고, 책을 만드는 사람도 여전한 데다 책을 구매하고 읽는 사람도 여전하기 때문에 책은 꾸준히 세상에 나오고 있다. 다만 책의 내용은 이전과 큰 차이를 보일 뿐더러 유행도 민감하게 타고 있다. 전체적인 맥락을 짚어보자면 과거와 비교할 때 최근의 도서 시장이 갖는 가장 큰 변화는 실용서로 옮겨갔다는 점이다. 과거에 사람들이 읽었던 책이 마음의 양식을 쌓는 교양서였다면 현대인들이 찾는 책은 하나같이 실용에 기반을 두고 있다. 읽어서 짧은 시간에 뭔가 실익을 얻을 수 있는 책을 원하는 것이다. 인문교양서는 한약, 실용서는 양약에 비유할 수 있다. 한약은 체질을 강화하고 면역력을 갖게 해 몸이 병을 스스로 고칠 수 있도록 하는데 방점을 두지만 양약은 병 자체를 고치는 데 방점을 둔다. 그래서 마음이 조급한 현대인들은 시간이 오래 걸리고 완치를 보장해주지 못하는 한약보다 당장의 효과를 얻기 위해 양약을 찾는다. 책도 내 내면을 성숙하게 하는 교양서에는 별 관심이 없다. 당장 뭔가 내 삶에 긍정적 변화를 주는 책에만 관심을 갖고 그런 책만 골라 구매해서 읽는다.

한국은 전 세계에서 자본주의를 가장 신봉하는 국가 중 하나가 됐다. 자본주의의 역사는 짧지만 철저한 자본주의가 정착돼 사람들의 의식을 지배하고 있고, 대부분의 한국인들은 철저하게 인풋IN PUT과 아웃풋OUT PUT의 관계를 생각하며 모든 일을 결정한다. 책을 읽는 일도 마찬가지이다. 내가 시간과 돈을 투자해 읽었을 때 얼마나 실용적인가가 책을 선택하는 기준이다. 소비자들의 요구가 이렇게 변화했으니 책을 쓰는 저자들이 그 요구에 맞춰 실용성에 기반을 둔 책을 쓰는 것은 당연하다. 감기 환자들은 당장 콧물을 멈추게 하고 막힌 코를 뚫어주는 약을 찾는다. 근본적으로 기를 보충해주고 면역력을 길러준다는 이유로 멀리 돌아가는 처방을 해주는 한약은 현대인들의 정서와 거리가 있다. 교양서가 대중에게 외면 받는 것도 같은 이치이다. 철저한 자본주의 사회에 익숙해진 한국인들은 내가 1~2만 원의 돈을 주고 구매해서 2~3일 시간을 투자해 읽은 책이 당장의 실익을 안겨주길 바라고 있다. 한약이 몸에 좋다는 것을 알지만 당장의 효과를 낼 수 없다는 이유로 외면하는 한국의 현대인들은 책을 구매하고 읽을 때도 비슷한 선택을 한다. 인문교양서가 좋은 책인 줄은 알지만 양자를 놓고 비교우위에 두지 않는다. 다분히 자본주의적 사고방식의 선택을 한다.

과거에 책을 읽으라는 말은 교양을 넓히고 사고의 범위를 키울 수 있거나 사고의 방향을 좀 더 다각화할 수 있는 책을 읽으라는 것을 의미했다. 그래서 일반적으로 책을 읽으라고 권할 때의 책은 인문서, 교양서를 지칭하는 것이었다. 그러나 시대가 흘러 사람들의 정서는 변했다. 요새 누군가에게 '책을 읽어라.'라고 권유했다면 그것은 비단 인문서나 교양서만을 지칭했다고 할 수 없다. 다양한 분야의 책을 고루 많이 읽으라는 충고가 된다. 사실 국내 출판시장에서 실용서가 아닌 순수 인문서나 교양서의 비중은 매우 낮다. 실용서 가운데도 참고서나 자습서, 문제집 등의 수험서가 절대 비중을 차지하고 그다음으로 자기계발서류가 차지하는 비중이 매우 높다. 특정 분야의 실용서는 그래도 나름 저자의 노하우도 보이고 보편적인 객관성도 갖췄다. 그러나 소위 자기계발서라는 책들은 내용도 비슷하고 황당한 제안을 하는 경우도 많다. 제목만 요란하고 내용은 허접한 경우도 많다. 하지만 비난할 일도 아니다. 시장은 철저하게 수요와 공급에 의해 질서가 유지된다. 그런 책을 필요로 하는 수요가 있으니 공급이 이루어지는 것이다. 이 또한 자본주의의 논리이다.

바쁜 현대인들은 어떤 선택을 하든, 그 과정에는 시간과 돈을 투자한 만큼 내가 실익을 얻을 수 있을지에 대한 계산을 하는 습관이 있다. 교양을 넓히고 사고의 틀을 키우는 일이 중요하다는 사실을 잘 알고 있지만 그 선택은 항상 후순위로 밀린다. 우선 눈에 보이는 실익이 있는 일에 시간과 돈을 투입한다. 이것이 바로 책을 쓰고자 하는 이들이 실용서를 써야 하는 이유이다. 실용서가 아니라면 그 책이 시장에서 독자들로부터 선택받을 확률은 지극히 낮다. 실용서가 아닌 인문교양서를 출간해 세간의 주목을 받으려면 저자가 세상 사람 모두가 알 만큼의 저명성을 갖춰야 한다. 무명의 저자가 아무리 좋은 교양서를 써도 사람들은 그 책을 주목하지 않는다. 그저 수백 권도 처분하지 못해 출판사와 서점 창고에 수북이 쌓여 있는 책이 부지기수이다. 그 책의 내용이 나빠서가 절대 아니다. 현대인들은 숨은 보물을 찾을 시간이 없다. 확실하게 입증된 실용서에만 관심을 가진다. 쏟아지는 그 엄청난 책 가운데 과연 어떤 책이 내게 실익을 안겨줄 것인가가 현대인들의 관심사이다. 참으로 씁쓸한 이야기지만 그래도 인문서, 교양서를 쓰고 싶다면 실용서 발행을 통해 이름을 알리고 그 저명성을 기반 삼아 도전하는 것이 옳다고 충고하고 싶다. 지금 대한민국 출판시장의 현실이 그렇다.

강사라면
당장 책을 써라

일반적으로 책을 많이 집필하는 직업은 무엇일까? 대학교수를 비롯해 연구 직렬에 있는 직업군은 자신이 연구를 통해 밝혀낸 새로운 사실을 공인받기 위해 많은 책을 집필하게 될 것이다. 수험서를 제작하는 저자도 많은 책을 집필하는 직업군으로 분류될 것이다. 전업 작가들도 소설이나 수필, 시 등을 꾸준히 쓰고 그것들을 책으로 엮어내는 일을 지속할 것이다. 이들 외에 책을 써야 하는 직업은 참으로 많다. 더 면밀히 말하면 책을 써야 한다기보다 책을 쓰면 대단히 유리해지는 직업이라고 표현하는 것이 옳을 듯하다. 어느 직업에 종사하든 책을 썼을 때 불리해질 일은 거의 없다. 그러니 어떤 직업을 갖고 있든 자신의 저서를 갖는다는 것은 고무적인 일이다. 그러나 그 많은 직업 가운데 가장 현실적으로 자신의 저서를 가져야 하는 직업은 전문 강사라고 말할 수 있다. 공공분야 또는 민간분야의 다양한 연수원에서 강연활동을 하며 생업을 이어가는 전업 강사들의 수는 의외로 많다. 강사들의 활동 무대가 어디 연수원뿐이겠는

가. 각종 워크숍에 초청되는 경우도 많고, 기업이나 기관을 직접 방문해 임직원들을 대상으로 강연을 하게 되는 경우도 많다. 강사인력 풀을 활용하는 전문 교육용역업체를 통해 강연의 기회를 갖게 되는 경우도 허다하다.

강사라는 직업은 참으로 극과 극이다. 자신은 아무런 홍보활동도 않고 가만히 있지만 제발 한 번만 강연을 해달라고 구애를 받는 강사들이 있는가 하면 자신이 부지런히 영업활동을 하지 않으면 여간해 초청받는 일이 없는 강사들도 많다. 또 부지런히 영업활동도 하고 각종 매체를 통해 홍보를 하는데도 좀처럼 강연의 기회를 얻지 못하는 강사들도 있다. 대부분 프리랜서 형태로 일하고 있는 전업 강사들은 강연 기회를 갖지 못하면 그만큼 소득이 줄어들 수밖에 없다. 강연의 기회도 많은 차이가 있지만 강연료의 편차도 극심하다. 1~2시간 기준 수백만 원의 강연료를 받는 강사도 있지만 그저 수만 원의 강사료를 받는 강사도 있다. 수만 원도 못 받아 거의 모든 강연을 재능기부 형태로 하는 강사들도 많다. 대개 수백만 원의 강사료를 받는 강사는 강연을 의뢰한 기관이나 기업 등에서 극진한 대접을 받는다. 반면 강사료가 낮게 책정된 강사는 받는 대접도 소홀하다. 같은 직업을 가진 사람에게 이렇게 극심한 차별이 존재하는 직업이 또 있을까 싶은 생각이 들 정도로 강사 세계의 수준별 온도 차이는 극심하다. 강사료를 비롯한 대접의 차이는 대개 지명도의 차이에서 비롯된다. 또 전문성이나 희소성 등도 차이를 발생하게 하는 요인이 된다. 강의력의 차이에서 대우의 차이가 발생하는 수도 있다.

이렇게 공공연하게 극심한 차별이 존재하는 강사시장에서 선택받는 강사, 고액 강연료를 받는 강사, 극진한 대접을 받는 강사가 되기 위한 방법은 여럿이 있겠지만 책을 쓰는 일이 우선적이다. 자신이 주로 강연활동을 하고 있는 분야와 관련된 전문서적을 출간해서 시판되는 동시에 그 강사의 모든 것은 바뀐다. 강연 요청이 급격히 늘어나게 될 것이고, 강연료도 상승하게 될 것이다. 물론 책을 그럴듯하게 썼는데 강연 자체가 엉망이라면 그 강사의 수직적 생활변화는 기대하기 어려울 것이다. 왜냐하면 강사는 책이 아닌 강연으로 자신의 존재감을 드러내야 하기 때문이다. 그러니 강사에게 있어 책을 쓰는 능력은 강연을 하는 능력보다 중요하지는 않다. 강사에게 있어서 책은 자신의 강연을 질적으로나 양적으로 성장시키는 불쏘시개 역할은 할 수 있지만 불 자체는 아니다. 그러나 내 경험으로 미루어 책은 기가 막힐 정도로 잘 쓰는데 강연이 신통치 않은 강사는 거의 없다. 강연은 잘 하는데 책 쓰기가 미흡한 강사는 얼마든지 있다. 전업강사에게 자신의 책은 그 어떤 것보다 강력한 무기 역할을 해줄 것이다. 자신의 저서가 있다는 것은 그만큼 그 분야에 전문성이 확보돼 있고 청중들에게 해줄 수 있는 말도 많다는 사실을 객관화할 수 있는 수단이 된다.

한 연수원에서 근무하고 있는 후배가 내게 한 말도 이러한 사실을 입증한다. 자신들이 교육 프로그램을 진행하면서 원하는 분야의 강사를 선택하고자 할 때 가장 먼저 관련 서적을 찾아보고 그 저자를 수소문하는 일부터 시작한다고 한다. 예컨대 보고서 작성과 관련한 교육을 진행할 강사를 물색한다면 가장 먼저 보고서 작성을 주제로 한 책을 쓴 저자를 찾는다고 한다. 아무리 관련 분야의 강의를 잘한 다고 입소문이 나 있는 강사라고 해도 그 분야의 저술이 없다면 왠 지 불안감이 생기지만 반대로 강의력은 입증되지 않았더라도 관련 저서가 있다면 안도감을 갖고 섭외에 돌입한다고 한다. 그러니 전업 강사라면 자신이 주력할 강의 분야를 정하고 그 분야에 관련된 책을 쓰는 일을 우선적으로 해야 한다. 그러면 그 책이 강연활동을 질적 으로나 양적으로나 성장시켜 주는 불쏘시개 역할을 할 것이라고 확 신한다. 강사가 책을 쓸 때는 무엇을 주제로 강연할 것인가에 대해 구체적 계획을 세운 후 그 분야를 대상으로 한 책을 써야 한다. 보 고서 작성에 대해 강의하고 싶은 강사가 요리책을 아무리 많이 집필 했어도 아무런 도움이 되지 않는다는 사실은 굳이 설명하지 않겠다. 전업강사라면 자신이 자신 있게 강의할 수 있는 분야를 몇 가지는 가지고 있어야 한다. 더불어 몇 권의 책을 저서로 갖고 있어야 한다 는 것이 내 생각이다.

죽기 전에
내 책 쓰기

제3장

쓰기가
두렵다고?

베껴 쓰기와
외워 쓰기

　책 쓰기를 하고 싶은 사람은 많다. 자신이 겪은 이야기를 풀어내면 책으로 몇 권을 만들고도 남는다고 말하는 사람은 많다. 그들이 모두 책을 썼다면 세상에는 책을 쓴 사람이 책을 쓰지 못한 사람보다 많을 것이다. 책을 쓰고 싶은데 책을 쓰지 못하는 사람이 많다는 것이다. 그렇다면 책을 쓰고 싶은데 쓰지 못하는 이유는 무엇일까. 많은 이유가 있겠지만 가장 두드러진 이유는 글쓰기가 자신이 없고 글을 쓰는 자체에 두려움을 갖고 있기 때문이다. 어디서 어떻게 시작해야 할지를 몰라 못 쓰는 경우도 있겠고, 책 한 권의 분량을 보고 겁에 질려 책 쓰기를 시작하지 못하는 경우도 있겠다. 이들 가운데 글쓰기가 자신이 없어 책 쓰기에 나서지 못하는 경우가 가장 많을 것으로 본다. 전업 작가를 비롯해 글을 쓰는 일이 생업과 연관되는 직업을 가진 이가 아니라면 글쓰기란 그리 쉬운 일이 아니다. 글쓰기가 생활화돼 있지 않은 평범한 이들에게는 타이핑을 해서 A4용지 단 한 장 분량의 글을 채우는 것조차 쉽지 않다. 무엇을 써야 할

지도 막막하고 어떻게 써야 할지도 막막한 것이 글쓰기 초보자이다. 그러니 써보기도 전에 겁을 먹고 글 쓰는 것을 남의 일로 여기게 된다. 글쓰기가 두려우니 책 쓰기에 엄두를 못내는 것은 당연한 일 아닌가.

능숙하게 글을 쓰고, 뚝딱하면 책을 한 권 쓰는 사람이 있다. 이들이라고 해서 태어나면서부터 글을 잘 썼을까. 아마 그렇게 생각하는 사람은 없을 것이다. 그들 역시 익숙해질 때까지 지속적으로 연습하고 훈련해서 달인의 경지에 이르렀음을 누구도 부정하지 않을 것이다. 그렇다면 그들이 글쓰기에 익숙해지기 위해 했던 일은 무엇일까. 남들보다 먼저 효과적으로 글쓰기에 익숙해질 수 있는 왕도는 없는 걸까. 물론 같은 훈련을 하고 같은 지도를 받아도 빠르게 숙달되는 사람이 있고, 더딘 숙련도를 보이는 사람이 있을 것이다. 글쓰기뿐 아니라 어떤 기능을 배우더라도 더 빨리, 더 능숙하게 익히는 사람이 있다. 분명 속도의 차이는 있을 수 있다. 세련미의 차이도 나타날 수 있다. 하지만 분명한 것은 안 되는 사람은 없다는 점이다. 누구나 지도받고 훈련받으면 할 수 있다. 세상 어떤 기능을 배울 때도 사정은 같다. 서툴고 어줍은 단계를 거쳐 지속적으로 훈련하고 반복적으로 연습하다 보면 익숙해지고 속도도 빨라진다. 글쓰기라고 여기에서 벗어날 수 없다. 자꾸 쓰다 보면 자연스럽게 느는 것이 글쓰기 실력이다. 글쓰기가 익숙해지면 많은 분량도 거뜬히 쓸 수 있게 되고 책 한 권의 분량을 쓰는 일도 겁먹지 않게 된다.

글쓰기는 어떻게 배워야 할까. 여러 가지 방법이 있을 수 있지만 가장 좋은 방법은 베껴 쓰기와 외워 쓰기이다. 전업 작가의 글, 신문에 실린 칼럼이나 사설 등을 똑같이 베껴 써보는 것은 글쓰기의 매우 효과적인 좋은 훈련법이다. 컴퓨터 자판으로 타이핑을 하는 방법도 좋지만 가능하다면 필기구로 종이에 직접 쓰면서 베껴 쓰기를 한다면 더욱 효과적이다. 여러 글 중에도 가장 좋은 글은 신문에 실린 칼럼이다. 칼럼은 분량이 다양하지만 대개 2,000자 칼럼이 가장 일반적이다. 1,000자 칼럼도 있고, 1,500자 칼럼도 있지만 2,000자 칼럼이 가장 보편적이다. 칼럼은 신문사 데스크(부서장)급 이상의 기자들이 쓰기도 하고 외부 필진이 쓰기도 한다. 일정 수준 이상의 신문사는 칼럼을 싣는 외부 필진을 엄선하는 편이어서 글감도 좋고 글의 구성도 좋다. 혹시나 외부 필진의 글이 문맥이 매끄럽지 못하거나 글의 전체 짜임새가 부족하면 신문기자들이 양해를 구하고 수정하는 것이 일반적이다. 그래서 외부 필진의 칼럼도 베껴 쓰기를 하기에 적당하다.

신문사 내부 데스크급 이상 기자들이 쓴 칼럼이라면 가장 좋은 텍스트가 된다. 2,000자 칼럼의 경우 대개 기승전결(起承轉結)의 논리구조가 완벽하게 전개된다. 한국을 비롯한 동아시아지역 사람들이 가장 즐겨 사용한 기승전결에 의한 논리 전개가 신문 칼럼에도 고스란히 배어 있다. 자신이 주장하고자 하는 바를 객관적 논리로 몰고 가 상대를 설득하는 형태의 글이다 보니 가장 논리적인 글이다. 더구나 신문 칼럼은 군더더기가 없는 글이다. 기자생활을 20년 이상 경험한 이들이 쓰는 경우가 많아 이들의 기사 쓰기 습관이 그대로 칼럼에 반영된다. 기자들의 글쓰기에는 절대 불필요한 군더더기가 용납되지 않는다. 아주 간결하고 논리적이면서 불필요한 수식어나 접속사 등이 없다. 2,000자라는 제한된 분량에 독자를 논리적으로 설득시킬 수 있는 칼럼은 글쓰기를 배울 때 교과서 같은 글이다. 물론 칼럼이 아닌 일반적 기사나 기타 어떤 글도 교과서 노릇을 할 수 있지만 칼럼을 통해 배우는 것이 가장 무난하다. 가장 효율적이고 합리적인 방법이 칼럼을 통해 글쓰기를 배우는 것이다.

방법은 간단하다. 적당한 칼럼 한 편을 고른 후 내용을 음미해 가면서 한 구절 한 구절 옮겨 적는 것이다. 중간에 익숙하지 않은 낱말이나 표현이 나오면 반드시 사전이나 기타 자료를 찾아보고 완벽하게 뜻을 이해하면서 베껴 쓰기를 하는 것이 중요하다. 다른 어떤 글을 베껴 쓸 때도 마찬가지이다. 글쓰기의 기본은 어휘력을 갖추는 일이다. 한 편의 완성된 글을 요리에 비유할 때 낱말 하나하나는 식재료가 된다. 요리사가 각 식재료의 맛과 효능에 대해 이해하지 못하면 요리를 할 수 없듯이 어휘를 이해하지 못하면 글을 쓸 수가 없다. 설령 글을 쓴다고 해도 아주 단순하고 뻔한 글만 쓸 수 있게 된다. 그러니 어휘력을 넓혀가는 일이 글쓰기에 절대 필요하다. 어떤 글을 베껴 쓰는 과정을 되풀이하면서 잘 모르는 낱말을 사전에서 찾아보면서 낱말을 익혀나가다 보면 자신도 모르는 사이에 어휘력이 크게 향상된다. 향상된 어휘력은 머릿속에 저장되고 꺼내 쓰기를 반복하다 보면 완벽한 나의 어휘가 된다.

칼럼 한 편을 옮겨 적는 데 대략 15분 정도가 소요될 것이다. 그 글을 한 번 베껴 쓰는 데 그치지 말고 두 번, 세 번 베껴 쓰다 보면 자신도 모르는 사이에 글쓰기 기술이 향상된다. 세 번에서 그칠 필요도 없다. 네 번, 다섯 번 써 본다면 더욱 빠르게 글쓰기 솜씨가 늘게 될 것이다. 몇 번 베껴 쓰기를 하다 보면 전체적인 내용이 머릿속에 암기될 것이다. 네댓 번 베껴 쓰기를 한 후에는 외워 쓰기를 시도해 보는 단계로 넘어간다. 전체적인 의미를 생각하면서 글의 구성에 맞게 분량을 생각하면서 생각나는 대로 적어보고 나중에 원본과 대조해 가면서 다른 부분을 수정하고 빠진 부분을 채워 넣는 연습을 하다 보면 글쓰기 실력은 눈에 띄게 향상될 것이다. 한 편의 칼럼을 거의 완벽하게 외워 쓸 수 있을 정도가 되면 이어 다른 칼럼을 선택해 같은 방법으로 베껴 쓰기와 외워 쓰기를 반복해 훈련하면 된다. 이런 방식으로 훈련을 이어가다 보면 글쓰기에 감이 잡힌다. 칼럼만 고집할 필요는 없다. 수필도 좋고 감상문이나 기행문 등도 좋다. 좋은 글을 베껴 쓰고 외워 쓰는 일은 다른 어떤 방법보다 효과 빠른 글쓰기 훈련법이다.

두괄식 글쓰기와
미괄식 글쓰기

　자신이 쓴 글을 남 앞에 공개하지 못하는 것은 자신감이 없기 때문이다. 혹여 비문(문법에 맞지 않는 문장)이 아닐까, 문맥이 매끄럽지 못해 망신을 당하지 않을까, 논리적이지 않아 상대가 내 글을 이해하지 못하는 것은 아닐까, 글 내용이 너무 유치한 것은 아닐까 등등을 걱정하는 마음이 크면 남 앞에 내 글을 공개하기가 꺼려진다. 그러나 그 두려움과 부끄러움을 벗어던지지 못하면 글쓰기를 배울 수 없다. 악기를 처음 다루는 사람이 능숙하게 연주를 할 수 없는 것은 당연하게 여기면서 글쓰기 초보자가 다소 엉성한 글을 쓰는 것에 대해서는 부끄러워한다. 무엇이든 처음 접할 때는 낯설고 어줍고 미숙하다. 계속적인 훈련을 하고 지도를 받으면 실력이 는다. 그 과정을 거치지 않고 자신의 실력이 부끄럽다고 생각해 발표하지 못하는 것은 글쓰기 배우는 일을 포기하겠다는 것과 마찬가지이다. 누구나 처음에는 다 그렇게 부족할 수밖에 없다는 사실을 인정해야 한다. 그리고 당당히 내 글을 공개해 무엇이 부족한지를 파악하고 고치는 방법

을 익히자. 그러면 글쓰기 실력은 몰라보게 향상된다. 사실 우리나라 학교교육에서 모든 문제는 시작된다. 학교에서 이루어지는 국어교육은 대부분 문법이나 문학사, 문학작품 해제解題 등에 치우쳐 있다. 실질적인 국어교육이라 할 수 있는 글쓰기에 대한 교육은 미흡하기 짝이 없다. 쓰기에 대해 제대로 배워본 적도 없고, 써본 적도 없는데 어찌 글을 잘 쓸 수 있단 말인가. 다수의 국민들이 글쓰기에 자신감이 없고, 실력이 부족한 것은 전적으로 글쓰기 교육의 부재에서 비롯된다. 흔히 말하는 입시 위주의 문제 맞추기 기술교육의 폐단이다.

우리는 학교교육을 통해 글은 서론-본론-결론의 순서로 쓰는 것이라고 배웠다. 또는 기-승-전-결의 순서로 쓰는 것이라고 배웠다. 실제로 모든 글을 그렇게 쓰는 것이라고 모든 국민들이 맹신하고 있다. 결론을 말미에 두는 미괄식 문장은 한국을 비롯한 중국, 일본 등 동아시아 문화권에서 수천 년 동안 지속된 글쓰기 방법이다. 가장 실증적인 예가 바로 한시漢詩이다. 엄격한 정형성을 강조하는 한시는 행이 4의 배수로 편성된다. 그리고는 엄격하게 기-승-전-결의 구조로 작문을 한다. 한시에서 시작된 기승전결 구조의 글쓰기 양식은 모든 문장으로 확대돼 동아시아 문화권 사람들은 모든 글을 기승전결 구조로 쓴다. 이 구조를 조금 변형하면 서론-본론-결론으로 쓴다. 이 두 가지 방법 모두 결론을 뒷부분에 두는 미괄식 구조이다. 영미 문화권에서 보편화돼 있는 두괄식 구조와는 기본 틀부터 다른 글쓰기 구조이다. 영미 문화권의 글쓰기는 결론을 앞에 두는 철저한 두괄식 구조이다. 조상 대대로 내려온 미괄식 글쓰기 구조에 익숙한 한국인에게 두괄식 글쓰기는 참으로 어렵다. 어렵다기보다는 익숙하지 않고, 낯설다는 표현이 맞다. 두괄식으로 쓰라고 아무리 설명을 해도 글은 자꾸만 미괄식으로 흘러간다. 너무 오랜 세월 미괄식 문장을 써서 한국인은 DNA 속에 미괄식 논리구조가 박혀 있다고 해도 과언이 아니다.

그렇다면 두괄식 문장이란 무엇일까. 가장 대표적인 두괄식 문장은 신문기사이다. 무심코 보면 모르겠지만 신문기사는 철저한 두괄식 구조이다. 기사를 읽다 보면 전체 기사 중 가장 강조하고 싶은 내용, 가장 중요한 내용이 첫 번째 문장(리드문장)으로 나온다. 나머지 글은 리드문장을 부연 설명하고 입증해 보이는 내용으로 구성된다. 매일 신문기사를 읽는다 해도 이런 구조를 의식하지 않고 읽으면 눈에 보이지 않는다. 천천히 읽어보면 두괄식 글쓰기가 무엇인지 이해하게 된다. 신문기사의 첫 문장을 천천히 읽어보고 기사의 제목을 읽어보면 첫 문장을 압축한 내용이 기사의 전체 제목이란 사실을 알게된다. 신문기사가 두괄식으로 쓴 글이란 사실을 입증하는 것이다. 두괄식으로 글을 쓰면 결론이 먼저 나오기 때문에 글쓴이가 주장하고자 하는 바가 무엇인지 빨리 인지할 수 있다. 앞에 쓴 몇 문장만 읽어봐도 전체 글이 어떤 내용을 담을 것인지 확연히 드러난다. 성질 급한 한국인에게 딱 맞는 글쓰기 방식이다. 하지만 조상 대대로 내려온, 결론을 뒤에 감춘 미괄식 글쓰기는 계속되고 있다. 두괄식 글쓰기는 세계적 추세이다. 한국에서도 두괄식으로 글 쓰는 법을 가르쳐야 한다. 말은 결론부터 하라고 보채면서 글은 결론을 뒤로 빼는 방식을 고수하는 아이러니한 나라가 대한민국이다.

두괄식 글쓰기에 대해 장황하게 설명한 것은 사례를 들기 위함이다. 내가 신문사에 처음 입사해 두괄식 글쓰기를 교육받을 때 내용적으로 이해는 했지만 실상 그렇게 글이 써지지 않았다. 계속된 습관 탓에 내 글은 자꾸만 미괄식으로 논리가 전개되었다. 너무나 당연한 일이었을 것이다. 선배들의 말을 듣고 두괄식 글쓰기에 대해 이해는 했지만 나의 글은 습관적으로 미괄식 전개를 하고 있었다. 그러다 한 차례 호된 꾸지람을 받고 정신을 가다듬는 계기가 마련됐다. 고분고분 설명할 때는 안 고쳐지던 습관이 호통을 듣고 난 후에 비로소 고쳐졌다. 그 후 내가 후배들을 가르치는 입장이 됐을 때 똑같은 경험을 해봤다. 신입 기자들은 아무리 설명해줘도 막상 글을 써오라 하면 미괄식으로 써왔다. 선배들이 그랬던 것처럼 처음에 몇 번은 고분고분 설명을 해주었다. 그러다 기회를 봐서 적당한 시기가 되면 눈을 부라리며 호통을 쳤다. 물론 악의를 갖고 한 짓은 아니었다. 계산에 두고 한 짓이다. 그러나 결과는 놀라웠다. 차분히 설명할 때는 제대로 써오지 못하던 신입기자들이 한 번 호된 꾸중을 듣고 한 후에는 내가 주문한 대로 글을 써오기 시작했다. 대단히 비교육적인 방법이지만 실효적 측면에서는 확실한 성과가 나타났다.

우리가 전통적으로 고수해 온 교육법, 소위 한국식 교육법이라고 하는 방법은 교수자가 수강자에 대해 막강한 절대 권력과 권위를 갖고 있고, 호되게 나무라고 근엄하게 혼내는 방식이다. 묻지도 따지지도 말고 그저 시키는 대로 하는 방식이다. 논리적이기보다는 무조건적인 방식이다. 당장 이해를 하지 못하더라도 통째로 외우기를 거듭하다 보면 저절로 그 뜻을 알게 되는 방식이다. 토론을 하고 자기주장을 하는 것은 애초에 용납되지 않는다. 이러한 교육방식이 옳다고 할 수 없다. 비민주적이고 비합리적인 교육방법이다. 그러나 한국에서는 교육을 위해 혼내고 혼나는 일은 당연하게 여긴다. 물론 교육의 효과를 극대화하기 위한 수단일 뿐 개인적인 악의가 없다는 전제이다. 그래서 한국사회에서는 무언가를 배우기 위해 적당히 혼나는 것에 대해 별다른 불만이 없다. 오히려 당연한 일로 받아들인다. 시대가 변해 의식도 많이 변했지만 혼나면서 배우는 것을 당연시하는 의식은 여전하다. 개인적으로 무엇인가를 배울 때 꼭 혼내고 혼나는 과정이 불가피하다고는 생각하지 않는다. 다만 혼나고 나서 바짝 긴장하고 정신을 가다듬어 최고조의 몰입을 보이는 것과 같은 상태를 일정 기간 유지하며 배움에 임해야 한다는 데는 동의한다. 시간을 두고 서서히 배우는 것도 중요하지만 글쓰기는 스스로 감이 잡힌다고 느낄 때 바짝 실력을 끌어올리는 것이 중요하다. 그때가 바로 자신도 모르는 사이 글쓰기 실력이 급상승하는 기간이기 때문이다. 그렇게 글쓰기 실력이 급상승하는 기간은 주위에서 지켜보는 사람, 직접 지도하는 사람이라면 금세 알아챌 수 있다. 물론 본인도 체감할 수 있다. 글쓰기는 실력이 급상승하는 때가 있다. 이때 집중적으로 지도를 받고, 많은 훈련을 하면서 실력을 끌어올리는 것이 중요하다. 전문가의 도움이 절실한 이유이기도 하다.

두보에서 시작해
이백으로

　관련 전공자가 아니더라도 한국인이라면 두보와 이백이라는 이름을 알고 있다. 이들이 중국 역사를 통틀어 가장 재능이 뛰어난 시인이며 중국인들이 가장 존경하는 시인이라는 사실 정도도 알고 있다. 그러나 이들이 동시대를 살았고 서로 깊이 교류하며 지낸 사이라는 사실을 제대로 아는 이는 별로 없다. 또 이 두 시인의 생활환경이 너무도 달랐고, 시를 짓는 스타일도 천양지차였다는 사실도 대부분은 잘 모르고 있다. 둘은 당나라 말기를 보낸 동시대 인물이다. 그러나 둘의 생활은 너무도 달랐다. 나이는 이백이 11살 많았다. 이백은 부유한 집안에서 태어나 평생 부족함 없이 호사로운 생활을 누렸다. 반면 두보는 평생 가난의 굴레를 벗어던지지 못하고 빈곤하고 불행하게 살았다. 그러나 중국인들은 이백보다 두보를 더 흠모하고 그의 시가 이백보다 한 수 위라고 생각하는 이들이 많다. 물론 이백의 시가 두보의 시보다 훌륭하다고 생각하는 이들도 많다. 누가 더 작가로서 탁월한 능력을 지녔고, 더 우수한 작품을 썼는가에 대해서는

누구도 단정적으로 말할 수 없다. 다만 이들이 중국 역사상 가장 위대한 두 명의 시인으로 지목받고 있다는 사실은 확실하다.

두보와 이백을 예시하는 것은 너무도 다른 이들의 시 짓는 스타일을 통해 글쓰기 방법을 소개하기 위해서이다. 두보는 한 편의 시를 완성하기 위해 모든 열정과 에너지를 쏟아 붓는 유형이다. 한 번 지은 시는 수십 번 고치고 또 고치기를 반복해 완성도가 무르익을 때까지 고치고 다듬기를 반복해 최종적으로 완성된 시를 발표하는 것이 두보의 시 쓰기 스타일이다. 그의 시에는 가난하고 고통스러운 서민의 일상이 녹아 있다. 이에 반해 이백의 시 짓는 스타일은 호방하기 짝이 없다. 늘 술을 가까이 하고 귀족적으로 살아온 이백은 붓을 잡으면 단숨에 시 한 편을 뚝딱 지어내는 천재였다. 시를 짓는 재주 하나로 황제의 눈에 들어 궁중에서 호화로운 생활을 즐기며 살았다. 황제를 위해 시를 지으며 부족함 없는 생활을 했다. 그는 한 번 지은 시를 여간해 고치는 법이 없었다. 시의 내용도 귀족적이고 향락적이며 낭만적인 내용들이었다. 궁핍한 삶을 살아보지 않았으니 시의 내용이 서민적일 수 없었다. 중국의 양대 시인으로 지목되는 이들 두 사람의 시 짓는 스타일은 이처럼 극과 극의 전혀 다른 모습이었다. 이 둘의 스타일 중 어느 것이 옳은 작문법이냐고 물으면 정답은 없다. 두보의 스타일이 낫다고 생각하는 이도 있겠고, 이백의 스타일이 바람직하다고 생각하는 이도 있을 것이다.

비교되는 이들 둘의 글 쓰는 스타일을 예시한 것은 이들의 장단점을 이해하고 글쓰기 스타일을 바로잡아 가라는 의미이다. 내 경우 두보와 같은 스타일에서 시작해 점차 이백 스타일로 옮겨가는 것이 바람직하다고 생각한다. 글쓰기를 처음 배울 때는 자신이 쓴 글을 읽고 또 읽으면서 고치고 다듬기를 반복해야 한다. 보다 구체적인 표현을 하기 위해 더 적절한 어휘를 찾아내 고치고, 보다 매끄럽고 부드러운 문장을 만들기 위해 문맥을 가다듬는 훈련을 반복적으로 해야 한다. 빨리 쓰려고 서두를 필요도 없다. 천천히 소리 내 읽어가면서 자신이 쓴 글의 어색한 부분을 찾아내는 일이야말로 가장 좋은 글쓰기 훈련법이다. 그러나 계속 두보식의 글쓰기에 머물러선 안 된다. 점차 이백 스타일로 옮겨가야 한다. 글쓰기의 속도도 빨라져야 하고 고치기를 반복하지 않을 정도로 단번에 완벽한 문장력을 구사해야 한다. 그러기 위해서는 끊임없이 자신이 쓴 글을 읽고 고치는 반복적 훈련을 해야 한다. 타고난 천재가 아니라면 단번에 이백과 같은 능숙한 스타일로 글을 쓰기가 쉽지 않다.

전업 작가나 매일 기사를 쓰는 기자 등 글을 쓰는 직업을 가진 이들 가운데도 시종 두보 스타일의 글쓰기를 하는 이들이 있다. 글을 쓰는 속도가 느려 한 편의 글을 완성하는 데 지나치게 긴 시간이 걸린다. 그리고 나서도 자신이 쓴 글을 고치는 데 또 엄청난 시간을 소비한다. 고치고 또 고치기를 반복하면 조금씩 글의 완성도가 높아져 더 좋은 글이 되는 것은 맞다. 그러나 초보자라면 모를까 일정한 단계에 이르렀다면 글을 쓰는 속도도 빨라져야 하고 고치지 않고도 단번에 가장 적절한 어휘를 선택해 세련된 글을 쓸 수 있는 능력을 길러야 한다. 신문기자 가운데도 글을 쓰는 속도가 지나치게 느린 사람들이 있다. 마감시간을 겨우 맞춰 기사를 송고하거나 심한 경우에는 마감시간을 넘겨 송고하는 일도 잦은 기자들이다. 선임기자가 되면 후배 기자들의 글을 고쳐주고 다듬어주는 역할도 해야 하는데 마감시간 내에 자신의 글도 제대로 탈고하지 못하니 낭패가 아닐 수 없다.

글을 쓰는 속도는 빨라야 한다. 처음에 입문할 때 다소 느리더라도 의식적으로 빨리 쓰기 위해 노력해야 한다. 대형마트 직원이 엄청나게 많은 물건들이 어디에 진열돼 있는지 외우는 것은 그만큼 많이 물건을 진열해 보았기 때문이다. 넣고 빼기를 반복하다 보면 그 물건이 어느 위치에 있는지 기억해낼 수 있다. 글쓰기는 어휘를 열거해서 배열하는 작업이다. 얼마나 많은 어휘를 머릿속에 저장하고 그것을 그때그때 적절히 빼내어 열거하느냐가 글쓰기의 관건이다. 가장 적절한 어휘를 찾아내 빨리 배열하는 기능은 점차 빨라져야 한다. 특히 단순한 글쓰기 차원을 넘어 책을 쓰고자 한다면 글쓰기 속도가 느릴 경우 그만큼 고통스러워진다. 속도가 느리면 그만큼 손실도 크다. 글쓰기 속도가 빠른 이는 느린 이가 한 권을 집필할 때 두 권, 세 권의 책을 집필할 수 있다. 출판사와 약속한 날짜에 맞춰 탈고를 하려면 글 쓰는 속도가 빨라야 한다. 물론 단순하게 빠르기만 하면 안 된다. 빠르면서도 내용이 좋아야 한다. 좋은 내용의 글을 매끄럽게, 빨리 쓰려면 훈련을 통해 점차 이백의 스타일로 가야 한다. 글쓰기는 두보 스타일에서 시작해서 이백 스타일로 옮겨가야 한다. 두보 스타일에 머물러 있다간 평생 한 권의 책을 쓰는 것도 쉽지 않다. 책을 쓰겠다고 마음먹었으면 글 쓰는 스타일도 바꿔야 한다.

그리스·로마신화도,
중국고사도 다 버려라

　내가 어렸을 때 집으로 날아오는 우편물을 받아 보면 읽어도 무슨 말인지 당최 알 수 없는 글이 많았다. "그간 안녕하셨는지요?"라고 하면 될 말을 "가내 두루 평안하시옵고 기체후 일향만강 하시온지요?"라고 쓰는 방식이다. 한자를 섞어 쓰는 것은 기본이고 한자의 음과 훈을 알고 있다 해도 해석이 안 되는 문장이 허다했다. 가능한 한자를 많이 쓰고 어려운 어휘를 많이 쓸수록 좋은 글이라고 생각했던 모양이다. 아마 잘은 모르지만 글을 쓴 자신도 무슨 뜻인지 잘 모르고 쓰는 경우가 많지 않았을까 싶다. 그렇게 쓰는 것이 당시에는 당연한 글쓰기의 패턴이었던 것 같다. 시대가 변하면서 쉽고 자연스러운 글쓰기가 정착되고 있는 것은 참으로 다행스러운 일이다. 과거에는 문어체와 구어체가 엄격하게 분리돼 있었다. 하지만 이제는 구어체와 문어체의 경계가 거의 무너진 상태이다. 물론 아직도 미미한 차이는 남아 있지만 과거에 비하면 사실상 경계가 무너졌다고 볼 수 있다. 구어체에 가까운 문장을 구사하면서 글은 참으로 쉬워졌다.

문장이 아주 쉬워졌다고는 하지만 난해한 글쓰기를 하려는 시도는 여전하다. 국한문을 혼용하는 국적 불명의 글을 쓰는 일은 거의 종적을 감추다시피 했지만 아직도 글을 어렵게 쓰려는 이들은 잔존하고 있다. 대개 지식인들의 글쓰기가 그러하다. 지식인들 중 일부는 자신이 일반인들과 다른 지식체계를 갖고 있음을 글로써 나타내려고 애쓰는 부류가 있다. 그들이 쓰는 글의 특징을 살펴보면 중간중간에 일반적으로 사용하지 않는 어려운 한자어를 사용하거나 영어를 한글로 표시해 그대로 적는다. 때로는 특정 분야에서만 통용되는 아주 어려운 어휘를 부연설명 없이 사용하기도 한다. 아주 어려운 낱말의 경우 괄호 안에 뜻풀이를 해주거나 각주를 달아서 쉽게 풀어주어야 하지만 현학적(衒學的: 학식이 있음을 자랑하는)인 지식인들은 그런 수고를 베풀지 않는다. 다수는 잘 모르고 자신만 알고 있는 지식을 뽐내며 묘한 쾌감을 얻으려 하기 때문이다. 돈이 많은 사람이 비싼 차를 몰고 비싼 음식을 먹으며 부를 과시하려 하듯 지식이 많은 사람도 자신의 지식을 뽐내려는 묘한 과시욕이 있다.

지식인들이 현학적인 글을 쓰는 방법은 어려운 어휘를 쓰는 것 외에 어려운 내용을 인용하는 방법이 있다. 글을 쓰면서 가장 흔하게 나타나는 지식인들의 지식자랑 형태는 그리스·로마신화와 중국의 고사 등을 인용하는 방법이다. 대학교수들이 쓰는 글을 읽어보면 거의 대부분 그리스·로마신화나 중국고사가 인용돼 있다는 공통점이 있다. 그들이 한창 공부를 하고 학문의 세계에 빠져들 무렵 열독한 글의 대부분이 그런 인용법을 썼기 때문에 자신들도 그런 방법을 그대로 배운 것이다. 신화나 고사의 인용이 아니더라도 동서양의 저명한 학자들 이름을 대고 그들이 했던 말을 인용하는 방법도 지식인들이 흔히 보이는 글쓰기 패턴이다. 그들은 저명한 학자나 사상가의 말 또는 그들의 저서 한 구절을 인용해 적는 것이 글쓰기의 필수요소라고 인식하고 있는 것 같다. 그래서 거의 대부분의 지식인들은 이곳저곳에서 다양한 말이나 문구를 인용해 글을 쓰는 버릇이 있다.

그들보다 지식이 한참 짧은 내가 이런 말을 하는 것은 대단히 송구하지만 그런 글쓰기 방식은 현대의 글쓰기와 거리가 있다. 최대한 쉽게 써서 누구나 바로 이해할 수 있게 쓰는 글이 진정 잘 쓰는 글이다. 쉽게 쓰고 동감을 얻어낼 수 있는 글이 좋은 글이다. 일반적인 글을 쓸 때 중학생 정도면 알아들을 수 있게 써야 한다. 학술지에 게재할 논문이 아니라면 누구나 읽으면서 이해하고 동감할 수 있게 써야 한다. 글을 쓰는 목적은 읽는 이가 감동을 느끼거나 내가 쓴 글을 읽고 동감을 얻게 하는 데 있다. 또는 지식이나 정보를 전달하는 데 목적을 두기도 한다. 어떤 경우라도 글은 쉽고 편하게 쓰는 것이 좋다. 글을 쓰는 목적 자체가 나의 재주를 뽐내기 위함이 아니라 메시지를 전달하고 소통하기 위함이란 사실을 명심해야 한다. 동창회가 돈 자랑, 자식 자랑의 무대가 아니라 오랜만에 반가운 친구를 만나 애틋한 옛정을 나누는 것과 마찬가지이다. 글을 쓰는 본질을 생각하며 글을 써야 잘 쓰는 글이다. 물론 책 쓰기도 마찬가지이다.

독자는 저자의 지식에 감탄하고 그를 부러워하기 위해 책을 구입하거나 읽지 않는다. 자신이 필요한 정보 또는 지식을 얻거나 자신이 갖고 있는 가치와 의식을 한 차원 끌어올리고자 하는 것이 책을 읽는 목적이다. 책은 저자 자신을 위해 쓰는 것이 아니다. 독자를 위해 쓰는 것이다. 자신의 기록물로, 소장품으로, 자기만족을 위해 쓴 책은 독자들이 외면할 수밖에 없다. 책을 쓴다는 것은 철저히 타인을 위한 배려에서 시작돼야 한다. 내가 갖고 있는 노하우를 다수의 독자에게 전달해 그들이 유용하게 활용하고 나아가 생각의 틀을 키우도록 해주기 위한 목적으로 책은 집필돼야 한다. 돈을 주고 책을 구입하고 시간을 내서 책을 읽는 사람에게 실망감을 안겨주어서는 안 된다. 다른 데 쓰는 것보다 이 책을 구입하는 데 돈을 쓴 것이 잘했다는 생각이 들게 해주어야 한다. 다른 일을 하며 시간을 보내기보다 이 책을 읽으며 시간을 보내길 잘했다는 생각이 들도록 해주어야 한다. 책을 통해 자신의 지식을 자랑하려 들지 말고 내가 쓴 책을 읽고 보다 많은 사람들이 생각을 바꾸고 의식을 성장시키기를 바라는 아주 간절한 마음으로 책을 써야 한다.

볼륨에
겁먹지 마라

글쓰기가 생활화돼 있지 않은 사람이라면 한 편의 글을 완성시키는 것이 여간 어렵지 않다. 복사용지에 단 한 장의 원고를 쓰려고 해도 썼다 지우기를 수없이 반복해야 하고 시간도 오래 걸린다. 그렇다고 어렵게 쓴 글이 문맥상 매끄럽고 전체적인 맥락도 논리적이냐면 꼭 그렇지도 않다. 그러니 글쓰기가 안 되는 사람이 책 쓰기에 겁을 먹는 것은 당연한 일이다. '단 한 편의 글도 제대로 완성을 시키지 못하는데 내가 어찌 한 권의 책을 쓴단 말인가'라고 생각하는 것이다. 그러나 글을 못 쓰는 것은 안 배워서 그렇다. 글자를 안다고 해서 글을 쓸 수는 없다. 배우지 않은 사람이 어찌 피아노 연주를 할 수 있고, 배우지 않은 사람이 어찌 차를 몰고 고속도로를 달릴 수 있겠는가. 글쓰기를 체계적으로 배우지 않은 사람이 매끄럽게 글을 쓰지 못하는 것은 전혀 어색한 일도 아니고 부끄러운 일도 아니다. 그러니 계이름대로 소리를 낼 줄 알고 간단한 동요를 연주하면서 한발 한발 악기를 배워나가듯 글쓰기도 배워나가야 한다.

글쓰기에 자신이 없는 사람은 책 쓰기가 두려울 수밖에 없다. 감히 엄두를 내지 못하는 것이다. 하지만 한 권의 책을 완성시키고 나면 자연스럽게 글쓰기에 자신감이 생기고 익숙해진다. 처음에 몇 장의 원고를 쓰기란 쉽지 않을 것이다. 하지만 곁에서 누군가 코칭을 해주고 길을 일러주면 한결 쉽게 익힐 수 있다. "천릿길도 한 걸음부터"란 속담은 책 쓰기를 시작하는 마음자세를 가장 적절히 표현해준 말이다. 아무리 많은 분량의 원고라도 누구나 첫 장부터 쓰는 것이고 쓰다 보면 그 양을 채우는 것이다. 등산을 시작할 때 평지에서 산 정상을 바라보면 너무 까마득해서 도대체 내가 올라갈 수 있을까 싶은 생각이 들며 엄두가 나지 않는다. 그러나 한 발 한 발 오르다 보면 그 높은 산도 오를 수가 있다. 처음 산행을 하는 사람과 자주 산행을 하는 사람이 갖는 정상에 대한 생각은 차이가 있다. 초보 산행자는 당연히 겁을 먹을 수밖에 없고, 자신감이 결여될 수밖에 없다. 하지만 노련한 산행자는 경험을 바탕으로 자신감을 갖고 산행을 시작한다. 책 쓰기도 초보와 경험자의 차이는 바로 이 점이다. 시간의 차이, 속도의 차이는 있을지언정 하루 만에 산 정상을 정복하고 다시 하산한다는 점은 같다. 그러니 너무 겁을 먹을 필요는 없다.

평지에서 산 정상을 바라보고 너무 까마득해서 겁을 먹고 애초에 산행을 포기한다면 산 정상을 밟을 수 없다. 산 정상에서 세상에 둘도 없을 청량한 바람을 맛보고, 온 천하의 비경을 한눈에 조망할 수 있는 특권은 오직 정상에 오른 자만이 누릴 수 있다. 그들이라고 해서 산 중간까지 누군가 업어 데려다준 것도 아니고 정상까지 단번에

헬리콥터에 태워 데려다준 것도 아니다. 평지에서 출발해 한 발 한 발 발걸음을 옮겨 가슴이 금방 터질 것 같은 고통스러운 순간을 넘겨가며 정상에 오른 것이다. 그들도 당초에 겁을 먹고 산행을 포기했다면 산에 오를 수 없었다. 산 정상에서 들이켜는 시원한 정상주 막걸리의 맛을 경험하지 못했을 것이다. 책을 쓰자면 적어도 몇 개월간 사생활을 포기하고 책 쓰기에 몰입해야 한다. 그 속도는 개인차도 있겠고, 경험의 유무에 따라 차이는 있겠지만 아무리 빨라도 두어 달은 책 쓰는 일에 파묻혀야 한다. 그 기간 묵묵히 자료를 모으고 집필을 하는 고된 작업에 몰입해야 한다. 그렇지 않고는 내 책을 발행하는 감격을 맛볼 수 없다.

내 머릿속에서 끄집어내는 지식과 정보로 한 권의 책을 쓴다고 하면 엄두가 안 나고 겁을 먹는 것이 어쩌면 당연하다. 하지만 한 걸음 한 걸음 발을 옮기다 보면 까마득한 산의 정상도 오를 수 있듯이 한 자 한 자 채워나가다 보면 책 한 권의 분량도 채울 수 있다. 중요한 것은 시작도 해보지 않고 처음부터 겁을 먹고 포기하는 일이 없어야 한다는 것이다. 누군들 그 방대한 내용이 모두 자신의 머릿속에서 뽑어져 나오겠는가. 보유하고 있는 자료를 일반인들이 이해하기 쉽도록 풀어내 정리해주는 과정을 더하다 보면 자신도 모르는 사이에 책 한 권이 완성된다. 자료는 인터넷에서 발췌할 수도 있고, 타인의 어록을 메모해 두었다가 풀어내는 것일 수도 있고, 이미 발간된 책에서 내가 필요한 내용을 뽑아낸 것일 수도 있다. 이러한 자료를 그대로 베껴 쓰면 표절이 되지만 내 경험과 생각을 가미해 나의 언어로 정리하면 내 글이 된다. 책 전체 내용을 순수하게 자신의 이론이나 생각만으로 채우는 경우는 지극히 드물다고 보면 된다. 이미 알려진 지식과 정보에 나만의 경험을 곁들이면 내 원고가 된다. 그러니 책 한 권을 모두 내 머릿속에 축적된 이론과 지식으로 채워야 한다는 부담에서 벗어나야 한다. 그 부담에서 벗어나는 순간 책 쓰기는 시작된다. 책은 대단한 사람만 쓰는 것이란 생각을 버려야 한다. 오히려 내가 책을 쓰면 남들 눈에 대단한 사람이 된다고 생각해야 한다.

책을
해부하라

집 한 채가 한 덩어리처럼 보이지만 분해하면 건축자재의 결합체이다. 벽돌 한 장 한 장, 철근 한 가닥 한 가닥, 대리석 한 장 한 장, 유리 한 장 한 장을 모아 결합하니 집이 되는 것이다. 집보다 규모가 큰 건물이나 대형 빌딩도 마찬가지이다. 한 덩어리라고 생각하면 참으로 우람하지만 분해하면 하나하나의 건축자재들이다. 건축물인 집이나 건물만 자재의 집합인 것은 아니다. 자동차나 선박, 비행기, 대형 공장의 플랜트 시설도 마찬가지이다. 엄청난 규모의 공장이나 기계라도 분해해보면 모두 철판 한 장 한 장, 베어링 하나하나, 너트 하나하나의 결합체이다. 건축물이나 기계뿐 아니라 책도 분해하면 낱말 하나하나의 결합체일 뿐이다. 책 한 권을 한 덩어리로 보면 많은 원고량 앞에 기가 죽을 수 있지만 분해해서 낱말의 유기체가 글이고 글이 모여 하나의 주제로 일관되게 써 내려간 것이 책이란 사실을 깨달으면 공연히 겁을 먹을 필요는 없다. 단행본뿐 아니라 전집류의 책도 마찬가지이다.

과거에는 책의 판형이 대단히 단조로웠지만 근래 들어서는 아주 다양해지고 있다. 책을 만드는 종이의 종류도 매우 다양해 색상이나 재질, 두께 등이 천차만별이다. 책의 판형이 어떠한가, 종이의 재질이 무엇인가에 따라 책의 모양과 두께는 아주 다양한 형태로 만들어진다. 정사각형 모양의 책이 출시되는가 하면 일반적인 책보다 길쭉하거나 넓적한 모양의 책도 만들어진다. 정방형이 아닌 판형까지 출시되는 것이 최근의 트렌드이다. 그러나 일반적으로 세로와 가로의 비율이 6대 4인 판형이 가장 일반적이다. 종이의 종류는 일반적으로 생각하는 것보다 훨씬 더 다양하고 차이가 크다. 어떤 종류의 종이를 사용하느냐에 따라 책의 전체적 무게와 부피가 크게 차이난다. 아주 가벼운 종이와 아주 무거운 종이로 같은 분량의 원고를 편집하면 무게가 2배 이상 차이를 보인다. 부피도 얇은 종이와 두꺼운 종이를 사용할 때가 역시 2배 이상의 차이를 보인다. 판형을 어떻게 설정하고 어떤 종이를 사용할 것인지에 따라 책의 모양과 두께, 무게는 큰 차이가 난다.

　가장 일반적인 형태의 책을 제작한다고 했을 때 책의 판형은 6대 4 비율을 쓴다. 과거에는 국판이라 부르던 148㎜×225㎜의 크기를 많이 썼지만 최근에는 신국판이라 부르는 152㎜×225㎜의 크기를 주로 사용한다. 그리고 책의 페이지 수는 대개 250쪽에서 300쪽이 되게 하는 것이 가장 보편적이다. 이렇게 만드는 것이 가장 무난하다. 무난하다는 것은 보관하기 쉽고, 읽기 쉽고, 휴대하기 쉽다는 것을 의미한다. 보편적인 분량의 책을 분해해보면 대개 4~5개의 장

章으로 구성돼 있음을 알 수 있다. 장을 영어로 표현할 때 대개 챕터 chapter라고 한다. 1개의 챕터에는 대개 10개 안팎의 소제목을 가진 글이 있다. 소제목이 붙은 한 편의 글을 대개 꼭지라는 단위로 헤아린다. 소제목에 달린 글 한 꼭지의 원고 분량은 일반적으로 책 페이지로 3~4쪽을 넘기지 않는 게 좋다. 최근 독자들의 성향은 내용이 너무 길면 지루해한다. 짧고 임팩트 있게 글을 쓰는 것이 독자들에게 좋은 반응을 구할 수 있다. 일반적으로 3,000자에서 4,000자 사이가 적당하다는 것이 중론이다. 텍스트가 지루하게 나열되는 것을 방지하기 위해 중간중간에 삽화나 사진을 한 장씩 넣거나 도표를 삽입하는 것도 좋은 방법이다. 한 편의 글에는 적당한 수의 문단이 존재한다. 문단은 글을 내용이나 형식 중심으로 크게 끊어 나눈 단위이다. 문단은 다시 문장으로 나뉘고 문장은 다시 낱말로 나누어진다. 이것이 글을 이루고 책을 이루는 형식이다. 낱말-문장-문단-한 편의 소제목 글-장章-책으로 생각하면 된다.

이렇듯 책은 해부가 가능하다. 한 권의 책은 장(챕터)으로 구분되고, 챕터는 다시 소제목을 가진 글의 모음이다. 소제목을 가진 한 편의 글은 문단으로 나누고, 문단은 다시 문장으로 나눈다. 문장을 해부하면 다시 낱말이 된다. 낱말은 건축물로 치면 벽돌 한 장이고, 기계로 치면 너트 하나와 같다. 벽돌 한 장 한 장이 튼튼해야 견고한 집을 지을 수 있다. 너트 하나하나가 견고하고 내구성이 있어야 튼실한 기계를 만들 수 있다. 책을 쓰는 것도 마찬가지이다. 저자가 고급스러운 어휘를 풍성하게 갖고 있어야 좋은 글을 쓸 수 있다. 훌륭한 문장 하나하나가 모아져야 좋은 글이 되고 그 좋은 글들이 하나의 조화로운 집합체를 이룰 때 독자에게 사랑받는 좋은 책이 탄생할 수 있다. 좋은 책을 쓰려면 전체적인 구성이 좋아야 하는 것은 물론이지만 그에 못지않게 한 문장 한 문장이 재미있고, 유익해야 한다. 문장력은 있고 각 줄은 재미있는데 전체적인 조화가 엉성한 책이 있을 수 있다. 반대로 전체적인 구성은 아주 튼실한데 문장력과 표현력이 떨어지는 책도 있다. 훌륭한 집을 짓기 위해서는 좋은 벽돌을 사용하는 것도 중요하고, 전체적인 설계를 통해 모양새 있고 쓸모 있도록 구상을 하는 것도 중요하다.

책을 집필하고자 하면 우선 내가 쓰고자 하는 책의 전체 주제를 정하고 그 전체 주제를 분야별로 4~5개로 나눈 후 그 분야에 맞게 소제목의 글들을 배열하는 과정을 거쳐야 한다. 쓰고 싶은 내용에 소제목을 붙이고 그 소제목이 어느 챕터에 배열되어야 적합할지에 대해 생각해보고 적절히 배치하면서 전체적인 설계도를 그려 나가면 된다. 소제목을 붙인 글이 40꼭지에서 50꼭지 정도면 가장 적절한 한 권 책 분량의 원고가 된다. 물론 한 꼭지당 원고 분량을 줄이고 꼭지 수를 늘이는 방식으로 구성할 수도 있다. 글쓰기가 취약한 초보자의 경우 꼭지 수를 늘리고 꼭지당 원고 분량을 줄이는 방식의 집필을 하는 게 훨씬 수월할 수 있다. 한 편의 글이 너무 길어도 독자들은 지루함을 느끼고 내용에 몰입하기 어렵다. 반대로 너무 짧으면 전문성이 없어 보이고 무성의해 보일 수도 있다. 메시지를 논리적으로 전달하는 데도 한계가 있을 수 있다. 그래서 3,000자에서

4,000자 사이가 적당하다고 보는 것이 일반적이다. 컴퓨터 한글 작업을 할 때 11포인트로 2장을 빼곡하게 쓴다면 대개 4,000자 가까운 분량이 될 것이다. 그렇게 40꼭지를 쓰면 책 한 권의 저자가 되는 것이다.

전문가의 도움,
부끄러운 일이 아니다

　선거철이 되면 출마예정자들이 앞다퉈 책을 발간하고 출판기념회를 연다. 정치인들의 출판기념회는 일종의 출정식이고 맞수로 지목되는 상대에 대한 선전포고이고 자신의 지지세를 확인하거나 과시하는 마당이라는 의미를 갖는다. 이 밖에 부족한 인지도를 높일 수 있는 계기가 되고 합법적으로 정치자금을 모금하는 기회가 되기도 한다. 정치인이 책을 출간해서 얻는 불이익은 없다. 하지만 이익은 차고 넘친다. 책을 통해 자신의 정치적 신념과 소신을 피력할 수 있고, 자신이 얼마나 유능하고 인간미 넘치는 인물인지 소개할 수도 있다. 대중들의 입장에서 볼 때 자신이 직접 책을 출간해 세상에 내놓았다는 것은 그 사람이 성실하고 전문성이 있는 인물이라고 생각하게 한다. 내용이야 어떻든 책을 출간했다면 충분히 자기성찰의 시간을 가졌을 것이고, 전문지식을 갖기 위해 부단히 공부하고 성실히 자료를 수집했을 것이라고 생각한다. 그러니 정치인 입장에서 '임도 보고 뽕도 따는' 책 발행과 출판기념회를 하지 않을 수가 없다.

정치인뿐 아니라 기업인들도 책을 출간하는 일이 많다. 대기업 총수들은 예외 없이 자신의 책을 출간했고, 중견기업이나 중소기업 대표들도 웬만하면 자신의 책을 출간한 경험을 갖고 있다. 이들이 책을 내는 이유도 정치인들이 책을 내는 이유와 비슷하다. 자신이 사업가로 활동하는 데 책이 다분히 긍정적인 역할을 하기 때문에 책을 발행한 것이다. 책을 통해 자신이 경영하고 있는 기업이 얼마나 신용 있는 기업인지, 얼마나 성실히 성장해 가고 있는 기업인지 알릴 수 있는 가장 좋은 방법 중 하나가 경영주의 책 쓰기이다. 대표가 직접 쓴 책을 읽고 나면 그가 어떤 과정을 통해 성장했고, 회사를 어떻게 키워왔는지가 드러나고 그 회사의 장점을 파악하게 된다. 더불어 경영주가 자신의 회사에 얼마나 깊은 애정을 갖고 있고, 직원들을 얼마나 아끼고 사랑하는지도 드러난다. 그 모든 것을 통해 회사와 회사 대표에게 신뢰를 갖게 된다. 그래서 같은 조건이면 경영주가 책을 발간한 회사가 그렇지 않은 회사보다 더 신뢰가 가고 그런만큼 실질적인 거래로 이어질 확률이 높다. 책을 통해 자신의 흠결이나 단점을 일부러 노출하는 일은 거의 없다. 오히려 상대에게 직접 말하기 부끄럽지만 하고 싶은 이야기를 책을 통해 담아낼 수 있다. 그러니 기업인에게 자신의 책은 너무도 긴요한 홍보물이 된다. 카탈로그나 브로슈어 등 일반적인 기업의 홍보물은 돈만 들이면 제작할 수 있는 인쇄물이라고 생각하지만 책은 전혀 다른 각도로 받아들이는 것이 일반적이다.

앞서 언급했듯이 정치인이나 기업인들의 상당수는 자신의 이름으로 발행한 책을 가지고 있다. 정치인이나 경제인들은 자신의 책을 발행함으로써 적지 않은 이익을 누리게 된다. 그들이 발행한 책은 서점을 통해 불특정 독자들이 값을 지불하고 구입하는 일이 거의 없다. 그러나 일반인에게는 버거운 수천 권을 뚝딱 판매한다. 물론 비매품으로 발행해 배포하기도 하지만 정가를 매겨서 내놔도 시중에서 판매되지는 않는다. 시중에서 팔리지 않는 책이 수천 권, 경우에 따라서는 수만 권이 팔리는 것은 무엇 때문인가. 그들과 특수관계인 누군가가 다량으로 책을 구매해 주변인들에게 배포하고 있기 때문이다. 정치인을 후원하고 싶은 경우, 그가 발행한 책을 구매해주는 방식으로 그를 돕는다. 거래기업의 대표가 책을 발행하면 그 기업과 거래하는 주변의 많은 기업들이 책을 단체 구매해 주변인들에게 배포한다. 그러니 일반인에게는 그저 수백 권을 판매하는 일도 어렵지만 정치인이나 경제인은 가뿐히 수천 권을 소진할 수 있다. 저자를 따르는 사람은 그 책이 진정 가치 있는 교과서가 되기도 한다.

그렇다면 그 많은 정치인과 기업인들이 발행하는 책을 과연 그들이 직접 썼을까? 직접 확인해 본 바는 없지만 직접 집필한 경우는 열 중 하나, 아니 백 중 하나도 안 될 것으로 본다. 세상에 바쁘지 않은 사람 없겠지만 그들의 일과는 일반인에 비해 몇 곱절 바쁘다. 그런 그들이 직접 책을 집필한다는 것은 상식적으로 납득이 안 된다. 기초의원이라 해도 기본적인 의정활동에 시간이 쫓기기 일쑤이고 각종 행사장을 찾아다니다 보면 24시간이 모자란 게 일반적이다. 그런 상황에서 시간을 내 책을 쓴다는 것은 사실상 어렵다. 경제인들은 사정이 더하다. 항상 신경을 곤두세우고 업무에 매진하여야 하는 것은 기본이고 끊임없이 사회관계망을 형성해 나가야 하는 입장을 생각하면 그들이 직접 책을 집필할 시간이 부족하다는 것은 불문가지이다. 그들은 글쓰기와 책 쓰기를 체계적으로 배우지 않은 비전문가이다. 그렇지만 책을 출간한다. 그것도 완벽에 가까울 만큼 완성도 높은 내용과 형식을 갖춘 책을 출간한다. 그것은 누군가의 도움을 받았다는 것을 의미한다.

정치인이나 기업인이 직접 책을 쓰는 경우도 있지만 극소수에 불과하다. 왜냐하면 그럴 만한 시간이 없고, 설령 시간이 있다 해도 그 시간에 다른 일에 매진하는 것이 훨씬 더 효율적이라고 생각하기 때문이다. 그래서 그들 대부분은 누군가의 손을 빌린다. 그 형태는 너무 다양해서 일일이 열거할 수 없다. 하지만 몇 가지만 압축하면 가장 흔한 형태가 전문 대필작가를 구해 처음부터 끝까지 집필을 맡기는 경우이다. 대필 작가가 집필을 맡게 되면 정기적으로 인터뷰 시간을 갖고 대화를 나누며 집필한 내용을 엮어나가게 된다. 인터뷰를 하고 다음 번 만날 때는 지난 번 인터뷰 때 들은 내용을 토대로 집필한 원고를 본인의 의도에 맞게 썼는지 확인하는 과정을 거치게 된다. 정기적으로 인터뷰할 시간조차 없는 경우에는 언론에 보도됐던 자료, 어록, 사진, 기타 책 발행에 도움이 될 만한 모든 자료를 전달해주고 그 자료를 토대로 원고를 작성하게 하는 경우도 있다.

이런 방법 외에 저자가 메모 형태로 글을 써놓고 그 글을 전문 작가에게 맡겨 스토리가 있는 글로 전환하게끔 의뢰하는 경우도 있다. 이보다 조금 발전된 단계로 틈틈이 모아둔 자필 원고를 전문작가에게 맡겨 문법과 문맥에 맞는 글로 바꾸고, 세련된 표현으로 바꾸고, 시대감 있게 바꾸는 작업을 하는 경우도 있다. 이러한 방법 외에도 본인이 하고 싶은 이야기를 시간 날 때마다 녹음해 두었다가 녹음 파일을 작가에게 전달해 집필하도록 하는 형태를 비롯해 여러 다채로운 방법이 있다. 문제는 이처럼 전문가의 손을 빌려 책을 집필하는 방식을 출간으로 인정할 것인가이다. 자신이 직접 집필하지 않았다면 본인의 책이 아니라고 생각하는 경우도 있지만 난 그렇게 생각하지 않는다. 자신이 부족한 부분에 대해 누군가의 도움을 받았다면 그것은 잘못된 일이 아니라고 생각한다. 중요한 것은 그 책의 내용이 누구의 머릿속에 있는 것인지의 여부이지 누구의 손에 의해 집필되었는가가 아니라고 생각하기 때문이다. 글을 쓰고 책의 형식에 맞게 구성하는 것은 기술적인 문제이지 책의 본질이 아니라고 생각하기 때문이다.

정말 내가 책을 만들어 세상에 널리 알리고 싶은 내용이 있는데, 집필 능력이 부족할 수도 있다. 그렇다면 글쓰기의 전문가로부터 도움을 받아 책 쓰기를 완성할 수 있다. 앞서 밝힌 대로 전체 글을 타인에게 맡길 수도 있고, 기본적인 글을 쓰고 나서 보다 세련되고 완성도 높은 글로 고치는 일을 전문가에게 맡길 수도 있다. 그 자체를 비난할 수 없고, 비난해서도 안 된다는 게 내 생각이다. 어차피 책은 혼자 만드는 게 아니다. 여러 과정을 거쳐야 한 권의 책을 세상에 내놓을 수 있다. 원고를 썼다고 그대로 책이 되지는 않는다. 편집 전문가에게 맡겨 편집을 해야 한다. 삽화를 그려 넣을 때도 삽화 전문가의 손길을 빌려야 한다. 디자이너의 도움을 받지 않고 책의 겉표지와 내부 디자인을 손수 한다는 것 역시 불가능한 일이다. 교열을 보는 일도 교열 전문가의 도움을 받아야 한다. 인쇄는 인쇄 전문가가 도움을 준다. 마케팅도 마케팅 전문가가 도움을 준다. 이처럼 집필은 책을 만드는 하나의 과정이라고 생각하면 된다. 물론 직접 글을 쓸 수 있다면 금상첨화겠지만 그렇지 않다면 전문가의 도움을 받는 일이 결코 부도덕한 일은 아니다. 비난을 받을 일도 아니다. 다만 머리말이나 책 표지에 명확히 기명을 하고 누구의 도움을 받아 완성했고, 그에게 감사한다는 내용을 적는다면 훨씬 당당하고 자연스럽다. 남의 손을 빌려 집필을 하고도 자신이 집필했다고 거짓말을 한다면 그 행위는 비난받을 수 있지만 도움을 준 이를 명시하면 문제될 것 없다. 논문을 쓸 때도 선행연구 논문에서 발췌했다는 사실을 밝히면 아무 문제가 안 된다. 표절 시비로부터 자유로울 수 있다. 저자가 대필자 또는 윤문(潤文: 글을 다듬고 고치다) 작가를 밝히는 것도 같은 이치로 보면 된다.

우선 적은 수량을
작은 출판사와

사업을 해본 사람은 안다. 처음 백지상태에서 일정 수준의 실적을 축적할 때까지 얼마나 힘겨운 시절을 보내야 하는지. 실적이라 하면 어떤 일을 성공시킨 경험이라 할 수 있다. 사업을 시작하는 사람이 가장 아쉬워하고 무서워하는 단어가 바로 '실적'이다. 처음 사업을 시작하면 의욕적으로 일거리를 찾아다니지만 계약을 성사시키기란 하늘의 별 따기이다. 바로 실적의 부재 때문이다. 어떤 일을 맡겨달라고 부탁을 하면 발주자는 예외 없이 실적을 묻는다. 발주하고자 하는 일과 유사한 일을 성사시킨 경험이 있는지 여부를 묻는 것이다. 한마디로 유사한 일을 성공시킨 경험을 가진 업체라야 안심하고 일을 맡길 수 있겠다는 것이다. 무얼 믿고 실적이 없는 업체에 일을 맡기겠느냐는 것이다. 발주자 입장에서 생각해 보면 충분히 납득이 간다. 그러나 신생 업체 입장에서는 야속하기 짝이 없는 일이다. 처음 일을 시작하는 신생업체는 실적이 있을 수 없고, 아무런 일도 맡을 수 없는 상황이 지속될 것이기 때문이다. 그러나 그것은 철저히

신생업체의 입장일 뿐 발주자는 안전성을 담보하기 위해 유사한 일을 성공적으로 끝낸 경험이 있는 업체에 일을 맡기려 한다. 이런 이유 때문에 신생업체들은 실적을 제시하라는 벽에 부딪혀 처음 6개월 또는 1년을 못 버티고 몰락하는 경우가 많다.

그래서 신생업체들은 창업 초창기에 대개 두 가지 방법을 택한다. 하나는 기존 업체가 어떤 사업권을 따냈을 때 그 업체와 공동사업자인 컨소시엄 업체로 참여하는 방법이다. 이 경우 사업을 따낸 기존 업체와 친분이 있어야만 가능하다. 친분이 있다 해도 조건은 파격적이어야 한다. 프로젝트에 투입되는 장비나 인력, 자재 등을 일정 부분 제공하고 공동사업자로 참여하면서도 사실상 영업이익을 모두 기존업체의 몫으로 돌리는 것이 일반적이다. 신생업체는 다만 그 프로젝트의 전체 사업비 중 일정비율에 한해 실적을 인정받는 데 만족해야 한다. 가령 1억 원의 사업비로 발주된 건설공사라 하면 기존사와 7대 3의 비율로 컨소시엄을 구성해 참여한 뒤 영업이익은 모두 기존사의 몫으로 주고 3,000만 원에 해당하는 공사실적만 챙기는 방식이다. 공동사업자로 참여하는 방식 외에 또 다른 방식은 아주 미미한 금액의 사업에 참여하기를 반복하며 실적을 축적해 가는 것이다. 발주자가 이 정도 규모면 실적에 상관없이 경험이 부족한 신생업체에 일을 맡겨도 별 탈이 없을 것이라고 판단할 아주 작은 규모의 프로젝트를 수주해 조금씩 실적을 쌓아가는 방식이다. 이 또한 쉽지 않지만 대부분의 신생업체는 이 방법으로 실적을 관리해 점차 사업 규모를 늘려간다. 첫술에 배부를 수는 없는 일이다.

사업 초보자의 사례를 적은 것은 책 쓰기 초보자의 출판사 선정에 대해 설명하기 위해서이다. 국내에는 대략 5만 개 가까운 출판사가 등록돼 있는 것으로 알려졌다. 이 가운데 실제 책을 발행한 실적이 있는 출판사는 1만 개에 못 미치는 수준이다. 1만 개라 해도 대단한 숫자이다. 국민 5천 명당 1개의 출판사가 있는 꼴이니 결코 적은 수가 아니다. 이렇게 많은 출판사 가운데 지극히 일부를 제외하면 대부분 1인 기업 형태의 아주 영세한 업체이다. 영세업체는 대부분 경영자 1인이 영업부터 편집, 교열, 디자인 등의 책을 만드는 전 과정을 혼자서 담당한다. 2인이 경영하는 출판사도 부지기수이다. 이들 1~2인 기업 형태의 출판사는 특별한 경우가 아니라면 늘 일거리가 부족하다. 누군가 원고를 가지고 와서 책을 만들어 달라고 주문을 하면 얼씨구나 하면서 계약서를 쓰자고 하는 것이 일반적이다. 영세 출판사 입장에서는 한 권이라도 많은 책을 출간해 낸 실적을 확보해야 다른 계약을 추가로 체결하는 데 절대적으로 유리하다. 그래야 조금이라도 더 유명세가 있는 작가를 대상으로 출판 의뢰가 접수되고 그러면서 점차 사세를 확장해 나갈 수가 있다.

역으로 저자의 경우를 살펴보면 이치는 같다. 출판업계에서 검증받지 못한 신인 작가가 굴지의 대형 출판사를 찾아간다고 그들이 쉽게 계약을 체결해주지 않는다. 특히 기획출판이라면 더욱 그러하다. 중견급 이상의 출판사와 무명작가가 어떤 계약을 체결할 경우, 양자의 관계에서 출판사가 '갑'이 된다. 중견급 이상의 출판사는 작은 출판사와 몇 번의 출판 경험을 갖춘 중견 작가와 계약하기를 원한다.

그래야 작업이 원활하고 리스크가 줄어든다고 여기기 때문이다. 초
보 작가의 경우 신생기업이 실적 부족으로 창업 초반 고전하는 것처
럼 서러울 때가 많다. 어떤 출판사도 저자에게 절대 유리한 조건으로
출판계약을 체결하려 하지 않기 때문이다. 그래서 처음 책을 출간하
는 작가라면 욕심내지 말고 작은 규모의 출판사와 출간 계약을 체결
하는 것이 일반적이다. 한두 차례 출간을 해보면 출판시장의 흐름을
읽을 수 있는 능력이 생기고 어떻게 원고를 써야 독자들에게 호응을
얻을 수 있는 책을 출간할 것인지 감을 잡게 된다. 그렇게 시장의 흐
름을 파악할 줄 알고, 독자들이 원하는 책의 방향을 깨달았을 때 중
견급 또는 대형 출판사와 책을 발간하기 위한 절차에 들어가도 늦지
않는다. 처음부터 대형 출판사가 내 원고를 접수해 책으로 만들어 줄
것이란 생각은 오산이다. 무명의 저자도, 작은 출판사도 훗날의 큰
계약체결을 위해 실적을 키우는 과정이 절대 필요하다.

초보 작가가 대중들은 전혀 관심 없는 내용을 책으로 만들었다고
가정하자. 이 책이 단 100권이라도 팔리는 것은 기적이라고 보면 된
다. 지인들이 체면치레로 사주는 것이라면 모를까 필요를 느끼고 구
매하는 경우는 지극히 드물 것이다. 이런 경우 단 500권만 발행을
했다고 가정해도 그 물량을 소진하기가 버겁다. 참담한 이야기지
만 그것이 현실이고 사실이다. 1인 기업 형태의 출판사라면 단 500
권의 책이라도 불평 없이 제작해준다. 그들도 더 큰 거래를 위해 작
은 실적을 쌓아가는 과정이 필요하기 때문이다. 그러나 중견 출판사
만 해도 대개는 최소 2,000권 이하의 물량은 제작하지 않는다. 소수

의 물량을 제작해도 책 한 권을 만드는 데 소요되는 비용이나 수고는 같다. 일정 규모 이상의 출판사는 적은 수량의 책을 발행하면 기본적인 제작원가를 챙길 수 없는 구조이다. 그래서 초보 저자는 작은 출판사와 거래하며 적은 물량의 책을 발행하다가 점차 규모가 큰 출판사로 옮겨가며 계약을 체결하는 것이 순리이다. 국내 굴지의 대기업 건설사를 상대로 골목에 작은 집 한 채를 지어달라고 주문하면 그들이 거부하는 것과 같은 이치라고 생각하면 이해가 쉽다.

시간순을
버려라

이미 발행된 다수의 자서전류 서적을 살펴보면 나타나는 특징 중 하나가 책의 구성이 시간 순서대로 짜여 있다는 점이다. 대개 유년기-청소년기-청년기-중년기-장년기-노년기순으로 책을 편집했다. 아마 제대로 파악해보지는 않았지만 100권의 자서전 중 한두 권을 제외하면 거의 대부분이 시간순으로 글을 써서 편집했다고 봐도 무리가 아닐 듯싶다. 자서전의 주인공이 누구든 그가 어려서 어떤 환경 속에서 자랐는지가 궁금한 사람은 소수에 불과할 것이다. 대부분의 독자는 그가 전 생애를 통해 가장 왕성하게 일하며 전성기를 누린 시간 또는 인생의 정점을 경험한 시간이 가장 궁금할 것이다. 그리고 그가 자서전을 통해 세상 사람들에게 하고자 하는 이야기가 무엇이고 전달하고자 하는 메시지가 무엇인지가 가장 궁금할 것이다. 또한 인생의 전환점이 언제이고 어떤 배경에 의해 인생의 터닝포인트를 잡았는지도 궁금할 것이다. 즉 어려서 얼마나 엄한 부모 밑에서 얼마나 지독한 가난을 경험하고 살았는지, 학창시절 교우관

계가 어떠했는지 등은 궁금한 대상이 아니다. 성공한 사업가라면 어떻게 기회를 잡아 큰돈을 벌게 됐는지가 궁금할 테고, 정치인이라면 어떤 계기로 정치에 입문하게 됐고, 또 선거에서 승리를 이끈 배경이나 주변 인물들과의 관계 등이 궁금할 것이다.

성질이 급한 한국인은 음악을 들을 때도 서곡이나 간주곡 듣기조차 힘겨워 한다. 빨리 그 곡의 클라이맥스 부분을 듣고 싶어 한다. 책도 마찬가지이다. 재미없는 어린 시절, 학창시절의 얘기는 관심이 없다. 하지만 저자는 무슨 이유인지 출생의 비화부터 시작해 자라난 배경, 학창시절과 군복무 시절의 얘기 등을 장황하게 기술한다. 그리고 정작 독자들이 궁금해하는 중요한 이야기는 중반부나 후반부에 감춰 놓는다. 그도 아니면 처음부터 끝까지 중요한 이야기는 하지 않고 독자들이 전혀 관심을 가지지 않을 핵심 없는 이야기만 재미없게 늘어놓는다. 대부분의 자서전 작가들이 그렇게 글을 쓰는 것은 글은 시간순으로 쓰는 것이란 대단히 잘못된 고정관념을 가지고 있기 때문이다. 심지어는 시중에 판매되고 있는 자서전 쓰기 가이드북조차도 유년기부터 시작해 노년기까지 시간순으로 쓰라고 안내하고 있다. 중요한 이야기만 추려서 쓰고, 독자들이 흥미를 느낄 수 있는 글 위주로 집필을 하라는 주문을 하지 않는다. 자서전이 자신과 몇몇의 주변인들만 읽는 책으로 머물고 마는 이유가 여기에 있다. 독자가 읽고 싶은 내용을 담아주지 않고 저자가 기록하고 싶은 이야기를 적는 데 치중했으니 그 책에 관심을 가져줄 독자는 없다.

야구경기를 예로 들자. 1회 초부터 9회 말까지 양 팀의 공수가 오가는 동안 거의 매회 무력한 공격으로 삼자범퇴가 이어지다가 한 번씩 박진감 넘치는 공격을 하고 득점을 냈다고 가정하자. 그 박진감 넘치는 공격과 수비가 경기 초반일 수도 있겠고, 경기 중반일 수도 있겠다. 혹은 경기 후반일 수도 있겠다. 그렇다면 그 야구경기를 어느 기자가 기사로 써서 보도한다고 가정할 경우 당연히 승부처가 되는 공격과 수비가 이루어진 다이내믹한 순간을 기록할 것이다. 스포츠 뉴스의 하이라이트 제작도 마찬가지이다. 왜냐하면 독자들은 삼자범퇴가 지루하게 이어진 시간에 대해 관심을 갖지 않기 때문이다. 야구 기사를 시간순으로 1회부터 9회까지 똑같은 비중으로 나열해 쓴다면 독자들은 지루해하고 답답함을 호소할 것이다. 결국 그 매체를 외면할 것이다. 반대로 가장 박진감 넘치는 순간을 스펙터클하게 그려내고 무력한 공수의 시간은 간략히 기록하고 넘어가는 형태로 글을 쓴다면 호응을 얻을 것이다. 글은 그렇게 쓰는 것이다. 한마디로 독자가 관심 있어 하는 부분 위주로 써야 한다. 시간대별로 같은 분량의 원고를 써야 하고 시간 순서를 지켜 차례대로 써야 한다는 고정관념을 벗어던져야 독자가 원하는 글이 된다. 내 입장이 아닌 독자의 입장에서 글을 써야 한다는 사실, 중요한 부분에 비중을 두고 그 부분을 중요하게 처리하는 방식으로 글을 써야 한다는 사실을 꼭 기억하자.

자서전을 예시한 것은 자서전이 가장 극명한 사례이기 때문이다. 전문적으로 글쓰기를 배우지 않은 이들은 대부분 어떤 글을 쓸 때 꼭 시간 순서대로 쓰려는 경향을 보인다. 그것은 글을 쓰는 목적이 무엇이고, 어떻게 글을 써야 호소력 있는 글을 쓸 수 있는지에 대해 파악하지 못하고 있기 때문이다. 앞서 밝힌 대로 중요하고 흥미 있는 일, 대중이 관심을 갖는 일, 핵심적인 일 위주로 글을 써야 한다. 독자들이 흥미를 느끼건 말건 그것은 염두에 두지 않고 그저 내가 하고 싶은 이야기, 내가 준비한 이야기만 늘어놓는다면 독자 입장에서 그 책은 재미와 유익함을 주는 책이 아니라 고통과 지루함을 주는 책이라 할 수 있다. 시간 순서대로 그것도 시간대별로 같은 원고량을 배정해 글을 쓴다는 생각을 과감하게 버려야 한다. 어떤 내용을 어떻게 쓰면 독자가 재미있어 하고 유익하다고 느낄까를 늘 염두에 두고 글을 쓰는 습관을 가져야 한다. 시간순으로 글을 쓰려는 것은 아침에 일어나서 낮에 무엇을 하고 저녁에 무엇을 먹고 잤다고 쓰는 초등학교 저학년생의 일기와 다를 바가 없다. 독자들이 원하는 가장 재미있고 중요한 일을 글로 옮기려는 습관을 가져야 한다. 그래야 글쓰기 달인이 되고 책 쓰기도 성공할 수 있다.

마침표가 많은 글이
잘 쓴 글이다

　지금껏 몇 권의 책을 발간하며 몇몇 출판사와 출간작업을 했다. 책을 만드는 일을 하는 출판사 직원들은 매일 수없이 많은 저자들의 글을 읽으면서 편집하고, 교정하고, 디자인하는 등의 일을 한다. 그러니 그들에게 있어 원고를 읽는 일은 피해 갈 수 없는 작업 과정이다. 그들은 좋든 싫든 책을 읽어야 한다. 책을 읽으면서 이해가 안 되는 부분이 있으면 저자와 상의해 문맥을 바로잡아 가며 이해가 잘 되는 글로 고쳐야 한다. 오탈자가 발견되면 이 역시 고쳐서 문장 전체가 올바르게 되도록 고쳐야 한다. 출판사 직원들은 책을 만들고자 하는 저자가 쓴 원고를 읽는 최초의 타인이다. 저자는 자신이 쓴 글을 스스로 몇 차례 읽어보고 별 문제가 없다고 판단되면 그때 비로소 원고를 출판사로 보낸다. 출판사 직원들은 책을 완성하기 전까지 저자의 원고를 좋든 싫든 몇 번 읽어야 한다. 그들은 최초의 독자이다. 그러면서 그들은 글을 다루는 전문가이고, 책을 다루는 전문가이다. 전문가인 그들이 읽었을 때 문맥이 매끄럽고, 이해가 잘 되는

글이 좋은 글이다.

　내가 거래하는 한 출판사의 편집장이 내게 하는 말은 언제 들어도 기분이 좋다. 그는 "선생님의 글은 참 잘 읽혀요. 읽으면서 술술 풀리는 느낌이 들어요."라고 말한다. 그냥 예사로 하는 칭찬의 말인지 모르겠으나 듣는 나로서는 상당히 기분이 좋다. 그 어떤 칭찬보다 듣기 좋다. 처음에는 그냥 립서비스려니 생각을 하다가 같은 말을 몇 번 들은 후 그 말의 의미를 생각해 보았다. 그 해답은 아주 간단했다. 내 글은 다른 어떤 저자의 글에 비해 마침표가 많다. 한마디로 말해 간결체를 구사한다는 특징이 있다. 간결체 문장을 사용한다는 것은 중문(重文: 두 개 이상의 단문이 대등하게 이어진 문장)이나 복문(複文: 한 문장 안에 주어와 서술어의 관계가 두 번 이상 맺어져 있는 문장)의 사용을 자제하고 단문 위주로 글을 써 내려간다는 것을 의미한다. 또 불필요한 수식어의 사용을 자제해 최대한 간결하게 주어와 술어가 연결되도록 한다는 것을 의미한다. 간결체의 반대는 만연체이다. 만연체는 중문이나 복문의 사용이 많아 한 문장 내에 주어와 술어가 복수이고, 문장이 문장을 품거나 문장 전체가 하나의 낱말을 꾸미는 말이 되기도 한다. 그래서 정신 똑바로 차리고 읽지 않으면 문맥을 놓치기 십상이다. 쉬운 말도 어렵게 느껴진다. 필요 이상으로 수식어가 많아 복잡한 구조이기도 하다.

　중문이나 복문은 반드시 필요할 때만 사용하는 것을 원칙으로 하는 것이 좋다. 반드시 중문으로 또는 복문으로 써야 할 필요가 있는 문장을 제외하고 그 나머지는 모두 단문을 사용하는 것이 쓰기도 편하고 읽기도 편하다. 글은 메시지를 전달하기 위한 수단이지 누군가의 머리를 혼란스럽게 하는 데 목적을 두지 않는다. 그렇다면 문장의 구조를 최대한 간략하게 하고 마침표를 자주 찍어서 쉬운 글이 되게 해야 한다. 단문으로 간결하게 글을 쓰는 버릇을 들여야 한다. 그렇게 써야 읽는 사람이 편하다. 아울러 쓰는 사람 입장에서도 복잡한 구조로 쓰는 것보다 편하다. 쓰면서 자신의 머릿속에서 정리가 잘 돼서 다음 이야기를 엮어가는 데 용이하다. 학생 때 영어공부를 했던 기억을 떠올려보자. 중학교 교과서까지만 해도 어휘공부만 착실히 하면 어지간히 따라갈 수 있는 수준이지만 고등학교 교과서는 모든 어휘를 알고 있어도 해석하기가 쉽지 않다. 그것은 중문과 복문으로 문장을 구성했기 때문이다. 각종 접속사, 관계대명사, 관계부사 등을 활용해 문장을 꼬아대니 해석이 힘들 수밖에 없는 구조이다. 실제 그런 문장은 실생활에서 잘 사용하지 않는다. 미국 현지인들도 한국 고등학교의 교과서나 수능시험 영어 문제지를 보면 혀를 내두른다고 한다. 이것이 바로 복문과 중문의 저주이다. 문장을 짧게 단문으로 쓰는 버릇을 들여야 한다. 그래야 책도 편하고 쉽게 쓸 수 있다.

어려운 어휘를 사용하지 않고, 문장을 짧게 쓰는 버릇을 들인다면 쓰는 사람이나 읽는 사람이나 모두에게 편하다. 그러나 굳이 어려운 어휘를 사용하려고 하고 문장을 길게 쓰려고 애쓰는 사람들이 있다. 내 입장에서 볼 때 자신의 지식을 자랑하려는 것으로 밖에 보이지 않는다. 글을 일부러 어렵게 쓰려는 경우가 아니라면 글쓰기 훈련이 안 돼 문장을 정리하는 기술이 부족한 것이 이유이다. 다른 사람이 쓴 글을 윤문(潤文: 글을 다듬고 고침)하는 작업을 하다 보면 알 수 있다. 글쓰기 훈련이 안 돼 있는 대개의 사람들은 문장을 끊을 줄을 모른다. 그래서 엄청나게 긴 문장을 구사한다. 물론 그렇게 쓰면 주어와 술어가 맞지 않는 비문이 된다. 자신이 써 놓고도 무슨 말인지 이해를 못 한다. 이런 현상은 철저하게 글쓰기 훈련의 부재에서 비롯된다. 이렇게 중문과 복문 형태로 긴 문장을 구사하는 사람에게는 글쓰기 교육이 절대적으로 필요하다. 숙련된 사람이 논리적으로 설명해가며 글을 끊어 쓰는 법을 반복해서 훈련시키면 금세 고칠 수 있다. 초보자일수록 의식적으로 마침표를 많이 찍는 간결체 문장을 구사하는 훈련을 해야 한다.

어휘력은
글쓰기의 기초체력

　글을 쓰고자 할 때 글이 쭉쭉 뻗어가지 못하는 것은 평소 사색이 부족한 것이 가장 큰 원인이다. 글이란 뭔가 자신이 담아두었던 생각을 문자로 표현해내는 것인데 사색을 통해 정리해둔 글의 밑천이 없어서 글이 안 나가는 것이다. 사색은 읽기와 듣기, 보기 등의 입력 과정을 통해 축적되는 지식을 내면화시키는 과정이다. 외부로부터 유입되는 정보를 내가 가지고 있는 기본 지식에 얹어 융합하고 새로운 지식을 얻게 된다. 이 지식을 내면화시키면서 체계적으로 정리하는 과정이 사색이다. 많은 사색을 통해 생각이 가지런히 정리돼 있어야 그것을 끄집어내서 말을 하거나 글로 쓸 수 있다. 말을 하거나 글을 쓰는 데 있어 논리적이지 못한 것은 지식이 체계화돼 있지 않다는 것을 의미한다. 책을 많이 읽고, 좋은 강연을 많이 듣고, 새로운 것을 많이 보면서 지식을 쌓아간다고 해도 사색으로 마무리하지 않으면 그 지식은 견고하지 못하다. 뿌리가 없이 땅에 꽂혀 있는 나무와 같은 형국이다. 그래서 지식을 입력하는 과정 못지않게 다지는

과정인 사색을 중시하는 것이다.

　사색이 부족한 것 외에 글이 나가지 않는 큰 이유 중 하나는 어휘력의 부족이다. 유치원생이나 초등학생의 언어가 유치한 것은 그들이 갖고 있는 어휘력이 제한적이기 때문이다. 유치원생이나 초등학생을 상대로 수업하기가 어려운 것은 그들이 사용하는 어휘의 범위 내에서 언어를 구사해야 하기 때문이다. 처음 보는 사람이라도 단 몇 분만 대화를 나눠보면 그 사람의 지적 수준이나 교양 수준을 짐작할 수 있다. 이 역시 대화 속에서 어휘력의 한계가 드러나기 때문이다. 상대가 얼마나 세련되고 품위 있는 언어를 사용하고 있는지는 그 사람의 품격과 실력을 드러낸다. 풍성한 어휘력을 갖고 있는 사람은 상대의 수준을 고려해가며 가장 적절한 어휘를 선택해 말을 한다. 그러니 같은 말을 해도 훨씬 현장감 있게 하면서 상대를 잘 설득한다. 말을 하는 데 있어 막힘이 없이 술술 나온다. 술술 나올 뿐 아니라 논리적이고 재미있기까지 하다. 말을 조리 있게 잘하고 호감 가는 언어를 구사한다는 것은 대단한 능력이다. 그 원천은 독서이다. 독서의 힘은 참으로 대단하다.

　집을 방문하는 10명의 손님에게 저녁식사를 준비해 대접해야 할 일이 생겼다고 가정하자. 10명의 손님을 대접하기 위한 상차림을 위해 장을 보려면 어디로 가야 할까. 동네 편의점이나 구멍가게에 가서 식재료를 사 올 수도 있겠지만 다소 거리가 멀더라도 시장이나 대형 마트까지 가서 식재료를 구입하는 것이 현명하겠다. 음식을 준비하기 위한 식재료의 다양성 면에서 편의점과 대형마트는 비교 자체가 안된다. 바로 그것과 같은 이치이다. 머릿속에 갖고 있는 어휘가 편의점 수준인 사람과 대형마트 수준인 사람이 똑같이 글을 쓴다고 가정을 하면 그 속도감의 차이는 어마어마하게 벌어진다. 어휘력에 한계가 있는 사람은 글을 쭉쭉 몰고 나갈 힘이 부족하다. 식재료가 부족한데 한 상 제대로 차려내려면 머리만 아플 뿐 대책은 없다. 어휘는 글을 써나가는 데 있어 식재료와 같은 구실을 한다. 비축된 어휘가 풍성할수록 글을 써나가기가 쉽다. 영어 단어를 모르면 영어 문장을 해석할 수 없는 것과 같은 이치이다. 어휘는 말을 하거나 글을 쓰는 데 있어 식재료와 같은 존재이다. 때로는 무기와 같은 존재이기도 하다.

짠맛은 소금으로만 내는 것이 아니다. 그 식재료가 무엇인가에 따라 간을 맞추는 재료는 변한다. 떡볶이를 할 때는 고추장을 사용하고 호박을 볶을 때는 새우젓을 사용한다. 계란 프라이를 할 때는 굵은 소금보다 가는 맛소금을 사용해야 맛이 좋다. 부침개를 찍어먹는 재료는 소금보다 간장이 훨씬 낫다. 세상에 짠맛을 내는 재료는 소금뿐이라고 생각하면 오산이다. 싱크대에 소금만 있는 집과 고추장, 간장, 된장, 새우젓 등을 두루 갖춘 집의 음식 맛 대결은 초등학생과 대학생의 싸움만큼이나 일방적이다. 단맛도 마찬가지이다. 설탕만 단맛을 내는 재료라는 생각을 갖고 있는 사람과 설탕을 기본으로 물엿, 매실액, 조청, 꿀 등을 고루 갖고 있으면서 이를 각종 요리에 다양하게 활용하는 사람의 요리대결은 굳이 겨룰 필요도 없다. 글을 쓰려면 어휘력을 늘리기 위해 노력하는 자세를 잃지 말아야 한다. 하물며 책을 쓰겠다는 각오를 다졌다면 어휘력을 극대화하기 위해 부단한 노력을 기울여야 한다.

그렇다면 어휘력을 늘리는 방법은 무엇인가. 첫째도 독서, 둘째도 독서라고 생각하면 된다. 독서는 지식과 양식을 늘려줄 뿐 아니라 부지불식간에 어휘력도 신장시켜 준다. 책을 읽다 보면 자신도 모르는 사이에 그 책에서 사용된 어휘를 자신의 머릿속에 저장하게 되고 그 횟수가 거듭되면 어디에 저장했는지 금세 알고 꺼내 쓸 수 있게 된다. 어휘를 저장해 두었다가 필요할 때 수시로 적절한 곳에 꺼내 쓸 수 있게 된다면 그것은 어휘력이 신장된 것이다. 대형마트에는 수만 가지에 이르는 물건이 진열돼 있다. 물건이 빠지면 채워 넣기를 계속하는 마트 직원들은 그 많은 물건이 어디에 배치돼 있는지 쉽게 파악한다. 물론 유사한 물건끼리 품목별로 배치를 하니 더 쉽게 기억하는 것은 당연하다. 처음에는 부피가 크고 양이 많은 물건 위주로 기억을 하겠지만 점차 작은 물건, 소량인 물건도 기억하게 된다. 그래서 고객이 마트 직원에게 면봉, 이쑤시개, 바늘, 압핀 등 작은 물건의 위치를 물어도 척척 답변을 하게 된다. 어휘도 마찬가지이다. 자꾸 넣고 빼고 사용을 해봐야 어디 있는지 금세 알고 쉽게 꺼내 쓸 수 있게 된다. 많이 입력하고 많이 출력하면서 어휘력을 늘려 가면 글쓰기는 한결 쉬워진다. 글쓰기에 자신감이 붙으면 책 쓰기도 그만큼 수월해진다.

쓰면 쓸수록 느는 글쓰기 실력,
달리 방법이 없다

1만 시간의 법칙이 있다. 특정 분야에서 달인의 경지에 오르려면 적어도 1만 시간을 투자해야 한다는 내용이다. 워싱턴포스트 기자 출신의 맬컴 글러드웰이 2009년 발표한 저서 『아웃라이어』에서 처음 언급한 내용이다. 1만 시간은 하루 3시간, 1주일에 20시간씩 꼬박 10년을 지속해야 이를 수 있는 시간이다. 무엇이든 달인이 되려면 1만 시간을 투자하지 않고는 어렵다. 글쓰기도 그러하다. 하루에 꼬박 3시간씩 20년을 쓴다면 전문가 경지에 이를 수 있다. 그러나 글쓰기가 직업인 경우가 아닌 일반적인 사람이 1만 시간을 투자할 필요는 없다. 대개 자유롭게 자신의 논지를 펼쳐나갈 수 있는 정도의 실력을 갖추려면 개인마다 차이는 있겠지만 대개 1만 시간의 1/4이나 1/5 정도의 시간을 투자하면 충분하다는 것이 내 생각이다. 어떤 기능을 익히고자 할 때 하루에 일정한 시간씩 투자해 일정 기간을 지내야 하는 것은 어쩌면 너무도 당연한 일이다. 어떤 숙련된 기능을 익히는 것은 결코 만만치 않다. 글쓰기가 다른 어떤 기능을 배

우는 일과 비교해 결코 더 쉽지 않다고 말하고 싶다. 그러나 상당수 사람들은 글쓰기는 그저 타고난 재능이라고 생각할 뿐 배우고 익혀서 실력을 향상시켜야 한다는 생각은 잘 하지 않는 것 같다.

내 경우도 지금 생각해 보니 1만 시간을 투자해 글을 쓴 것 같다. 기자로 재직한 기간이 20년이 넘으니 하루 3시간씩 20년 글을 쓴 셈이다. 기자로 입사하는 신입직원들을 대개는 글쓰기에 타고난 재능을 보이는 경우가 많다. 글쓰기에는 자신이 있으니 기자 시험에 응시한 것으로 보면 된다. 그러나 그렇지 않은 경우도 많다. 글쓰기에 유독 둔감한 재능을 보이는 이들도 있다. 그러나 계속 쓰고 계속 지도받는 과정을 통해 일정 기간이 지나면 이들도 기사를 잘 쓰는 능숙한 기자가 된다. 그런 과정을 오랜 세월에 걸쳐 수도 없이 지켜보면서 글쓰기는 재능이라기보다 배워 익히는 기술이란 사실을 깨달았다. 수영을 자주 하고 오래하면 잘할 수밖에 없다. 피아노를 자주 치고 오래 치면 잘 칠 수밖에 없다. 글쓰기도 자주 많이 쓰고, 오래 쓰면 잘 쓰게 된다. 기자로 1년 이상 재직하면 웬만한 글은 자유롭게 구사할 수 있게 된다. 기자들은 의무적으로 써야 하고 매일 써야 한다. 그래서 글 쓰는 솜씨가 좋다. 매일 글쓰기의 달인인 선배들로부터 첨삭지도를 받는 것도 기자들이 글쓰기에 능숙할 수밖에 없는 이유이다.

자신이 글쓰기를 못 하는 것은 타고난 재능이 없어서라고 생각하는 이들이 많다. 참으로 어리석은 생각이다. 붓을 잡아본 적도 없는 사람에게 붓글씨를 써보라면 글씨가 제대로 나올 수 없다. 처음 바이올린을 잡아보는 사람에게 멋진 연주를 기대할 수 없는 것은 너무도 당연한 사실이다. 붓글씨야말로 철저하게 1만 시간의 법칙이 필요한 분야이다. 매일 3시간씩 열심히 익혔다고 해도 1~2년 연습해서는 제대로 된 글씨가 안 나온다. 바이올린을 능숙하게 연주하는 것도 최소한 몇 년의 세월이 필요하다. 물론 매일 꾸준히 연습한다는 전제이다. 어떤 분야가 됐든 아무리 감각이 둔한 사람이라도 꾸준히 배우고 훈련하기를 반복하면 잘할 수 있다. 글쓰기의 경우도 쓰면 쓸수록 실력이 는다. 다른 어떤 분야도 마찬가지이겠지만 개인마다 타고난 재능의 차이가 있어 익히는 속도는 차이를 보일 수 있다. 하지만 개인차는 훈련으로 극복할 수 있다. 특별한 둔재가 아니라면 글은 쓸수록 그 기능이 향상된다. 누구도 많이 써본 사람을 당해낼 수 없다. 수영에 재능이 탁월한 사람이라도 매일 훈련하는 선수들을 당해낼 수 없는 것과 같은 이치이다. 글은 많이 써본 사람이 잘 쓴다. 그것은 확실하다. 전문작가나 기자 등 직업으로 글을 쓸 것이 아니라면 1만 시간을 투자할 필요는 없다. 2,000시간만 투자해도 일반인 그룹에서는 돋보이는 글쓰기 전문가로 인정받을 수 있다.

타고난 둔재가 있는 것은 사실이다. 아무리 가르쳐도 안 되는 사람을 보기는 했다. 하지만 그들은 지극히 일부일 뿐이다. 그들이 왜 글쓰기가 안 되는지를 살펴보면 이유는 뻔하다. 그들은 기본적으로 생각하는 힘이 달리고 어휘력이 형편없는 공통점을 갖는다. 즉 어린 시절부터 기본적인 독서조차도 하지 않은 것이다. 어린 시절에 하지 않았으니 성인이 돼 독서를 할 리는 만무하다. 독서를 전혀 하지 않으니 생각을 지탱하는 근육이 퇴보해 있을 수밖에 없다. 당연히 사고력, 논리력이 형편없는 수준이다. 독서도 하지 않고 사색도 하지 않는데 어떻게 사고력과 논리력을 갖출 수 있겠는가. 그것은 불가능하다. 더구나 그런 부류 사람들은 배우려는 자세도 보이지 않는다는 공통점을 갖고 있다. 재능도 없고 배우려는 의지도 없는 이들은 대단히 예외적이다. 비율로 봤을 때 전체 대비 5%가 되지 않는다는 게 내 생각이다. 그러니 상식선에서 사고할 줄 알고 적당한 어휘력을 갖춘 일반인이라면 계속되는 훈련을 통해 글쓰기 실력을 향상시킬 수 있다. 나아가 책 쓰기도 충분히 가능하게 된다.

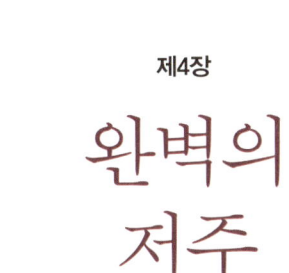

제4장

완벽의
저주

무조건
앞만 보고 써라

　세상 사람들은 저마다 성격이 다르다. 소심한 사람이 있는가 하면 대범한 사람이 있고, 급한 사람이 있는가 하면 느긋한 사람이 있다. 사람마다 성격이 다른 만큼 일을 처리하는 스타일도 저마다 다르다. 글을 쓰는 스타일이 다르다는 것 역시 두말할 나위가 없다. 한번 컴퓨터 앞에 앉으면 삽시간에 몇 장의 원고를 써 내려가는 사람이 있다. 마치 외웠던 원고를 기억해내며 써 내려가는 듯 빠른 속도감을 보인다. 손까지 빨라 타이핑을 하는 손가락이 보이지 않을 정도로 빠르게 글을 써 내려가는 사람이 있다. 곁에서 지켜보노라면 마치 글을 쓰기 위해 태어난 사람인 양 느껴지는 부류의 사람이다. 물론 그 반대도 있다. 몇 줄을 쓰는가 싶으면 지우고 다시 제자리, 지우고 다시 제자리를 반복한다. 도무지 글이 앞으로 나가지를 못한다. 어렵게 한 장을 썼나 싶은데 커서를 처음으로 옮겨가 다시 고치고 지우고를 반복하고 애써 쓴 원고를 다시 반 토막 내서 반 장으로 만드는 부류의 사람이다.

전자의 경우 속도감 있게 일을 처리하는 사람이고 후자의 경우 신중하게 일을 처리하는 사람이다. 양자는 각기 장점과 단점이 있다. 무엇이 정답이라고 말할 수 없다. 그러나 책을 쓰겠다고 마음먹었으면 단연코 전자 스타일이어야 한다. 후자의 경우, 평생 겨우 한 권의 책을 쓰거나 아니면 한 권도 못 쓸 가능성이 크다. 책 쓰기는 일반적 글쓰기와 다른 면이 많이 있다. 많은 다른 점 가운데도 속도감이 가장 큰 차이일 수 있다. 단 한 편의 글은 충분한 시간을 두고 쓸 수 있다. 썼다 고치기를 반복하며 완성도 높은 글을 만들기 위해 넉넉한 시간을 소요해도 큰 무리가 없다. 그러나 책 쓰기는 상황이 전혀 다르다. 한 편의 글쓰기와는 비교할 수 없을 만큼의 방대한 원고를 기반으로 하기 때문에 세월타령을 즐길 시간적 여유가 없다. 책 한 권을 집필하는 데 몇 년의 시간이 소요된다면 요즘 같은 변화상을 고려할 때 그사이 세상이 너무도 많이 변해버린다. 웬만한 책은 사람들의 관심사를 한참 벗어난 구시대 유물이 될 수도 있다.

성격이 치밀하고 완벽한 사람은 자신이 쓴 원고가 불완전하다고 생각해 자꾸만 뒤를 돌아본다. 앞으로 써 내려갈 글에 집중해야 하는데 자꾸만 온갖 신경이 이미 쓴 글로 향한다. 그래서 자꾸 커서를 위로 보내 작성한 글에 집착을 보인다. 앞으로 써 나가야 할 글에 신경을 집중해도 모자랄 판에 자꾸 뒤를 돌아보고 이미 쓴 원고에 집착하는 것은 책 쓰기를 포기하겠다는 것이나 다름이 없다. 그러나 뒤를 돌아보는 데 에너지를 소모하는 예비 작가들이 너무 많다. 언젠가 책을 쓸 수 있을지 몰라도 책을 출간해야 할 적절한 타이밍은 놓치기 십상이다. 특히 출판사와 계약을 체결해 특정일까지 원고를 제출해야 할 상황이라면 계약을 취소당하고 위약금을 물어야 할 상황으로 내몰릴 수 있다. 책을 집필하겠다고 마음먹었으면 이미 쓴 원고를 자꾸 뒤돌아보는 습관은 철저하게 고쳐야 한다. 대신 앞만 보고 속도감 있게 달려 나가는 질주본능을 몸에 익혀야 한다. 습관이 되지 않은 사람은 미완성의 글을 남겨두고 앞으로 나가며 새로운 글을 쓰는 것이 용납되지 않아 자꾸 뒤에 집착한다. 하지만 그 버릇을 고치지 않으면 책 쓰기는 어려워진다.

책 쓰기를 목표로 원고를 집필할 때는 설계도인 목차를 잘 짜야한다. 목차가 완성됐으면 그 목차에 맞춰 어떤 글을 쓸 것인가에 대한 구상을 한 다음 그 구상에 맞춰 속도감 있게 글을 써 내려가는 훈련을 해야 한다. 글을 쓰면서 중요하게 여겨야 할 부분은 앞만 보고 달려가야 한다는 점이다. 이미 작성한 원고가 마음에 들지 않고 뭔가 수정해야겠다는 생각을 하다 보면 원고가 앞으로 나갈 수 없다. 온 신경을 원고 집필에 집중해야 하는데 이미 쓴 원고를 고치는 일에 집착하며 앞으로 나아가지 못하면 방대한 분량의 원고를 요구하는 책 쓰기를 성공시킬 수 없다. 성격 탓이라 어쩔 수 없다고 말하는 이들도 있다. 그러나 그건 변명일 뿐이다. 성격이라면 과감하게 고쳐야 한다. 무조건 앞만 보고 매진해 나가야 한다. 속도감 있게 글을 몰고 나가야 새롭게 쓸 글의 내용이 잘 떠오르고 같은 내용을 되풀이해서 쓰는 등의 과오를 없앨 수 있다. 이미 쓰고 난 원고에 대해서는 생각조차 말고 오로지 앞으로 써야 할 내용에 대해서만 생각해야 한다. 에너지를 분산시키면 안 된다. 에너지를 한데 모아 글쓰기에 몰입해야 한다.

처음에 완성도 높은 글을 쓰고 그것을 최종본 삼아 책을 편찬하겠다면 그것은 어리석은 생각이다. 처음에 쓰는 글을 초고라고 부른다. 초고는 말 그대로 처음에 쓴 글이라는 뜻이다. 물론 초고는 책을 집필하는 데 매우 중요하다. 글을 다듬는 과정에서 초고를 무시하고 전혀 다른 글을 쓰는 것은 아니다. 그러나 초고는 초고일 뿐이다. 초고 자체가 그대로 편집되고 인쇄되어 책으로 만들어지는 것은 아니다. 책을 쓰기 위해서는 초고를 끝까지 밀고 나가는 작업이 무엇보다 중요하다. 오로지 앞만 보고 달려 초고를 완성시켜야 한다. 초고를 완성한 후 며칠간 지친 몸을 달래며 휴식을 갖는 것이 좋다. 휴식을 하는 동안 다시금 책 내용의 줄기에 대해 머릿속으로 정리하는 시간을 갖는 것이 필요하다. 그래야 전체 내용의 윤곽이 머릿속에 잡힌다. 중요한 것은 책의 전체적 맥락이다. 저자가 책 전체의 맥락을 잡고 있어야 내용이 흔들리지 않는다. 맥락이 흔들리면 주제가 흩어지고 책이 갈 곳을 잃게 된다. 이 점에 유념해 첫 번째 다듬기 과정에서는 전체적인 맥락의 흐트러짐이 없는지를 파악하는 데 주력해야 한다.

원고 다듬기는 대략 두 차례 정도가 적당하다. 첫 번째 다듬기는 전체적 맥락을 염두에 두고 큰 물줄기에서 옆으로 새나가는 내용이 없는지를 확인하는 데 주안점을 둔다. 그래서 책 전체의 내용이 일관성 있게 하나의 주제로 밀고 나갔는지 여부를 확인해야 한다. 이후에는 다시 세밀한 다듬기를 위한 원고 수정에 착수해야 한다. 이때는 천천히 꼼꼼히 원고를 읽어가면서 문맥을 살피고 오자와 탈자가 없는지 살펴야 한다. 물론 이후에 교정 전문가나 출판사 편집자 등이 문맥과 오탈자 등을 점검해주지만 그래도 저자 자신이 애정을 갖고 천천히 읽어가면서 미흡한 부분을 수정하는 것이 가장 좋다. 두 차례의 수정작업을 마치면 원고는 한결 세련되고 부드러워진다. 수정작업을 할 때는 소리 내어 읽어가면서 하면 효과가 배가 된다. 두 번 정도의 수정작업이 저자의 몫이라면 이후에는 전문가들의 몫이 된다. 출판사 편집자와 교정전문가가 인쇄소에 작업을 맡기기 전까지 세심하게 교정 작업을 한다. 단, 글쓰기 초보자이고 문맥에 맞는 글쓰기가 미흡하다면 전문적인 윤문작가나 출판 경험이 많은 글쓰기 전문가에게 한 차례의 글다듬기를 맡겨야 한다. 알고 지내는 전문가가 없다면 출판사에 의뢰해 알선을 부탁하면 된다.

완벽의 저주,
완벽주의, 완전주의

　주변을 살펴보면 결벽증에 가까운 일 처리가 습관화된 완벽주의 자들을 이따금씩 발견하게 된다. 지나친 완벽주의는 자신은 물론 주위 사람들을 피곤하게 할 수 있다. 특히 스스로에게 거는 주문이 많아 자신이 자신에게 스트레스를 안긴다. 무슨 일을 해도 완전하고 완벽하게 해내려는 마음가짐은 좋으나 그렇다고 완벽주의 함정에 빠지면 일의 진척이 안 된다. 완벽주의자들은 늘 준비가 덜 돼 있다고 생각한다. 그래서 늘 준비를 하는데 열중하면서 본 작업에 나서지 않는다. 그러나 그들이 생각하는 완벽한 준비가 된 날은 영원히 오지 않는다. 설령 온다고 해도 기약할 수 없는 먼 시점에 이르러야 온다. 세상 어떤 일이고 준비가 완전하게 이루어진 완벽한 시점은 없다. 완벽에 가까운 준비는 있을 수 있지만 완벽한 준비는 없다. 어느 정도 준비가 됐으면 일단 시작하고 봐야 한다. 물론 허술하기 짝이 없는 엉성한 준비 상태에서 일을 시작할 수는 없다. 다만 어느 정도 준비가 됐다면 일단 시작하고 문제점을 찾아가며 발견되는 부족

한 점을 보완하고 채워나가야 한다. 실상 아무리 완벽하게 준비를 한다고 해도 완벽할 수는 없다. 돌연 발생하는 상황에 대처하면서 풀어나간다는 각오로 일에 착수해야 한다.

책을 쓰고자 하는 사람들이 가장 경계해야 할 과제 중 하나가 완벽주의의 함정이다. 완벽주의에 빠져 있는 이들의 대부분은 '다음에' 또는 '나중에'라는 말을 입버릇처럼 한다. 아직은 준비가 덜 됐다고 말한다. 지금은 때가 아니라고 말한다. 좀 더 준비가 된 후에 일에 착수하겠다고 한다. 그러면서 하루 이틀, 그러다가 한 주 두 주, 그러기를 한 달 두 달, 그렇게 한 해 두 해를 보낸다. 준비를 한다는 핑계를 대고 그 아까운 시간을 걱정만 하면서 보낸다. 물론 준비 없이 어떤 일을 저지르는 것은 대단히 위험하고 실패할 확률이 높다. 철저하게 준비가 된 상태에서 일에 착수하는 것보다 훨씬 많은 시행착오를 겪게 되고 불필요한 일에 시간을 허비할 수도 있다. 그러니 철저하게 준비하는 것은 당연하다. 문제는 철저함을 넘어 완벽하고자 하는 것이다. 세상에 완벽한 준비는 없지만 완벽주의자들은 완벽하게 모든 준비를 마친 후 일에 착수하고자 마음먹는다. 그래서 그들은 늘 다음을 기약한다. 그러나 그 다음이 실제 실행에 옮겨지는 시간이 될지는 장담 못 한다. 그때 가서 또 다음을 말할 가능성이 크기 때문이다. 그래서 완벽주의를 함정이라고 일컫는 것이다. 그 함정에서 빠져나와야 실행을 시작할 용기가 생겨난다.

책 쓰기의 경우 특히 완벽주의 함정을 경계해야 한다. 완벽하게 자료를 모으고, 완벽하게 마음을 잡고, 완벽하게 과정을 이해하고 출발하려면 그 출발 시점은 영원히 오지 않을 수도 있다. 완벽주의자들은 의미 없는 시간을 보내며 걱정만 한다. 그러면서 그것이 준비라고 생각한다. 예컨대 '내가 책을 쓰면 사람들이 욕하거나 흉보지 않을까', '내가 과연 책을 쓸 수 있을까', '책을 썼는데 아무도 관심 가져주지 않고 책이 안 팔려 집에 쌓이면 어쩌나', '책을 쓰는 동안 회사일이나 집안일에 소홀해지면 어쩌나' 등등의 불필요한 생각만 하면서 그것이 준비과정이라고 착각한다. 단연코 그런 걱정을 하는 것은 준비과정이 아닐뿐더러 오히려 실행을 방해하는 요소가 될 뿐이다. 불필요한 걱정을 하면서 시간을 허비하는 과정을 '일의 실행을 위한 준비'라고 생각하는 것은 참으로 잘못된 판단이다. 서둘러 머리말을 쓰고 목차를 정한 후 단 몇 장이라도 원고를 완성하면 책 쓰기를 마무리할 가능성이 매우 크다. 시작이 반이기 때문이다. 책 쓰기를 위해서는 완벽주의를 버리고 돈키호테처럼 나서는 자세가 절대 필요하다.

그렇다면 책을 쓰기 위한 준비는 무엇일까. 의외로 간단하다. 우선은 책을 쓰겠다는 각오를 다지고 내가 쓸 책의 주제를 정해야 한다. 억지로 주제를 정하기보다는 내가 말하고 싶고 쓰고 싶은 분야를 찾아야 한다. 책을 쓰고자 하는 분야와 주제가 정해지면 책 쓰기의 요령을 상세히 설명한 도서를 한두 권 읽는 것이 좋다. 막막함을 걷어내고 각오를 다질 수 있는 기회가 될 수 있다. 그리고는 어떤 분야가 됐든 이미 책을 출간한 경험이 있는 저자를 만나 이야기를 나누며 출판과 관련한 정보를 파악하고 궁금한 점이 있으면 소상히 물어보아야 한다. 그리고 마음을 굳혔으면 곧바로 자료 수집에 들어가야 한다. 쓰고자 하는 책과 유사한 주제를 가지고 이미 발표된 책을 구입해 읽어보고, 인터넷을 검색해 필요한 자료를 출력하는 등 자료를 축적해야 한다. 이 정도의 과정을 준비단계라고 생각하고 곧바로 책 쓰기에 돌입해 몇 장의 원고를 완성해야 한다. 그러면 책 쓰기가 가능해진다. 고민만 하고 걱정만 하면서 그것을 준비과정이라고 스스로 합리화하면 책 쓰기는 영영 꿈으로만 남게 될지 모른다.

머리말
먼저 쓰기

　모든 책은 머리말이 있다. 머리말은 형식면에서 대단히 중요한 책의 구성요소이다. 하지만 형식면에서만 중요한 것이 아니라 내용면에서도 대단히 중요하다. 머리말에는 저자가 왜 이 책을 쓰게 됐는지 동기와 배경을 설명하는 내용을 담는다. 아울러 이 책의 독자는 누가 됐으면 좋겠고, 그들에게 어떤 도움이 됐으면 좋겠다는 내용도 담아낸다. 머리말을 기록하면서 저자는 자신이 왜 책을 쓰게 됐고 어떤 각오로 책을 쓸 것인지를 스스로 정리하게 된다. 책을 기필코 완성해내겠다는 의지를 스스로 다지게 된다. 그래서 머리말은 책을 집필하면서 가장 먼저 쓰는 것이 좋다. 저자에 따라 맨 마지막에 머리말을 쓰는 경우도 없지 않으나 대개는 먼저 쓰는 것이 일반적이다. 머리말을 쓰면서 책의 정체성에 대해 스스로 정리하는 과정이 필요하다. 아울러 집필을 하다가 마음이 약해지고 생활이 느슨해져 글을 쓰는 속도가 늦어지고 마음이 풀리면 스스로 쓴 머리말을 읽어보면서 각오를 다질 수 있다. 집필의 정체성이 머리말에 기록되기

때문이다.

자신에 대한, 해당 책에 대한 정체성을 정리하는 역할 외에 머리말이 지니는 중요한 다른 기능 하나는 누구에게 어떤 도움을 주기 위해 책을 집필했다는 사실을 밝히는 것이다. 책은 스스로에게 만족감을 주기 위해 집필하는 경우도 있지만 그런 사례는 지극히 일부에 지나지 않는다. 대부분은 저자가 가진 노하우를 누군가에게 전달할 목적으로 집필된다. 머리말에는 바로 그 내용이 삽입돼야 한다. 이책은 어떤 부류에게 어떤 도움을 주기 위해 집필되는 것이므로 어떤 이들이 읽으면 도움이 될 것이라는 내용이다. 책을 구매하기 위해 서점을 찾는 사람, 또는 인터넷 쇼핑몰을 서핑하는 사람 모두 책의 구매를 결정하기 전에 반드시 읽어보는 것이 머리말과 목차이다. 책을 구매하고자 하는 이들은 목차를 먼저 살펴보고 이 책이 어떤 내용일 것이란 사실을 짐작한 후에 머리말을 읽어보고 자신에게 필요한 책, 즉 자신과 같은 부류를 겨냥해 집필된 책이라는 확신이 서면 최종적으로 구매를 결정한다. 다시 말해 구매자가 구매를 결정하는 최종 단계는 머리말을 읽어보고 구매의 필요성에 공감을 느끼는 과정이다. 그러니 머리말의 중요성은 굳이 더 설명할 필요가 없다.

끝부분에 출판에 도움을 준 이들의 이름을 열거하며 고마움을 나타내기도 하지만 이는 대단히 형식적 행위라고 이해하면 된다. 책을 발행해보지 않은 사람은 잘 모르겠지만 한 권의 책을 완성시키기까지는 대단히 복잡한 과정을 거치게 되고 많은 전문가들의 도움을 필요로 한다. 물론 내용은 저자가 쓴다지만 책의 집필을 결정하는 단계부터 완성본 책이 발행돼 세상에 나올 때까지 많은 사람들의 도움이 불가피하다. 출판을 결심하도록 격려와 용기를 주는 사람부터 자료 수집에 도움을 주는 사람, 꼭 필요한 사람들을 소개시켜 주는 사람 등이 있게 마련이다. 특히 출판사 직원 가운데 직접 출간에 참여하는 스태프들의 노력이 뒤따라야 한다. 출판사 오너(대표), 에디터(편집자), 디자이너(도안자)를 비롯해 많은 이들이 책이 출간되기까지 큰 도움을 준다는 사실을 실감하게 된다. 진심 고마운 마음이 생긴다. 그래서 머리말을 기록하며 그들의 노고와 도움에 감사한다는 말을 적게 된다. 그것이 당연한 형식처럼 자리를 잡았다고 보면 된다. 머리말 가운데도 바로 이 부분은 마지막에 기록하게 된다. 책을 쓰게 된 동기와 목적 등을 집필 전에 기록한다면 도움을 준 사람들에 대한 감사의 마음을 적는 것은 집필을 마치고 책이 출간되기 직전에 기록하게 된다. 도움을 주어 고마움을 느끼는 사람은 계속 생겨나기 때문이다.

　목차와 함께 머리말은 책을 접하는 거의 모든 사람들이 반드시 읽어보는 부분이라는 점을 꼭 기억해야 한다. 머리말을 그저 책의 구성에 필요한 형식적인 글이라고 생각해서는 안 된다. 책을 사는 모든 구매자는 머리말을 읽어보고 구매 여부를 결정할 것이고, 책을 읽는 모든 독자는 머리말을 먼저 읽어본 후에 책을 읽을 것인지 여부를 결정할 것이다. 그러니 머리말의 중요성은 아무리 강조해도 지나치지 않다고 할 수 있다. 누구나 꼭 읽어보는 것이 머리말이라는 사실을 염두에 두고 신중을 기해 작성해야 한다. 아울러 너무 길거나 너무 짧지 않게 쓰는 것이 좋다. 너무 길게 쓰면 무슨 말을 하려는 것인지 축약이 안 돼 답답함을 준다. 지루해서 끝까지 읽으려 하지 않는다. 반면 너무 짧으면 성의 없어 보이고 진정성도 표현되지 않는다. 그러니 적당한 분량으로 쓰는 것이 내용만큼이나 중요하다. 편집된 책을 기준으로 4쪽을 넘어가지 않게 쓰는 것이 일반적이다. 1쪽은 너무 소략해 무성의하게 보인다. 저자의 의도를 제대로 전달하기도 어렵다. 그래서 2쪽, 3쪽, 4쪽 정도의 분량으로 작성하는 것이 가장 적당하다.

베스트셀러보다는
스테디셀러

  책을 쓰는 사람은 누구나 베스트셀러best seller의 꿈을 갖는다. 베스트셀러란 일정 기간 가장 많이 팔린 책이란 뜻이다. 그래서 다분히 시대상을 반영하고 당대의 유행과 사조, 풍토 등이 반영된다. 베스트셀러가 되기 위해서는 많이 팔리는 것이 가장 중요하다. 그러다보니 조직적으로 대량 구매를 통해 판매고를 올리려는 작전이 동원되기도 한다. 하지만 최근에는 이런 전략적 베스트셀러의 탄생을 견제하기 위해 갖가지 방지책을 마련해 작전에 의해 베스트셀러가 조작되지 않도록 하고 있다. 그러나 그런 작전을 출판업계에서 완벽하게 몰아냈다고는 단정할 수 없다. 지금도 갖가지 방법을 동원해 힘 있고, 돈 있는 사람의 책을 베스트셀러로 등극시켜 세간의 관심을 받게 하기 위한 편법과 억지가 난무한다. 다만 이전처럼 노골적으로 손쉽게 조작할 수 없도록 시스템화된 것은 인정해야 한다. 자신이 가진 돈이나 인맥, 조직 등을 활용해 베스트셀러에 등극하려고 시도한다면 그는 이미 일반인이 아니다. 일반적인 재산과 인맥을 가

진 인물이라면 조작을 통해 베스트셀러에 등극할 수 없다고 봐야 하기 때문이다.

베스트셀러는 몇 권이 팔려야 한다는 뚜렷한 기준은 없다. 베스트셀러를 구분하는 기준은 양분된다. 진정한 의미에서의 베스트셀러는 국내에 발행되는 모든 책 가운데 순위 안에 드는 많은 판매량을 기록하는 것이다. 그 벽은 너무도 높다. 국내 출판사에서 하루에 쏟아내는 책은 대략 100권 전후로 보면 된다. 이는 평균치로 출판 시즌 때는 이보다 월등히 많은 책이 발행되고 그렇지 않은 때는 이에 못 미치는 책이 발행된다. 주말이나 공휴일에 발행되는 책이 없다고 해도 월평균 2,000권 이상의 책이 시중에 쏟아진다. 영세한 출판사와의 작업을 통해 그저 수백 권의 책을 발행하고 서점에 뿌리지 않은 채 지인들끼리 나눠 갖는데 만족하는 책까지 계산하면 발행되는 책의 수는 월등히 많아진다. 이들을 제외하고라도 2,000권 중에 1위를 한다는 것은 결코 쉬운 일이 아니다. 10% 내에 들어 200위 안에만 들어간다 해도 대단한 일이다. 그래서 분야별 베스트셀러라는 기준이 있다. 인문서, 교양서, 역사서, 실용서, 자기계발서 등등의 분야를 설정해 놓고 해당 분야별로 판매고를 측정해 분야별 베스트셀러를 지정하는 방식이다. 분야별 베스트셀러에 선정되는 것도 대단히 어렵다. 그래서 혹자들은 분야별 베스트셀러에 진입하면 통합 베스트셀러에 등극한 것인 양 과대 홍보를 하기도 한다.

발행한 책이 베스트셀러에 오르면 여러 가지 현실적 이익이 생긴다. 당장 판매고에 따라 적지 않은 수입이 생길 수 있다. 수입의 규모는 출판사와 계약을 체결한 조건에 따라 천차만별로 나타나기 때문에 설명이 사실상 어렵다. 베스트셀러를 출간한 저자가 다음 출판을 할 때 보다 좋은 조건을 얻을 수 있는 것은 당연하다. 여러 출판사 중 보다 좋은 조건을 제시하는 출판사와 유리한 조건에서 협상이 가능해진다. 어느 정도의 판매고를 올리느냐에 따라 저자의 이름이 알려지고 몸값이 올라가는 것도 베스트셀러 등극을 통해 얻을 수 있는 이익이다. 소위 말하는 유명작가 반열에 오를 수 있는 것이다. 이 경우 책 내용을 주제로 한 저자강연회에 초청받을 수 있고, 저자 이름으로 각종 기획 사업을 펼칠 수도 있다. 이 밖에도 베스트셀러 작가가 되면 누릴 수 있는 혜택은 너무도 많다. 저자가 집필활동에 보다 자신감을 얻고 매진할 수 있는 기회도 마련된다. 베스트셀러를 출간해 본 작가와 그렇지 않은 작가의 차이는 실로 크다. 자신감의 크기가 달라지는 것은 물론이고 독자의 니즈needs가 무엇인지 파악하는 능력도 커진다. 그래서 모든 작가들에게 베스트셀러 등극은 뿌리칠 수 없는 유혹이고 로망이다.

일반적으로 베스트셀러에 대해서는 잘 알고 있지만 스테디셀러steady seller에 대해서는 잘 알지 못하는 경우가 많다. 베스트셀러가 일정 기간에 많은 판매고를 올리는 책이라면 스테디셀러는 꾸준히 독자들로부터 사랑받는 책이다. 책이 시류나 유행을 타지 않고 오랜 시간 계속 판매되기란 결코 쉽지 않다. 더구나 사회적 유행에 민감하고 대중의 관심사가 수시로 변동하는 현대사회의 특징을 고려할 때 어떤 주제가 됐든 꾸준히 인정받고 관심 받는 책을 집필한다는 것은 대단히 어려운 일이다. 베스트셀러 등극은 순간의 유행에 따라 실현 가능할 수 있지만 스테디셀러는 많은 이들에게 진한 감동을 주거나 유익한 정보를 제공하지 않고는 절대 실현될 수 없다. 실용서의 경우 유행에 따라 베스트셀러에 등극할 수 있을지 몰라도 스테디셀러가 되기란 만만치 않다. 그래서 일반적인 실용서가 스테디셀러 반열에 오르기 어렵다. 과자로 치면 '새우깡'이고, 라면으로 치면 '신라면'이고, 드링크음료로 치면 '박카스'가 바로 스테디셀러이다. 오랜 세월 사랑받는다는 것은 그만큼 깊은 울림이 있다는 것이다. 순간적으로 반향을 일으키는 베스트셀러를 출간하겠다는 각오도 좋지만 스테디셀러를 쓰겠다는 선한 각오로 집필에 나서는 것이 진정한 책 쓰기의 자세라 할 수 있다.

유사 도서를
탐독하라

　신문사 신입기자들을 대상으로 수습교육을 전담한 경험이 많다. 이 때 나는 스스로를 교관이라고 불렀고 기사 쓰기 교육을 하면서 몇 가지 주문을 했다. 첫 번째 주문은 더 이상 독자의 위치에 머물지 말고 기자의 입장에서 기사를 살펴보라는 것이다. 독자일 때는 그냥 기사를 읽고 기사가 전달하고자 하는 메시지를 전달받기만 하면 된다. 하지만 기자 신분이 된 이상 단순히 기사가 전달하려는 메시지를 전달받는 데 그치면 안 되고 그 이면의 배경을 살펴보는 습관을 가져야 한다고 했다. 특히 기사를 몰고 가는 기법이나 표현기법 등을 두루 봐야 한다고 강조했다. 타 신문사 기자 또는 자사의 선배 기자가 쓴 기사를 천천히 숙독하면서 어떤 관점에서 취재하고 어떤 관점으로 기사를 풀어냈는지를 파악하는 한편 어떤 상황에 대해 얼마나 적절한 표현기법을 활용했는지 등을 면밀히 관찰하고 기록해야 한다고 했다. 이전까지는 독자의 입장에 충실하면 됐지만 이제는 기사를 써야 하는 기자의 입장이 됐기 때문이라고 설명했다. 실제로

기사를 분석하고 기사 쓰는 방법을 익히기 위해서는 종전과 달리 분석적으로 기사를 살펴봐야 한다는 점을 강조했다. 보는 각도를 달리하고 깊이를 달리하면 보이지 않던 이면의 내용과 형식을 보게 될 것이라고 했다.

책을 쓰고자 하는 이들에게도 똑같은 주문을 하고 싶다. 지금까지 독자로서 충실히 책을 읽는 데 열중했다면 이제는 모든 책의 저자를 경쟁자로 보는 시각을 가져야 한다. 더불어 모든 책을 내가 쓰고자 하는 책의 경쟁도서로 파악해야 한다. 경쟁의식을 가지라는 것은 이미 발표된 책과 차별화된 그 무엇을 나의 책에 싣기 위해 연구하고 고민하고 노력해야 한다는 주문이다. 이미 발표된 책과 비교해 진일보된 내용이 없다면 독자들은 내 책을 구매하지 않을 것이다. 읽으려 하지도 않을 것이다. 내용뿐 아니라 형식면에서도 파격을 주어 종전의 책에서 볼 수 없던 신선함을 주기 위해 어떤 노력을 기울일 것인지 고민해야 한다. 같은 내용이라도 보다 멋지고 세련된 표현으로 독자들에게 호감을 안길 방법에 대해 깊이 생각하고, 생각나는 대로 메모해 두는 습관을 길러야 한다. 경쟁 도서의 저자가 주로 사용하는 표현 기법은 무엇이며 내가 주로 사용하는 표현법과는 어떤 차이가 있는지도 파악해 정리해 두어야 한다. 그런 하나하나의 과정이 내 책을 보다 가치 있게 만들어줄 것이기 때문이다.

책을 집필하기에 앞서 많은 책을 읽어야 하는 이유는 즐비하다. 내가 부족한 바를 보충할 수 있는 자료를 발굴하는 의미도 있고, 이미 발표된 책의 장점과 단점을 파악해 장점은 수용하고 단점은 배제할 수 있는 혜안을 얻을 수 있다는 의미도 있다. 책 쓰기 전문가들은 어떤 분야를 주제로 책을 쓰려면 해당 분야의 책을 최소한 20권 읽어야 한다고 주장한다. 어떤 전문가는 10권 정도를 읽으라고 주문한다. 물론 정보 수집 차원에서 한 권이라도 많은 책을 읽는 것이 유익하고 유리할 것은 자명하다. 그러나 양적으로 접근하기보다 질적인 접근이 필요하다. 함량 미달의 책을 여러 권 읽는 것보다 내용도 알차고 형식면에서도 개성이 넘치는 우량도서를 선별해 단 몇 권이라도 숙독하는 것이 낫다는 게 내 생각이다. 물론 책을 읽을 때는 꼼꼼히 읽어가며 내용도 살피고 응용하고 싶은 대목이 있으면 밑줄 긋고 메모하며 내 것으로 만들기 위한 노력을 동반해야 한다.

몇 권의 경쟁 도서를 읽어 보면 자연스럽게 내가 쓰고 싶은 방향이 잡힌다. 이미 발간된 책의 장점과 단점이 보인다. 내가 쓰고 싶던 내용인데 목차에 담아내지 못해 누락할 수도 있던 내용이 잡힌다. 어떤 책에 이미 소개된 내용인데 더 구체적이고 실증적인 사례를 제시하면 독자들이 이해하기 편할 것이란 판단이 생긴다. 부족한 설명이나 사례에 대해 어떻게 보충하면 더 좋은 내용으로 편성될 것인지 눈이 떠진다. 이런 과정이 내 머릿속에서 진행되고 있다면 책을 쓸 준비가 되고 있다는 방증이다. 내가 쓰고자 하는 내용과 유사한 내용을 담아 이미 발표된 책을 몇 권 읽고도 내가 쓰고자 하는 책에 반영할 것이 무엇이고 배제할 것이 무엇인지 정리가 되지 않는다면 책을 쓰기 위한 마음의 준비가 미흡한 상태라고 봐야 한다. 책을 무수히 많이 출간해 낸 저명한 저자라 해도 새로운 책을 출간하고자 할 때는 유사한 주제로 이미 발행된 경쟁 도서를 읽고 출간을 준비하는 것은 마찬가지이다. 경쟁 도서라 할 수 있는 유사 도서를 읽고 자료를 습득하기도 하고 출판 시장의 트렌드를 분석하는 등의 과정은 거치게 마련이다. 하물며 초보 저술지망생이 그런 노력을 하지 않는다는 것은 양질의 책을 쓰고자 하는 의지가 없는 것으로 밖에 보이지 않는다.

내가 하고 싶은 말 말고
상대가 듣고 싶은 말

강연을 듣다 보면 청중이 듣고 싶어 하는 이야기를 하는 것이 아니라 자신이 하고 싶은 이야기를 하는 강사들을 목격하게 된다. 청중들은 바쁜 일과 속에도 시간을 쪼개 자신에게 무엇인가 도움이 되는 내용이 있을 것이란 기대감을 갖고 강연장을 찾게 된다. 그런데 막상 강사가 온통 자기 자랑만 늘어놓는 등 일방적으로 자신이 하고 싶은 이야기만 하다가 강연을 마친다면 그 실망감은 이루 말할 수가 없다. 소중한 시간을 헛되게 보낸 것에 대해 후회가 막급할 것이다. 설상가상 비용을 들여 수강한 강의라면 실망감은 더욱 커져 분노 또는 분노에 가까운 감정을 느끼게 될 것이다. 수강생들이 시간과 비용을 감수하고 강연장을 찾는 이유는 자신에게 필요한 지식이나 정보를 얻거나 삶의 활력을 불어넣어 줄 감동을 얻기 위함이다. 강연장을 찾는 수강생들은 다분히 자신의 입장에서 무엇인가 유익함을 얻고자 하는 목적의식을 갖는다. 그런데 강사가 수강자에게 아무런 도움이 되지 않는, 강사 자신이 하고 싶은 이야기만 실컷 하고는 무

대를 내려온다면 수강자들은 큰 실망을 할 수밖에 없다. 듣고 싶은 이야기를 듣지 못했기 때문이다.

책을 읽을 때도 사정은 같다. 독자 입장에서 일고 싶은 내용이 있지만 이를 외면하고 저자가 독자의 니즈를 외면한 채 자신이 하고 싶은 이야기만 늘어놓는다면 독자들은 책을 읽고 난 후 크게 실망할 것이다. 아니 어쩌면 책을 다 읽기 전에 책 읽기를 포기할 것이다. 자신이 얻고자 하는 내용물이 없다는 사실을 알고 있기 때문에 시간을 허비해가며 끝가지 읽을 필요가 없다고 생각할 것이기 때문이다. 강연을 듣고, 책을 읽는 행위는 내 머릿속에 무엇인가 새로운 지식을 채워 넣고자 하는 입력의 과정이다. 입력을 하는 과정에서 필요로 하지 않는 지식이나 정보는 무의미하다. 수강자가 됐든 독자가 됐든 날이 갈수록 시간관념과 경제관념이 강해지는 추세이다. 시간과 비용을 들여 자신이 원하는 결과를 얻어내지 못하면 크게 실망하고 그것을 피해라고 생각해 어떤 형태로든 다른 보상을 받고자 하는 것이 현대인들의 특징이다. 그러니 강연을 준비하거나 책을 집필할 때는 반드시 강연자 또는 저자의 입장이 아닌 철저하게 수강자와 독자의 입장에 서야 한다. 책을 집필할 때도 머릿속 한편에서는 늘 '지금 내가 집필하는 내용이 독자들에게 얼마나 유익함을 안길 것인가'를 생각해야 한다.

선거시즌이 되면 정치인들이 앞다퉈 책을 출간하고 출판기념회를 연다. 그래서 매번 선거를 앞둔 때면 정치인들의 사진이 큼직하게 표지를 장식한 책들이 곳곳에서 눈에 띈다. 바로 이런 책들이 가장 대표적인 저자를 위한 책이다. 책은 독자를 위해 만들어야 하는데 이런 책들은 하나같이 저자를 위해 만든 것이다. 처음부터 끝가지 온통 저자를 위한 내용이다. 자신이 세상을 향해 하고 싶은 이야기를 늘어놓았다. 자신에게는 정말 소중하고 중요한 내용인지 몰라도 독자 입장에서는 아무런 관심도 흥미도 없는 책이다. 독자가 시간을 투자해 읽었을 때 얻고 싶은 내용이 전혀 담겨 있지 않기 때문이다. 그래서 선거시즌에 집중적으로 쏟아지는 정치인들의 책은 전혀 읽히지 않는 책이다. 그냥 굴러다니는 책이고 돌아다니는 책일 뿐이다. 저자의 가족이나 열성 당원, 정치적 동반자 그룹, 정치지망생 등 소수의 지인들만 읽어주는 책이다. 단기간에 적지 않은 수의 판매가 이루어지지만 읽기 위해 구매했다기보다는 체면치레, 인사치레로 구매해 준 책이란 표현이 맞다. 한마디로 영혼이 없는 책이다.

기업인들이 쏟아내는 자서전류의 책들도 마찬가지이다. 그들은 자신이 하고 싶은 이야기만 담으려 노력했을 뿐 정작 독자들이 읽고 싶어 하는 내용이 무엇인지에 대해서는 애초에 관심을 갖지 않았다. 자신의 자녀를 비롯해 그저 가족과 친지 등 일부를 겨냥해 쓴 내용이기 때문이다. 즉 자신이 어떤 환경에서 태어나 자라면서 어떤 과정을 통해 기업을 일으키게 됐고, 오늘날의 회사를 만들게 됐는지를 주로 적어두었기 때문에 친지가 아니라면 관심 밖의 이야기일 수밖에 없다. 자신이 일군 기업을 향후 어떤 방향으로 이끌고 나가겠다는 정도의 내용이 포함돼 있다. 그러니 그 기업과 무관한 일반 대중은 그 책의 내용에 아무런 관심이 없다. 당연히 읽을 이유도 없다. 하지만 기업인들의 책은 정치인들이 선거를 앞두고 찍어대는 책들과 비교하면 그래도 대중성이 훨씬 나은 편이다. 기업인의 성공비결에 관심을 갖고 탐구하기 위해 책을 찾는 이들이 그나마 있기 때문이다. 책은 내가 하고 싶은 이야기를 기록해두기 위해 만드는 것이 아니라 내가 가진 노하우를 습득하기 원하는 독자들을 위해 만들어야 한다는 사실을 꼭 염두에 두어야 한다.

변해버린
독자들

　예나 지금이나 책 읽기를 권하는 풍토는 변하지 않았다. 특히 어른이 아이에게, 선배가 후배에게 책을 읽으라고 주문하는 모습은 지금도 여전하다. 일반적으로 책을 읽으라고 권하는 의미와 내용을 되새겨볼 필요가 있다. 책을 읽으라는 이야기는 양서良書를 읽으라는 주문이다. 마음을 길러주는 교양서를 읽어 내면의 성장을 이루라는 의미이다. 그러나 요즘 세상에 양서는 얼마나 될까. 서점을 직접 방문해 판매대에 놓여 있거나, 책꽂이에 꽂혀 있는 책의 종류를 파악해보면 소위 양서라고 이름 붙일 수 있는 책은 그리 많지 않다. 그 수는 많을 수 있지만 실제 판매되는 수를 헤아려보면 지극히 적다. 그렇다면 양서가 아닌 책은 무엇이며 어떤 책이 많이 판매된단 말인가. 양서가 아니면 불량서적이란 말인가. 읽어서 해가 되는 책이 있단 말인가. 갖가지 의문이 꼬리를 물 수 있다. 답을 하자면 양서가 아니라고 해서 모두 불량서로 취급할 수는 없다. 다만 마음을 살찌우는 책이 아닌 당장의 이익을 도모하는 방법을 일러주는 실용서

가 많다는 의미이고 대중들의 관심이 실용서로 옮겨가는 현상이 뚜렷하다는 것이다. 많지는 않지만 발행되는 책 중에는 인간의 참다운 의식 성장에 방해가 되는 불량서적도 분명 있다.

내가 초등학생이던 1970년대나 1980년대에는 출판이 지금처럼 성행하지 못했다. 하지만 그런 환경 속에서도 웬만한 가정 책꽂이에서 양서를 접할 수 있었다. 당시 사회상을 살펴보면 TV 시청 시간도 지극히 제한적이고 전자기기나 게임기기도 없었다. 그래서 어린이와 청소년들은 무료함을 달래기 위해 좋든 싫든 책을 읽는 습관이 있었다. 자연스럽게 어린이나 청소년들이 즐겨 읽는 필독서 목록이 구축됐다. 누구랄 것 없이 그 책을 읽었고, 그 책의 내용을 알고 있었다. 대개는 위인전기와 문학서가 주류를 이루었다. 위인전을 읽으면서 영웅에 대한 동경심을 갖고 인류에 보탬이 되는 삶을 살아야 한다는 사실을 깨달았다. 동서양의 명저 문학작품을 접하며 유소년기의 꿈을 키웠다. 그 책들은 어린 시절의 마음을 키워준 양서가 분명하다. 문학서를 통해 당시 사회의 사상과 역사를 이해할 수 있었고 인류가 추구하는 근본적인 가치는 시대가 바뀌어도 변하지 않는 사실도 알게 되었다.

그러나 지금 세상에 양서라고 칭할 수 있는 그런 종류 책을 책꽂이에 꽂아놓고 자녀들에게 읽기를 권하는 일은 가정에서 종적을 감춰가고 있다. 학생들의 책꽂이에는 참고서만 즐비하고 부모들이 읽는 책도 온통 자기계발서류가 대세를 이룬다. 물론 공공도서관의 기능이 확대되고 책이 아닌 각종 매체를 통해 지식을 습득할 수 있는 방법이 다양화됐으니 위인전이나 문학서 등이 가정에서 사라진 이유일 수 있다. 하지만 근본적으로 양서가 축출된 것은 사회가 변하면서 대중이 요구하는 책이 양서보다 실용서로 바뀌었기 때문이다. 약에 비유하자면 양서는 보약과 같다. 서서히 내 체질을 개선시키고 면역력을 강화해 내 몸이 치유력을 회복하게 하는 데 목적을 둔다. 실용서는 약국에서 바로 지은 처방약 같은 존재이다. 당장 내 몸에 유리하게 하고 병을 털어내는 것이 처방약의 역할이다. 대개 보약은 먹을수록 몸의 치유력과 자생력을 키우지만 처방약은 먹을수록 내성이 강해져 치유가 안 될 뿐 아니라 몸에 독성이 쌓인다고 알고 있다. 양서는 읽는 이의 생각을 키워주고 더불어 견고하게 해준다. 실용서는 당장의 이익을 안겨준다. 보약만 먹고 처방약을 멀리할 수는 없는 일이다. 양자를 고르게 적당한 수준에서 복용하는 것이 가장 좋은 방법이다.

독자들의 니즈는 이미 오래전부터 실용서로 옮겨갔다. 빨리 성공하고 싶고, 빨리 큰돈을 벌고 싶고, 빨리 출세하고 싶은 욕망이 사회 전반으로 확산되면서 독자들은 언제 튼튼해질지 모를 내 몸을 만들기 위해 기약 없이 보약을 먹는 일보다는 당장의 효능을 얻을 수 있는 처방약을 선택하고 있다. 그 사이에서 과대·과장 광고로 아무런 효능도 없는 건강식품도 제약시장에 뛰어들어 활개를 친다. 책으로 비유하면 자기계발서라는 이름으로 발행되는 허풍스러운 책들이다. 독자들의 관심은 이미 양서를 뛰어넘어 실용서로 가고 있다. 아니

실용서도 뛰어넘어 자기계발서에 빠져 있다. 과거에 "책을 읽어라."
라고 했을 때 당연히 그 책은 교양서였다. 지금도 책읽기를 권하는
문화는 여전한 가운데 요즘은 책을 읽으라고 권하면 권하는 당사자
는 양서를 염두에 두었을지 몰라도 받아들이는 이는 실용서나 자기
계발서를 염두에 두고 있다. 세상이 바뀌었고, 대중의 관심사가 바
뀌었으니 누구를 탓할 수는 없는 일이다.

　도서 시장의 전체적 흐름은 실용서로 옮겨간 지 오래다. 저자가
나 홀로 교양서 집필에 매진한다면 고맙고 기특한 일이지만 읽히지
않는 책으로 전락할 가능성이 높다. 어차피 책을 만드는 일도 경제
활동의 일부분이다. 경제의 흐름, 사회의 흐름을 무시하고 갈 수는
없는 노릇이다. 그러니 저자는 독자의 니즈에 따라 방향을 선회해
야 한다. 독자들의 관심이 실용서에 집중돼 있으니 실용적 관점에서
책을 집필해야 한다는 의미이다. 현대인들은 내가 얼마의 비용과 시
간을 투입해 책을 구매하고 읽었을 때 내게 얼마나 현실적인 이익이
돌아오느냐가 관심사다. 지극히 자본주의적 관념으로 책을 바라보
고 이해하려 한다. 돈과 시간을 투자해 책을 구매해 읽었는데 별 실
익이 없을 것이라고 판단한다면 책을 사지도 읽지도 않는다. 그러니
그러한 니즈에 저자가 발을 맞춰주어야 한다. 인스턴트 문화에 길들
여진 현대인들은 인스턴트 지식을 원하고 있다. 언제 찾아올지 모르
는 내 몸의 면역력과 자연치유력의 회복을 위해 보약만으로 버티지
않는다. 일단은 처방약으로 몸을 낫게 하는 데 주력하고 보약은 보
조적 수단으로 여긴다.

출판의 흐름이 실용서로 옮겨갔음을 지속적으로 설명하는 것은 독자의 니즈가 현실적 이익으로 옮겨갔으니 거기에 부합해 얄팍한 지식으로 그들을 미혹시키는 비양심적 책을 쓰라는 주문을 하고 있는 것은 아니다. 이러한 흐름을 이해하고 관점을 독자에 맞춰 집필하는 내내 이 책이 과연 독자들이 원하는 실용성을 담보하고 있는가에 대한 의문을 꾸준히 던져가며 글을 쓰라는 의미이다. 현란한 말솜씨와 글 솜씨로 독자를 미혹하게 하는 장난질을 하라는 것은 아니다. 진정 유익한 정보와 지식을 주는 방향으로 글을 쓰되 그 방향이 저자 중심이 아닌 독자 중심이 되게 집필되고 있는지에 대해 늘 촉각을 세우라는 것이다. 특히 불특정 대중을 향해 거대한 담론을 이야기하기보다는 특정한 대상을 타깃으로 삼아 그들의 눈높이에서 그들이 원하는 바가 무엇인지를 염두에 두고 글을 써야 한다는 것이다. 진정한 양서를 쓰는 것은 어쩌면 학자들의 몫이다. 하지만 내 삶속에서 체득한 나만의 지름길을 대중에게 널리 알리기 위한 실용서의 보급은 필부필부 가운데 책 쓰기에 관심이 있는 선구자의 역할이라고 할 수 있다.

편년체를 버리고
기전체와 기사본말체로

초등학생들이 쓴 일기를 살펴보면(물론 어린 아이라도 일기를 몰래 보는 것은 사생활 침해에 해당된다) 아침부터 저녁까지 하루 일과를 시간순으로 기록한다. 그렇게 쓰지 않는 아이도 더러는 있지만 대개의 아이들은 일과를 시간순으로 기록하는 것이 원칙이라고 알고 있다. 상당수 초등학교는 어린 아이들의 생활을 파악하고 문장력과 사고력을 지도하는 데 필요하다며 일기장 검사를 한다. 그렇다면 문장력 지도 차원에서 사건의 경중과 강약 없이 시간순으로 쓴 일기에 대해 잘못된 점을 지적하고, 선택과 집중을 통해 주제를 정해서 팩트fact 중심으로 써야 한다고 지도하는 것이 옳다. 그러나 그런 글쓰기 지도는 없다. 명목상으로는 글쓰기 지도를 위해 일기 검사를 한다고 하지만 실제로 일기 검사를 통해 글쓰기를 지도하는 사례를 거의 보지 못했다. 일기 내용을 통해 해당 학생의 사생활에 대한 궁금증을 푸는 데 주력할 뿐이다. 그래서 억지로 일기를 쓰게 하는 일과 일기장을 검사하는 일을 중단해야 한다는 목소리가 커져가고 있는 것이다. 물론

한정된 시간에 많은 학생들의 글을 일일이 바로잡아 주는 것이 물리적으로 어렵다는 사실도 잘 안다.

하지만 그보다 더 근본적인 문제는 교사들 자체가 글쓰기에 대한 교육을 받은 적이 없어 전문성을 갖추지 못하고 있다는 점이다. 교사들조차 글을 써본 적이 없고, 제대로 배운 적도 없어 실상 타인의 글을 고쳐줄 능력이 부족하다는 것이 문제이다. 교사들이 글쓰기를 할 줄 모르니 아이들을 가르칠 수 없고, 아이들은 제대로 배우지 못한 채 팩트 없이 시간순으로 기록하는 것이 글쓰기의 정석인 줄 알고 계속 그렇게 쓴다. 학교과정을 마치고 사회에 진출해서도 아무런 제약 없이 그렇게 글을 쓴다. 그들 중 일부는 교사가 된다. 그 교사는 별다른 생각 없이 아이들에게 글쓰기를 자신이 배웠던 대로 그렇게 지도한다. 설상가상 우리의 교육 현실에서는 글쓰기를 중요하게 여기지도 않는다. 문제를 맞히는 기술만 중요하게 여길 뿐이다. 문제 맞히기의 달인이 돼 명문대학에 진학하고 모두가 부러워하는 직업을 갖게 돼도 제대로 글을 쓰지 못하는 가짜 엘리트가 되는 경우가 허다한 것이 대한민국의 현실이다.

문인단체에서 봄 야유회를 간다기에 동참했던 일이 있다. 주최 측은 다녀온 후 각자 여행후기를 써서 송고하면 정기적으로 발행되는 계간 동인지에 부록으로 싣겠다고 했다. 그래서 한 편의 글을 써서 발송했고 얼마 후 참가자 다수의 글이 실린 계간 동인지가 발행됐다. 여행후기가 실린 특집란의 글을 모두 꼼꼼히 읽어보았다. 그러고는 크게 놀랐다. 실린 글이 하나같이 시간 순서대로 일정을 소개하는 형식으로 작성됐기 때문이었다. 약속이나 한 듯 모든 글이 초등학생의 일기처럼 시간 순서대로 여정을 기록하고 뒷부분에 간단히 '재미있고 즐거웠다.', 또는 '보람된 시간이었다.' 등 소감으로 마무리 하는 천편일률적 형식이었다. 더욱 놀란 것은 그 글을 쓴 이들의 상당수는 현직 또는 전직에서 학생들을 지도한 초등 또는 중등 교사들이었다는 점이다. 이날 나는 적지 않은 충격을 받았다. 그리고 이 나라 교육의 악순환 구조를 단번에 인식했다. 교사가 이렇게 글을 쓰고, 이렇게 가르치니 모든 아이들이 이렇게 글을 쓴다는 사실을 깨달았다. 교사들조차 글쓰기의 기본을 배워본 적이 없고 그래서 그들조차 시간 순서대로 팩트 없는 글을 쓰니 아이들이 누구에게 배워 팩트 있는 글을 쓰겠는가. 글쓰기 교육 부재의 심각성을 뼈저리게 느꼈다.

앞서 모 사회단체로부터 800여 명의 중고생이 어버이날을 맞아 부모님께 쓴 편지를 심사해달라는 주문을 받았다. 그 단체 주관으로 지역 중고생을 대상으로 편지쓰기 대회를 열어 시상하려는 것이었다. 잔뜩 기대를 갖고 시작했다가 큰 실망을 했다. 어쩌면 800명 넘는 학생들이 쓴 편지가 한 사람이 쓴 것처럼 내용이 똑같은지 내 눈을 몇 번이고 의심했다. 믿어지지 않았다. 그래도 몇 명은 진솔한 내용을 기반으로 개성 있는 편지를 썼을 것이라고 기대했던 것은 나만의 생각이었다. 더욱이 학생들은 용지 한 장을 채우는 것도 무척 힘들다는 듯 달랑 한 장짜리 편지를 써왔다. 그것도 한 장을 빼곡히 채운 것이 아니라 겨우 반 장을 넘긴 경우가 대부분이었다. 내가 학생이었을 때 국어시간에 편지쓰기에 대해 배운 기억이 있다. 첫줄에 받는 사람을 적고 이어 인사말과 계절 이야기를 쓰라고 배웠던 것 같다. 지금도 그렇게 똑같이 가르치는지 학생들은 저마다 똑같이 계절 이야기를 곁들인 인사로 글을 시작했다. 단 한 명의 예외도 없었다. 똑같은 형식과 내용으로 쓴 800명의 편지를 읽어보고 가슴을 치고 싶었다. 왜 전문가들이 우리나라 교육이 잘못됐다고 성토하는지 이유를 알 만했다. 문제 찍기 기술만 가르치는 현 교육 시스템은 분명 문제가 있다. 역사서술방식에 편년체, 기전체, 기사본말체가 있다고 배웠다. 이 중 편년체는 사마천이 '사기史記'를 편찬하기 이전까지 유행했던 역사서술방식이지만 이후 사실상 자취를 감췄다. 역사가들이 편년체를 외면한 것은 재미가 없기 때문이다. 연대표를 작성하듯 시간순으로 사건을 기록하는 형태이다 보니 건조하고 재미가 없는 것은 당연하다. 하지만 기전체와 기사본말체는 인물 또는 사건 중심이고 이야기 형식이다. 요새 유행하는 말인 스토리텔링 기법으로 쓰였다는 것이다. 기록하고자 하는 시대의 주요 인물 또는 사건에 대한 기록을 이야기 형식으로 작성해 자연스럽고 재미있게 기술한 것이 특징이다. 기전체가 인물 중심이라면 기사본말체는 사건 중심이라는 차이가 있다. 이러한 역사기술방식의 차이를 비교해 장단점을 분석하면 글을 시간순으로 쓰는 것이 왜 문제인지 금방 이해할 수 있다. 시간순으로 글을 쓰면 정리는 잘 될지 몰라도 무엇이 중요하고 무엇이 어떤 의미를 갖는지 가늠하기 어렵다. 독자의 흥미를 끌기도 어렵다. 머릿속에 하나의 이야기가 그려지지 않는다. 독자들은 글을 읽으면서 머릿속에 이야기를 그려나가면서 흥미를 느끼지만 스토리텔링이 없는 시간순 서술은 그것이 어렵다. 경중과 강약이 없어 무엇이 중요한 것인지도 파악하기 어렵다.

그래서 사마천이 '사기'를 출간한 이후 역사서는 기전체를 기본으로 서술되다가 훗날 기사본말체가 출현한 이후 대세가 기사본말체로 옮겨갔다. 이는 편년체보다 기전체, 기전체보다 기사본말체가 독자들의 흥미를 끌기에 더 낫다는 것을 의미한다. 독자들은 같은 값이면 더 재미있고, 강한 인상을 주는 책을 읽고 싶어 한다. 재미가 없는 글은 공감을 이끌어 내지 못하고 감동도 줄 수 없다. 머릿속에 스토리가 그려지지 않으니 기억에 남지도 않는다. 글을 쓸 때만 그러한 것이 아니다. 강연을 할 때도 마찬가지이다. 강사가 강연을 하면서 전달하고자 하는 메시지를 팩트 있는 스토리로 만들어 이야기하듯 전해주면 수강자들은 재미를 느끼고 강사의 이야기에 빠져들지만 어떤 사실을 나열해서 소개하기만 한다면 금세 집중력이 흐트러져 다른 생각을 하거나 불성실한 수강태도를 보이게 된다. 해박한 지식을 가졌다고 해서 강연을 재미있게 하는 것은 아니다. 강연의 기술은 전달하고자 하는 내용을 얼마나 재미있게 스토리로 엮어내느냐에 달려 있다. 책 쓰기도 마찬가지이다. 저자가 글을 재미있게 엮어갈 때 독자들은 책을 손에서 내려놓지 않게 된다.

독자의 관점에서
경쟁자의 관점으로

　사람은 자기가 해보지 않은 일을 해낸 사람을 보면 동경심을 갖는다. 특히 본인이 엄두도 내지 못하고 있는 일을 성취한 사람에게는 존경심을 갖게 된다. 책 쓰기의 경우, 책을 출간해 보지 않은 사람 입장에서 책을 발행한 사람은 선망의 대상일 수 있다. 책을 썼다는 것은 남과 구분되는 많은 지식과 경험을 가졌다는 것을 의미하는 데다 고통스러운 집필의 과정을 이겨낸 의지력까지 갖췄다고 생각하기 때문이다. 그 책의 내용이 어떤 것이든 눈에 잘 들어오지 않는다. 그저 책을 썼다는 사실이 대단해 보이고 존경스러울 따름이다. 내가 전혀 다루지 못해 소리도 내지 못하는 악기로 멋지게 곡을 연주하는 사람을 대하는 것과 비슷한 감정일 것이다. 그래서 책을 읽을 때마다 방대한 원고를 작성해 한 권의 책으로 완성시킨 저자에 대한 동경심을 갖게 된다. 동경심을 갖는 것은 내가 감히 엄두도 내지 못하는 일을 이루어낸 사람이라는 점 때문이다. 그래서 책을 쓰는 사람은 따로 있고 나 같은 사람은 재능이 없어 절대로 책을 쓸 수 없다고

단정한다. 그러나 책을 쓰지 못하고 쓸 엄두를 내지 못하는 것은 배우지 않았기 때문이지, 능력이 없어서가 아니다. 앞서 무수히 악기 배우는 일과 책 쓰는 일을 비교해 설명했지 않았는가.

어렵사리 운전면허증을 발급받고 자신은 겁이 많아 운전을 할 수도 없고, 할 생각도 없다며 10년 넘게 장롱 속에 묵혀두었던 내 누이도 상황이 다급해지자 운전을 배웠고 불과 수개월 만에 베스트 드라이버가 됐다. 벌써 수년째 거의 매일같이 운전을 하고 다니지만 무사고 안전운행을 자랑한다. 하지 않겠다고 선언했던 운전을 하기 시작한 것은 남편이 예기치 못한 일로 면허취소라는 상황을 맞았기 때문이었다. 자녀들은 어려서 운전을 할 수 없는 처지이고 가족이 이동하려면 차는 반드시 필요했다. 남편은 면허취소 상태라서 운전을 할 수 없는 처지였다. 그래서 어쩔 수 없이 운전을 하게 됐고, 절대 운전을 배우지도 않고, 하지도 않겠다던 생각은 무너질 수밖에 없었다. 운전을 하지 못할 때는 운전하는 사람들이 대단하다고 생각했을 것이다. 시속 100㎞가 넘는 속도로 고속도로를 주행하는 운전자가 대단한 사람이라고 여겼을 것이다. 그러나 배우고 나니 별것 아니란 생각, 진작 배울 걸 그랬다는 생각을 했을 것이다. 책 쓰기도 마찬가지이다. 정말 특별한 경우가 아니라면 꼼꼼히 방법을 배워 책을 쓸 수 있다. 책 쓰기는 혼자서도 할 수 있지만 누군가 도와주면 훨씬 쉽고 빠르게 진행할 수 있다.

자신이 순수한 독자의 자리에 머물러 있을 때 책을 쓴 저자를 보면 오를 수 없는 나무처럼 느껴진다. 그러나 세상에 오를 수 없는 나무는 없다. 맨손으로 못 올라가면 사다리를 놓고 올라가면 된다. 책을 쓰겠다고 마음먹었으면 결심한 순간부터 이미 책을 출간한 저자를 더 이상 독자의 관점으로 보아선 안 된다. 못 오를 나무로 보아선 안 된다는 이야기이다. 자신의 경쟁자로 보아야 한다. 그래서 냉철한 눈으로 경쟁자의 책을 분석하면서 장점과 단점을 찾아내려는 자세가 필요하다. 아울러 내가 책을 집필한다면 이 책과 비교해 어떤 차별성을 두고 쓰겠다는 생각을 가져야 한다. 이미 발행된 책의 저자를 경쟁자로 인식하는 순간부터 책을 대하는 마음가짐이 달라진다. 보다 신중하게 읽게 되고 분석적으로 책을 접하게 된다. 그렇게 되면 종전에 독자의 관점에서 책의 내용을 통해 지식이나 정보를 얻으려고만 하던 것과 비교할 수 없을 만큼 냉철한 통찰력이 생긴다. 그 통찰력은 책을 집필하는 데 대단히 유용한 기능으로 작용하게 될 것은 물론 자아를 성숙하게 하는 데도 엄청난 역할을 할 것이다. 기존 저자를 상대로 갖는 경쟁의식은 처음 책을 쓰는 사람에게 반드시 필요한 마음가짐이다.

독자의 관점에 머물러 책을 읽으면 책에 담고 있는 내용만 눈에 들어온다. 하지만 경쟁자의 관점에서 책을 읽게 되면 표지 디자인부터 시작해 판형과 색상, 글자체와 글자크기 등이 눈에 들어오고 저자가 자주 사용하는 문체, 미흡한 표현과 기발한 표현, 논리 전개가 자연스러운지 여부, 전체적 구성 등등이 눈에 들어오기 시작한다. 이렇듯 책의 장단점이 눈에 들어오기 시작한다는 것은 책을 보는 통찰력은 물론 세상을 보는 혜안이 성장하고 있음을 의미하는 것이다. 그 통찰력과 혜안이 생기면 책을 쓸 수 있다는 자신감이 급성장한다. 그 자신감을 끝까지 책을 쓸 수 있게 하는 근력을 제공한다. 세상 모든 일은 시작할 때 자신감을 갖고 출발해야 한다. 자신감이 없으면 어려운 고비를 만날 때 좌절하기 쉽다. 자신감이 차고 넘쳐도 중도에 포기할 수 있는데 하물며 자신감이 없이 시작한다면 무엇을 할 수 있겠는가. 책 쓰기는 많은 사전 준비가 필요한 것은 물론이고 적어도 수개월간 고된 일정을 이겨내야 하는 만만치 않은 여정이다. 상대를 경쟁자로 보지 않고 우월한 존재로만 보는 나약한 마음가짐으로는 책 쓰기에 성공하기 어렵다. 자존감을 바탕으로 자신감을 갖고 기존 책의 저자를 경쟁자로 의식하는 가운데 책 쓰기는 시작돼야 한다.

책이 뜨면
나도 뜬다

　책이 출간돼 대중에게 큰 인기를 끌어 베스트셀러가 되는 것을 일컬어 '뜬다'라고 표현한다. 하지만 책을 써서 뜨기란 말처럼 쉽지 않다. 한 달 평균 전국에서 2,000권 넘는 책이 신간으로 세상에 나오지만 이 가운데 온라인과 오프라인 서점을 통해 3,000권 이상이 판매되는 책은 손으로 꼽을 정도이다. 출간의 최소단위라 할 수 있는 200~300권을 발행해도 그 물량을 소진하기조차 어려운 책이 한두 종류가 아니다. 일반적인 책을 발행해 1,000권 판매하기도 쉽지 않다. 그러니 1만 권, 2만 권, 아니 10만 권, 20만 권이 판매됐다는 것은 엄청난 일이다. 가뜩이나 책을 읽지 않는 문화가 팽배해 있는 현실을 고려할 때 저서를 베스트셀러로 등극시켰다는 것은 장한 일이다. 어쩌다 운이 좋아서 혹은 쇼킹한 제목으로 구매를 유도해서 몇천 권이 팔릴 수는 있지만 1만 권 이상이 판매됐다면 내용도 유익하고 재미도 있다는 것을 의미한다. 요즘처럼 책 판매가 부진한 상황을 고려하면 베스트셀러의 반열에 오른다는 것은 실로 의미 있는

일이다. 더구나 100만 권을 판매해 밀리언셀러에 등극한다면 영화 1,000만 명 관객 돌파보다 그 의미가 더 크다고 할 수 있다.

많은 책이 발행되고 있지만 많이 판매되는 책이 지극히 제한적인 것은 책을 사지 않고, 읽지 않는 풍토도 문제지만 그만큼 독자의 니즈를 충족시킨 책이 없다는 것을 의미하기도 한다. 또는 현란한 제목과 표지디자인으로 소비자들을 낚시질해서 책을 판매하는 일이 많아져 독자들이 책 자체를 외면하는 풍토가 심해졌다는 것으로 해석할 수도 있다. 그러나 정반대의 경우도 있다. 정말 훌륭한 내용으로 채워진 값진 책인데도 불구하고 주목을 끌지 못하는 디자인과 제목 등으로 시장에서 힘 한 번 못 써보고 창고 신세를 져야 하는 책도 의외로 많았다. 혹은 출판사나 기획사가 제대로 마케팅을 하지 못해 공들여 우수한 도서를 출간했음에도 불구하고 세상으로부터 외면 받는 경우도 있다. 같은 내용이라도 유명인이 발간했으면 관심 받았을 것을 무명인이 발간해 아무런 주목도 받지 못하는 경우도 있다. 어떤 이유가 됐든 책이 베스트셀러가 되고 뜬다는 것은 그리 녹록한 일이 아니다. 베스트셀러 반열에 올라 많은 책을 판매하는 데까지는 성공했지만 그렇다고 소위 '뜨는' 지경에는 이르지 못하는 경우도 있다.

그러나 책이 많이 판매되고 독자들이 많아지면 대개는 많은 이들 사이에서 회자되고 책의 유익성이나 저자가 제시하는 독특한 세계관 등이 세상의 주목을 받게 된다. TV를 비롯한 대중매체나 인터넷 등을 통해 개인이 특정 사건으로 인해 유명세를 타서 '뜨는' 과정을 경험할 수 있지만 쉽지는 않다. 그런 매체의 힘을 빌리지 않고 자력으로 세인들의 관심을 받는 일은 책을 출간하는 방법이 거의 유일하다. 책이 주목받아 세상에 뜨면 저자도 덩달아 뜨는 것은 당연한 일이다. 뜬다는 것은 더 노골적으로 말해 몸값이 올라간다는 것을 의미한다. 몸값이 올라가고 나면 무엇을 해도 유리하게 작용한다. 사람을 모집해 무언가 일을 도모하고자 하면 누구보다 쉽게 사람을 모을 수 있다. 무슨 일을 시작하더라도 평범한 사람보다 월등히 유리한 조건에서 시작할 수 있고, 지명도를 기반으로 삼아 성공할 확률도 높아진다. 이런 변화 외에도 가장 직접적인 변화는 저서에 담은 내용을 주제로 하는 각종 강연에 초청되는 경우가 부쩍 늘어난다는 것이다. 물론 강연 현장에 가면 극진한 대접을 받기도 하고 말 한마디 한마디에 신뢰가 실려 보통의 사람을 뛰어넘는 긍정적 반응을 얻어낼 수 있다. 물론 남 앞에 드러나는 것을 즐겨하지 않고, 특별한 대접을 받는 것도 부담스러워 꺼리는 부류의 사람도 있다. 그렇지만 그런 부류의 사람이라 할지라도 일단 개인에 대한 보편적 신뢰의 상승은 어떤 형태로든 긍정적 작용을 하게 마련이다.

출간한 책이 의외의 성공을 거둬 인생 역전을 이룬 사례는 참으로 많다. 책을 통해 전문성이나 독특한 사연이 알려지면서 방송 출연으로 연결돼 전혀 다른 인생의 길을 걷게 된 경우는 허다하다. 책이라는 매체를 경유하지 않고 곧바로 방송의 혜택을 보게 되는 경우도 많지만 상당수는 책을 통해 특정 분야의 전문성이나 독특한 사연이 알려져 방송 출연으로 연결되고 그 방송이 엄청난 파급효과를 몰고

와 인생을 바꿔놓는다. 그런 사례는 의외로 많다. 그래서 이 같은 상황을 의도적으로 겨냥해 집필의 방향이나 마케팅의 방향을 맞추는 경우도 많다. 바람직한 집필태도라고 할 수는 없지만 엄연한 사실이다. 굳이 방송의 힘을 빌리지 않고 책 자체만으로 저자가 뜨는 경우도 있다. 가장 흔한 사례는 고액의 강연자가 돼 전국 각지를 순회하며 책 내용을 바탕으로 특별강연을 하는 것이다. 책이 뜨고 내용이 참신해 특별강연에 초대되었는데 너무도 말솜씨가 어눌하고 수강자들의 호감을 이끌어내지 못해 강연자로 우뚝 서지 못하고 주저앉고 마는 경우도 얼마든지 있다. 여러 경우의 수가 존재하지만 어쨌든 책이 뜨면 저자도 뜨게 되고 뜬 기회를 제대로 살리면 인생의 역전을 노릴 수 있는 기회가 마련된다는 것은 사실이다. 그러나 인생 역전 자체가 목적이 돼 책을 집필하는 것은 그리 바람직해 보이지 않는다.

돌 공장 여사장님의 저서,
그리고 비즈니스

책을 쓰는 사람들의 목적은 다양하겠지만 크게 둘로 나눌 수 있다. 그 첫째는 창작의 욕구가 솟구쳐 이를 감당하지 못하고 그때그때 원고를 작성해 모아두었다가 책을 발행하는 경우이다. 이런 상황에서는 책 발간 이후에 일어나게 될 생활이나 신변의 변화에는 별 관심을 두지 않고 오로지 뭔가를 기록하고 쓰는 활동 자체에 목적을 둔다. 창작의 본능을 못 이겨 원고를 쓰고 그 기쁨을 만끽하고자 하는 것이다. 그러나 이런 경우는 대개 한두 권의 책을 출간한 초보 저자이다. 책을 몇 번 발행하고 나면 보다 많은 사람들에게 읽히는 책, 세상의 변화를 유도할 수 있는 책을 집필하고 싶다는 욕심이 생긴다. 출판시장의 흐름이나 독자들의 니즈를 읽는 능력도 생긴다. 세상에서 필요로 하는 책을 쓰고 싶다는 생각을 하게 되고 그런 세상의 요구에 맞춰 집필을 하게 된다. 물론 고집스럽게 자신의 창작욕을 충족하는 책만 집필하는 저자들도 있지만 그 수는 그리 많지 않다. 창작욕에 충실한 이들 가운데 문학 활동을 하는 이들은 대개 문

학을 벗어난 분야에 책에 별 관심이 없다. 그래서 세상의 트렌드에 편승하지 않고 그저 문학책을 쓴다. 에세이 종류의 경우 이름이 알려지면 자기가 쓰고 싶은 글을 써도 대중이 인정해 준다. 그러나 그런 경지에 이르려면 엄청난 내공을 쌓아야 하고 감동을 안기는 수준에 이르러야 한다.

두 번째는 뚜렷한 목표의식을 갖고 그 목적에 맞게 책을 집필하는 경우이다. 발행돼 시중에 판매되고 있는 책의 대부분은 이렇듯 목적에 충실한 책이라고 봐야 한다. 책을 쓰는 목적은 여러 가지라고 볼 수 있다. 금전적 이익을 염두에 두고 쓰는 사례가 대표적이다. 실제로 출간한 책이 베스트셀러, 밀리언셀러, 스테디셀러에 오르면 적지 않은 수입을 챙길 수 있게 된다. 출판사와 어떤 형태, 어떤 조건으로 계약을 체결했는가에 따라 상황은 달라지겠지만 어떤 경우라 해도 많은 책이 팔릴수록 저자에게는 많은 수익이 발생하게 된다. 정치인이나 기업인이 자서전이나 기타 정치적 또는 경제적 신념 등을 기록한 책은 판매를 통한 수익 발생보다는 개인이나 기업, 또는 자신이 속한 집단의 이미지 제고가 목적일 수 있다. 이미지 제고를 통해 선거에서의 당선 등 정치적 목적 달성을 염두에 두거나, 기업의 이미지 개선을 통해 매출의 신장 등을 목적에 두는 경우가 있다. 이는 우회적으로 목적 달성을 도모하려는 형태라 할 수 있다. 이 밖에 저자가 책을 통해 퍼스널 브랜딩을 이루어 자신의 몸값을 올리고자 하는 목적을 두기도 한다. 자신만이 알고 있다고 생각하는 특정 노하우를 대중과 나누고 싶다는 순수한 마음으로 책을 집필할 수도 있겠다.

전북 익산에서 석재공장을 운영하는 한 여성 CEO의 경우, 개인은 물론 회사의 이미지 제고를 통해 사업에 도움을 구할 수 있을 것이란 판단에 따라 책 쓰기를 결심했다. 인접한 전주에서 독서클럽 회원들이 독서모임을 갖는 한편 책 쓰기 코칭교실을 운영해 저술 갖기를 희망하는 이들에게 경험자들이 책을 쓸 수 있도록 실질적인 도움을 준다는 사실을 알고 그곳에서 도움을 받아 책을 쓰고자 결심했다. 그래서 아주 성실히 모임에 참석해 매주 책 쓰는 요령을 배우고 이후에는 원고를 써 가서 피드백을 받는 형태로 원고를 축적해 갔다. 그러다가 급기야는 스스로의 힘으로 자신의 저술을 갖게 됐다. 출판사와 계약을 통해 제대로 된 형식과 내용을 갖춘 책을 출간한 것이다. 책은 고사하고 평소 글 한 편 제대로 쓸 기회가 없었을 기업의 CEO가 자력으로 책을 출간했으니 얼마나 많은 노력을 기울였을지 가히 짐작이 된다. 출판사에 최종 탈고를 앞두고 그 저자는 평소 친분이 있는 내게 윤문을 부탁했다. 전문가들의 조력을 받아 완성했다고는 하나 한 번 더 글을 다듬고 싶었던 것이다. 그래서 이메일로 원고를 받아 그의 글을 다듬기 시작했다. 구어체가 많고 군데군데 부적합한 어휘가 사용되기도 했지만 전반적으로 훌륭했다. 거짓이나 과장이 눈에 띄지 않아 진정성이 느껴졌다. 끝까지 모든 글을 읽고 나니 그분에 대한 신뢰와 호감이 상승했다. 여성 CEO로서 당당히 기업을 운영해 가는 그분의 모습이 머릿속에 또렷이 그려졌다.

　이후 책이 출간됐고 익산시 내 한 호텔에서 출판기념회가 열려 그 자리에 참석했다. 가족과 친지를 비롯해 저자와 친분이 있는 정 · 관계 인사, 기업 거래처 관계자 등이 모여 책의 출간을 축하하는 자리를 마련했다. 저자의 온 가족은 기쁜 마음으로 손님을 맞았고 잔치는 성대하게 치러졌다. 출판기념회를 통해 저자는 자신의 브랜딩 가치를 한껏 높였을 뿐 아니라 가족들에게도 큰 기쁨과 자부심을 안겨주었다. 아울러 보다 중요한 것은 저자가 운영하고 있는 기업의 이미지가 크게 향상됐다는 점이다. 이날 출판기념회는 저자 자신은 물론 주변인 모두에게 긍정적 효과를 발휘한 의미 있는 자리였다. 출판기념회를 마치고 일상으로 돌아온 후 저자는 새로운 사업 파트너나 계약 관계의 거래처 임·직원, 인·허가와 관련된 관공서 공무원, 협력업체 기업인 등 누굴 만나든 명함과 함께 본인이 저술한 책을 기념품으로 제시했다. 그 책의 제목은 '돌에도 꽃이 핀다'이었고 책 속에는 온갖 역경을 버티고 사업체를 이끌어온 여정이 기록돼 있다. 또 자신의 경영철학이나 가치관, 지역사회에 공헌하고 싶은 기업인으로의 포부, 어머니 같은 마음으로 직원들을 감싸 안고 직장공동체를 이루어내는 과정 등을 꼼꼼히 담아냈다.

그 책을 차분히 읽어본 사람이라면 누구나 저자와 더불어 저자가 운영하는 기업에 호감을 갖고 도와주고 싶은 마음을 갖기에 충분했다. 물론 그 책을 전해 받은 수많은 사람 가운데 몇 사람이나 꼼꼼히 책을 읽어가며 저자의 생각에 공감하고 저자의 경영철학에 동감했을지는 장담하기 어렵다. 하지만 설령 책을 전해 받은 이들 가운데 상당수가 읽지 않았다 해도 책을 발행한 효과는 대단할 수밖에 없다. 우선은 저자 스스로가 경험한 자기성찰과 자기극복의 시간이다.

책을 집필하는 동안 어려웠던 시절을 회상하며 혼자 많은 눈물도 흘렸을 것이고, 자기반성의 시간도 가졌을 것이다. 또 책을 통해 세상에 공표한 경영철학을 지켜가기 위해 마음가짐도 바로잡기를 거듭했을 것이다. 책을 읽지 않은 이들 가운데도 자신이 거래하는 업체 대표가, 평소 알고 지내던 주변의 기업인이, 인허가 문제로 자주 관청을 드나들던 여성기업인이 한 권의 책을 출간해냈다는 사실에 적지 않게 놀랐을 것이다. 나아가 저자를 보는 눈이 달라졌을 것이다. 자신들이 넘어보지 못한 높은 벽을 넘어선 인물이라는 점에서 없던 존경심도 생겼을 것이다. 또한 왠지 신뢰가 가고 종전보다 더 품위 있어 보이는 것도 느꼈을 것이다. 책을 읽어본 사람은 이보다 몇 곱절 깊은 인상을 받았을 것이다. 평소 보여준 저자의 행동이나 가치관을 이해했을 것이고, 그가 얼마나 열심히 살아가는 사람인지 알았을 것이다.

책이 출간되고 1년 남짓한 시간이 지났을 때 그 저자를 만났다. 그는 발행한 책의 내용을 일부 보완해 증보판 2쇄 발행을 준비하고 있었다. 초쇄로 발행한 책을 이미 다 소진했기 때문에 추가로 책을 발행해 활용할 계획이라고 했다. 그러면서 책을 발행해 마케팅에 활용한 것이 주효해 책을 발행한 비용 이상의 실익을 얻었다고 내게 설명했다. 책을 발행하는 데 드는 비용은 저자가 모든 비용을 부담한다는 조건에서 1,000만 원을 넘어서지 않았을 것으로 추정된다. 출판사와 계약을 통해 부담하는 비율을 조정하면 이보다 적게 소요됐을 수도 있다. 거래 단위가 수천에서 수억 원에 이르는 석물 거래를 몇 건만 추가하면 책 발행에 소요된 비용을 충당할 수 있다는 결론이 나온다. 실제로 그러했단다. 구체적으로 수치를 제시하지는 않았지만 저자는 책을 발행한 효과를 톡톡히 봤다고 했다. 주변에 30여 개 경쟁 업체가 군집을 이루어 회사를 경영하고 있는데 하나같이 매출이 떨어져 심각한 위기를 맞은 가운데 저자의 회사는 평년 수준의 매출을 유지했다고 한다. 다른 모든 업체가 매출 감소를 겪는 동안 홀로 매출을 유지한 것은 출간의 후광이라고 생각한다고 했다. 저자의 말을 들으며 겸손하게 매출을 유지했다고 말했을지언정 실제로는 홀로 매출상승을 이루었을지 모른다는 생각을 했다. 책의 출간은 이렇듯 상서로운 일을 몰고 다니는 작업임을 거듭 밝히고 싶다.

한 권의 책 쓰기,
인생을 배운다

언젠가 지인의 출판기념회에 참석해 자청해서 인사말을 할 수 있게 해 달라고 했다. 그 자리에서 "세상에는 두 종류의 사람이 존재하는데 그 한 부류는 '책을 써본 사람'이고 나머지 부류는 '책을 써보지 못한 사람'이다."라고 말했다. 다소 황당할 수 있는 이 말은 책을 써본 경험을 가진 사람들이 책을 쓰는 과정을 통해 얻어내는 내면적 성숙을 설명하기 위함이었다. 책을 쓰는 과정은 단지 문장을 나열하는 단순작업이 아니다. 자료를 수집하고 집필을 하는 과정에서 새로운 깨달음을 얻고 구조화되지 못했던 지식체계가 구조화되고 체계를 잡아 견고해지는 과정을 경험하게 된다. 출간은 내가 갖고 있는 지식이나 정보, 노하우 등을 남에게 전달하는 과정이다. 나의 기록이 확실한 팩트인지에 대해 고민하게 되고 스스로 검증해보는 과정을 거치게 된다. 또한 어떻게 하면 보다 쉽고 확실하게 내용을 전달할 수 있을까에 대해서도 생각하며 사고의 범위를 넓힌다. 이러한 과정을 통해 내가 평소 갖고 있던 지식을 점검하는 기회를 갖고 자료를 수집하

고 해석하는 과정을 겪으며 새로운 공부도 많이 하게 된다. 실제로 책 쓰기만 한 공부가 없다는 것이 나의 변함없는 생각이다.

이 밖에 책을 쓰는 동안 얻는 진정 큰 소득은 나를 돌아보는 성찰의 시간을 갖는다는 것이다. 내가 어떤 지식을 전달하는 과정에서 '과연 내 주장이 읽는 이들로부터 공감을 얻어낼 수 있을까?'에 대해 깊이 생각해 볼 기회가 있기 때문이다. 또 '내가 이런 주장을 할 만큼 나의 도덕적 흠결은 없는 것인가?', '내가 이런 주장을 할 만한 인격을 갖추고 있는가?', '남에게 권할 만큼 내 지식이 견고한가?', '나도 실천하지 못할 일을 남에게 당연하다는 듯 권하고 있는 것은 아닌가?' 등등 수많은 자기반성의 과정을 거치게 된다. 혼자 묻고 대답하는 자기반성의 과정을 거치며 내면적 성숙을 이뤄가는 나를 발견하게 된다. 이는 책 쓰기를 하는 동안 얻어지는 가장 큰 소득이며 확실한 자기발전이라고 할 수 있다. 적어도 책을 쓰는 몇 개월의 기간에 걸쳐 저자는 자신의 삶을 되돌아보고 자신이 했던 말에 대해 회고하고 점검하는 자기성찰의 시간을 갖는다. 한 권의 책이 완간돼 세상에 나오는 순간까지 저자는 수많은 고민을 하고 선택과 판단의 기회를 갖는다. 고통스러운 시간일 수도 있지만 지나고 나면 책을 쓰는 기간만큼 면밀히 자기를 되돌아볼 기회가 없었다고 책을 출간한 경험이 있는 이들은 한결같이 말한다.

머릿속으로 구상을 하고, 자료를 수집하는 등의 준비단계 외에 순수하게 집필에만 적어도 수개월은 족히 소요된다. 책의 내용이나 분량에 따라 기간 차이가 날 수 있고, 숙달된 전문가인가 혹은 집필을 처음 하는 초보자인가에 따라서도 시간 차이는 존재한다. 전문가라 해도 2개월이면 한 권의 집필을 끝내는 경우가 있는가 하면 6개월 이상의 기간을 필요로 하는 경우도 있다. 그 편차는 워낙 커서 무어라 단정적으로 말할 수 없다. 전업 작가의 경우 몰입해서 집필활동을 하는 데만 시간을 사용하겠지만 비 전업 작가의 경우 생계를 위한 본연의 일을 갖고 있기 때문에 제한된 시간을 활용해 집필을 하게 된다. 그 차이도 클 수밖에 없다. 아무튼 아무리 빨리 글을 써 내려가는 능력을 갖춘 이라 해도 대개는 2개월 이상의 시간을 들여 책 한 권의 원고를 완성하는 것이 일반적이다. 원고가 집필되는 동안 대개의 저자는 모든 사생활을 금지한다. 누군가를 만나고, 어딘가를 다녀오고, 무엇인가를 하다 보면 실상 책을 쓸 시간이 없다. 특히 직장인을 비롯해 본연의 직업을 갖고 있는 이들은 가뜩이나 없는 시간을 쪼개야 하기 때문에 일정기간 모든 사생활을 내려놓아야 책 쓰기에 집중할 수 있다. 사생활을 내려놓고 책 쓰기에만 몰입한다는 것은 어찌 보면 인고의 시간을 보내야 한다는 이야기이다. 더불어 수면도 줄여야 시간을 활용할 수 있다. 그러니 책을 집필하는 동안 다시 대입을 앞둔 고3 수험생과 같은 참고 견디는 시간을 보내야 한다. 이것만으로도 충분히 인생을 배우는 시간이 된다. 이래저래 책 쓰기만 한 인생 공부도 없다.

인고의 시간을 보내고 내가 쓴 내 책이 내 손에 놓일 때 그 감동은 무어라 설명하기가 어려울 정도이다. 참 힘들고 어려운 과정을 이겨

내고 현실적 제약도 극복해 세상에 내 책을 내놨으니 스스로에게 기특한 생각이 든다. 주변인들은 고생했다며 대단하다고 칭찬을 아끼지 않는다. 남의 이야기로만 여기던 책 쓰기를 내 손으로 이루어 냈을 때 느끼는 성취감은 실로 크다. 남에게만 불리는 칭호로 여겼던 '저자' 또는 '작가'라는 호칭이 내 이름 뒤에 붙기 시작할 때 오랜 시간의 노력과 고생에 대해 보상을 받는 느낌이 든다. 이 쾌감을 못 잊어 저자들은 또 책 쓰기에 나선다. 죽을 고생을 다해 산에 오른 이가 '다시는 산에 오르지 않겠다.'고 하고 다시 등산을 준비하는 것과 마찬가지이다. 어렵게 죽을 고비를 넘겨가며 첫 아이를 출산한 엄마가 '다시는 아이를 낳지 않겠다.'고 했다가 둘째 아이를 임신하는 것과 같은 맥락이다. 힘든 과정을 거쳐 산에 오르고, 아이를 낳고 나서 성숙의 열매를 맺듯이 책 쓰기를 마치고 나면 이전과는 비교도 할 수 없을 만큼 성숙해 있는 자아를 발견하게 될 것이다.

출간 후
달라지는 것들

　내 책이 출간되고 나면 '저자' 또는 '작가'라고 불리게 된다. 지인이 제3자에게 나를 소개할 때도 책 제목과 함께 그 책의 저자라고 소개한다. 소개를 받는 사람은 다른 누구를 대하는 것보다 예의를 갖추려는 모습을 보인다. 공식적인 자리에서 차례대로 참석자들을 소개하는 경우가 발생하면 책을 쓴 저자는 본인이 원하든 원하지 않든 책 제목과 함께 저자라는 사실이 소개된다. 나도 모르게 나의 위상이 달라져 있는 것이다. 단지 책을 한 권 쓴 것뿐인데 세상은 나를 대하는 태도를 바꾼다. 또한 집필한 책의 내용이 뚜렷한 전문성을 갖춘 경우라면 해당 분야의 전문가로 대접받게 된다. 하지만 사회적 신분 상승이나 대외적 이미지 제고가 책을 출간하는 목적이 될 수는 없다. 책을 출간하는 목적은 내가 가진 노하우를 일반에 공개해 공유할 수 있도록 하는 공익성을 실천하기 위함이다. 출간의 목적 자체는 사회적 공익 실현이라는 데 맞추었다 하더라도 내가 작가가 되는 순간 나의 위상이 분명 변해가고 있음을 실감하게 된다.

책이 발간되면 가장 먼저 저자를 대하는 가까운 가족들의 태도가 달라진다. 예를 들어 집안의 가장이 노력 끝에 값진 책을 출간해냈다고 가정하자. 다른 가정의 아버지는 회사일 핑계로 매일 새벽 귀가하고 허구한 날 술에 만취한 모습을 보이고 주말과 휴일에도 TV 시청만 하고 게으름을 피우는 것이 일반적 모습이라고 했을 때 그들과 확연히 비교가 되는 것은 당연하다. 누군가의 아버지는 빈둥거렸고 불성실한 모습을 보였지만 누군가의 아버지는 각고의 노력 끝에 책을 출간했다면 자녀들의 눈에 양자는 어떻게 비칠까를 생각해 보자. 아내의 눈에 비치는 남편의 모습도 마찬가지일 것이다. 내 아버지가 쓴 책이 서점 판매대에서 발견되고 인터넷에서 검색되면 자녀들은 어떤 감정을 느낄까. 친구들이랑 같이 서점에 가서 자신의 아버지가 쓴 책을 들어 보이며 아버지 자랑을 하는 자녀의 모습을 상상해 보면 답이 나온다. 두 아버지가 아이에게 똑같은 주문을 했다고 가정해 보면 답은 너무 쉽게 나온다. 자신은 있는 대로 게으름을 피우면서 아이에게 성실히 공부할 것을 주문하는 아버지의 모습은 아이들에게 먹히지 않는다. 반면 늦은 밤까지 스탠드 불빛 아래 앉아 집필을 하더니 결국 책을 출간하는 데 성공한 아버지라면 아이들에게 달리 공부하라고 말할 필요도 없다.

내 아버지가 또는 내 어머니가 책을 출간한 저자라면 아이들의 존경심은 커진다. 배우자에게도 좋은 모습이 될 것이란 건 굳이 말할 필요도 없겠다. 나의 경우도 책을 출간한 이후 아내와 아이들이 나를 대하는 태도가 변했음을 실감했다. 아이들은 자신들도 책을 집필해 세상에 내놓고 싶다고 포부를 밝히기도 했다. 담임선생님에게 아버지의 책을 선물하기도 했다. 아버지 또는 어머니가 책을 출간했다는 사실을 자라나는 아이들은 내면 깊숙한 곳에 추억으로 묻어놓는다. 그리고는 자신도 모르게 그 추억의 영향을 받는다. 아이에게 학원비와 과외비를 쏟아 부으며 학업을 강요하는 것은 순간적일 수 있고 자칫 악영향을 낳을 수 있다. 하지만 부모님이 책을 출간했다는 사실은 아이들에게 지속적인 울림을 안긴다. 당장 변하는 모습을 보이지 않을지언정 마음 깊은 곳에 그 울림을 묻어두었기 때문에 언제고 그 양분으로 저력을 발산할 수 있다. '아이는 부모의 모습을 보며 자란다.'는 말은 백번 지당하다는 사실을 깊이 새겨야 한다.

자식이나 배우자는 물론 부모님에게도 큰 효도가 되는 것이 책 출간이다. 연로한 노인들은 자신이 무엇인가를 성취하고 달성하려 하기보다는 자식들의 성장하는 모습을 보고 큰 기쁨을 느낀다. 자신이 직접 쓴 책을 출간해 부모님께 안겨 드리면 그보다 큰 효도선물은 없다. 한국사회의 정서상 나이가 들어 노인이 될수록 자식들이 부모님들에게 자랑거리를 만들어 드려야 한다. 자랑을 하는 것 자체가 긍정적일 수만은 없지만 한국정서는 그러하다. 부모에게 자랑거리를 많이 만들어 드리는 것이 가장 큰 효도의 길이다. 책 발행은 부모님의 마음을 한동안 기쁘게 해드릴 수 있는 아주 유용한 효도선물이 된다. 책은 성실한 사람만이 쓸 수 있다. 아는 것이 많고 재능이 풍부한 사람이라도 성실하게 자리를 지키고 묵묵히 글을 써 내려갈 은근과 끈기가 없으면 책을 집필할 수 없다. 책을 쓴 저자는 성실함을 갖춘 인물이란 사실이 자연스럽게 입증된다. 책 쓰기는 자신의 성실성을 대외적으로 공인받는 기회가 된다는 점도 주목할 만하다. 책을 출간하고 나면 나도, 내 가족도, 내 주변인들도 나로 인해 변화를 맞이하게 된다. 그 변화는 다분히 긍정적이다.

죽기 전에
내 책 쓰기

제5장

출판기념회를 꿈꾸며

기획출판과
자비출판의 이해

처음 책을 출간했을 때 친구들이 내게 말했다. "인세는 얼마나 받냐? 인세 받으면 한잔 사야지?" 출판세계를 모르는 친구들이 하는 당연한 질문이라고 생각한다. 나 역시도 직접 책을 출간해보기 전에는 대체 얼마의 비용이 들고, 책이 판매되면 저자에게는 어떤 금전적 보상이 돌아가는지 전혀 알지 못했다. 궁금했지만 누구에게 물어야 할지도 몰랐고, 알 것 같은 사람에게 물어도 두루뭉술한 답변만 할 뿐이었다. 그도 잘 알지 못하니 속 시원히 답해줄 수 없는 것은 당연하다. 책을 출간하는 조건은 천차만별이다. 너무도 복잡해서 설명하기가 복잡한 정도이다. 저자가 세상에 알려진 사람인가의 여부도 중요한 변수가 되고, 무엇보다 원고의 내용이 좋아서 판매될 가능성이 있는가의 여부도 중요 변수가 된다. 출판사의 역량도 제각각이어서 어떤 출판사와 어떤 조건으로 출판계약을 체결하는지도 매우 중요한 변수가 된다. 이러한 변수를 이해하려면 최우선적으로 자비출판과 기획출판의 개념부터 이해해야 한다. 그래야 어떤 경로를

거쳐 책이 세상에 나오는지 이해하게 된다.

　우선 자비출판이란 말 그대로 저자 자신이 비용을 부담해 책을 발행하는 형식이다. 자비출판의 경우 출판사의 역량은 그다지 중요하지 않다. 저자가 원하는 대로 편집하고 디자인해서 인쇄소에 인쇄를 맡기면 되기 때문이다. 저자가 초보자이거나 저명성이 없고, 많지 않은 분량의 책을 발행할 때 자비출판 방식으로 책이 발행된다. 실상 국내에서 발행되는 책의 거의 대부분은 자비출판 방식으로 출간된다고 보면 된다. 출판사는 저자가 맡긴 원고를 교정하고 편집하고 디자인을 입히는 일을 하고 인쇄소를 선택해 인쇄를 맡기는 일을 하게 된다. 출판사는 별도로 투자하는 몫이 없고 그저 저자로부터 편집비, 디자인비 등을 받고 출판에 관련된 일을 대행해 주는 방식이라고 생각하면 된다. 출판사는 투자하는 비용이 없기 때문에 리스크를 감내할 필요가 없다. 출판과 관련된 모든 주도권은 저자가 갖게 된다. 자비출판으로 책을 발행하게 되면 출판사는 편집이나 디자인을 하면서 조언을 할 뿐이지 저자가 최종 선택권을 갖는다. 출판사는 출판 관련 용역 역할이라고 보면 된다.

　반면 기획출판이란 전략적이고 기획력 있게 출판을 시행하는 경우이다. 대개 저자가 유명인사이거나 원고 자체가 대중의 관심을 끌 만한 것이어서 온라인과 오프라인 서점에 배포했을 때 판매될 가능성이 높다고 판단되면 기획출판 방식이 적용된다. 기획출판은 출판에 관련되는 모든 비용을 출판사가 부담하게 된다. 저자는 원고를 제공하는 역할에 충실하게 되고 출판사는 발행과 판매에 주력하는 방식이다. 기획출판의 전제조건은 원고의 상품성이 뛰어나야 한다는 것이다. 발행해놓고 팔리지 않을 책이라면 출판사 입장에서 거액을 들여 위험부담을 안고 기획출판을 시도할 이유가 없다. 검증된 저자의 원고이거나 출판사가 검토했을 때 충분히 상품가치가 있다고 판단되면 기획출판의 대상이 된다. 저자 입장에서는 기획출판이 절대적으로 유리하다. 모든 저자는 기획출판을 꿈꾼다. 하지만 저자가 원한다고 해서 출판사가 흔쾌히 기획출판 계약서에 도장을 찍어줄 리는 만무하다. 출판사마다 기획출판을 희망하는 원고가 몰려들지만 실제 기획출판이 성사되는 경우는 지극히 소수에 그친다.

책을 발행하는 부수는 천차만별이다. 수십 권부터 시작해 수백, 수천, 수만 권까지 발행한다. 수만 권을 발행했는데도 부족하면 추가로 2쇄, 3쇄를 발행한다. 그래서 100만 권 밀리언셀러도 등장하는 것이다. 수십 권을 발행하는 경우는 출판사를 경유하지 않고 저자가 직접 인쇄업체를 찾아가 적당히 편집해서 필요한 수량만큼 인쇄하는 것으로 엄격히 구분하면 출판의 범주에 두기는 어렵다. 각종 자료를 모아 인쇄하고 제본할 때 수십 권을 발행하는 경우가 있지만 적어도 책이라 하면 수십 권을 발행하는 일은 없다고 보면 된다. 그러나 수백 권을 발행하는 일은 있다. 개인 문집이나 시집 등을 출간해 가족 및 지인들과 나눠가지려는 경우 200~300권을 출간하는 경우도 있다. 자비출판의 경우 1,000권 미만의 책을 발행하는 경우가 대부분이다. 대중이 별 관심을 보이지 않는 내용의 책을 사회적 영향력도 크지 않은 저자가 1,000권 발행했다고 가정해보자. 책 1,000권을 소진한다는 것이 결코 호락호락하지 않다. 초보 무명저자의 경우 500권 정도를 발행해 지인들에게 나눠 배분하는 것이 일반적이다. 저자가 비용을 모두 부담한 자비출판 책이라도 서점에 배포해 판매할 수 있다. 그러나 독자들은 무명인 저자가 '독자가 읽고 싶은 내용'이 아닌 '저자가 쓰고 싶은 내용'으로 가득 채운 책을 굳이 값을 지불하고 사려 하지 않는다. 저자가 생각하는 것보다 독자들은 훨씬 더 영악하다.

실제로 책이 대중에게 판매되려면 그들이 궁금해하고 알고 싶은 내용, 그들이 읽었을 때 감동을 느끼거나 새로운 지식을 접할 수 있다고 판단되는 내용이어야 한다. 그러나 상당수 초보 저자들은 소비자인 독자들의 니즈는 아랑곳하지 않고 자신이 하고 싶은 이야기를 담아내는 데 주력한다. 기획출판이 불가능한 이유가 바로 여기에 있다. 그래서 몇 차례 자비출판을 통해 출판시장의 흐름을 읽고 독자들의 니즈를 파악한 저자는 독자들이 요구하는 쪽으로 집필의 방향을 선회한다. 그래서 출판사는 웬만해서 초보 저자와 기획출판 계약을 체결하지 않는다. 소규모 출판사에서 몇 차례 자비출판을 경험하며 출판시장의 구조에 대해 충분히 학습하고 독자의 입에 맞는 원고를 생산해내는 단계까지 이른 검증된 저자와 계약을 체결하려 한다. 기획출판을 결정하면 출판사는 대개 2,000만 원가량의 선투자를 한다고 보면 된다. 출판사가 자선단체가 아닌 이상 상품성 없는 원고를 가져온 저자와 섣불리 기획출판 계약을 체결할 리는 없다.

자비출판과 기획출판의 간극은 참으로 크다. 그래서 양자 간의 장단점을 살린 절충형도 존재한다. 절충형은 계약서를 작성하기 나름이다. 자비출판에 가까운 절충형도 있지만 기획출판에 가까운 절충형도 있을 수 있다. 절충형은 저자와 출판사가 출판과 판매를 놓고 협의해 합의점을 찾아 최적의 조건을 이끌어내는 방식이다. 대개는 출판사가 주도적으로 출간을 하되 저자가 일정 수량의 책 판매를 책임진다. 즉 출판사는 출판사대로 책 판매를 위해 마케팅에 총력을 기울이고 저자는 저자대로 자신의 사회적 역량을 발휘해 개별구매 또는 단체구매가 이루어지도록 해 책임량을 판매하게 된다. 또는 출판에 소요되는 비용을 출판사와 저자가 일정액 분담하는 방식도 있다. 실상 수천 권의 책을 발행해놓고 출판사는 발이 닳도록 판매를 위해 매진하는데 저자는 뒷짐 지고 방관하는 일은 불가능하다. 출판사와 저자는 책이 발행돼 모두 소진되는 순간까지 운명공동체 의식을 가지고 협조하며 지략을 모아가야 한다. 그런 마음가짐이 없다면 그냥 수백 권의 책을 발행해 지인들과 나눠 갖는 수준의 자비출판을 선택하는 것이 옳다. 비용은 들지 몰라도 판매의 부담과 그 스트레스로부터 자유로울 수 있기 때문이다.

출간의 성패를
좌우하는 3T

　출판업계는 책을 발행해서 판매 이익금으로 운영되는 회사이다. 결코 자선단체도 아니고 봉사단체도 아니다. 경영주와 직원들이 각자의 생계를 위해 운영하는 기업이다. 그러니 출판사가 추구하는 목표 자체는 이익 창출이다. 출판사는 책이라는 문화상품을 매개로 할 뿐 다른 기업들과 조금도 다를 바가 없다. 손해 보는 일이 되풀이돼 경영이 부진하면 폐업을 할 수밖에 없는 구조이다. 그러니 다른 기업들과 마찬가지로 어떻게 하면 이윤을 극대화할 수 있을까를 늘 고민한다. 다른 물품을 제작해 판매하는 업종에 비해 고상해 보이고 품위 있게 느껴질지는 모르겠으나 본질적으로 접근해보면 출판사도 이윤을 추구할 수밖에 없다. 그것은 생존을 위한 절대적 조건이다. 문화 업종인 출판사가 이윤을 추구한다고 누구도 비난할 수 없고 비난해서도 안 된다. 출판사가 책을 통해 이윤을 창출하고자 하는 행위를 인정해야 한다. 출판사가 유명 저자의 좋은 원고를 욕심내는 것을 자연스럽게 받아들여야 한다. 역으로 지명도 없는 저자의 무리

한 요구를 수용하지 않는 것을 서운하게 생각해서는 안 된다.

　발행한 책이 많이 팔려 상업적으로 성공하기란 무척 어렵다. 소위 베스트셀러라는 반열에 오르는 책은 전체 발행되는 책 대비 지극히 소수에 지나지 않는다. 명저로서 오랜 세월 꾸준히 사랑받는 스테디셀러도 있지만 대부분은 단기간에 광범위한 지역에서 많이 팔려야 상업적으로 성공했다고 할 수 있다. 출판업계에서는 베스트셀러의 조건으로 세 가지를 제시한다. 흔히 3T라고 하는데 이 세 가지가 갖춰질 때 비로소 대중으로부터 관심을 받고 성공적 판매를 할 수 있다. 현대인들은 마음의 양식이 되는 책보다는 읽었을 때 어떤 방식으로든 당장 내게 이익을 안겨주는 책을 선호하는 경향이 뚜렷해지고 있다. 그래서 많이 판매되는 책을 발행하고자 하면 구상단계부터 세 가지 조건을 염두에 두고 시작해야 한다. 세 가지 중 어느 한 가지라도 어긋나면 사실상 베스트셀러로 등극하기가 어렵다. 그래서 책을 쓰고자 할 때는 사전에 출판 경험이 많은 전문가 또는 출판업계 종사자 등과 충분히 협의해서 집필 방향을 잡고, 발행 시기를 결정하는 것이 좋다. 그래야 수천, 수백 권을 집과 사무실에 쌓아두며 한숨 쉬는 일을 피할 수 있다.

　세 가지 조건인 3T 중 첫째는 타이밍Timing이다. 사회적으로 특정 분야의 또는 특정 주제의 책을 필요로 하는 때가 있다. 이때의 시대적 분위기에 편승해 책을 출간해야 한다. 예컨대 대통령 선거가 치열하게 전개 중인 가운데 당선이 유력한 후보의 생애와 사상, 주변인들, 관련 주식 등을 소재나 주제로 책을 집필해 그가 당선된 직후에 발행하면 상상을 뛰어넘는 판매가 이루어진다. 새롭게 국가를 이끌 인물에 대해 방송이 집중되고 신문이 특별지면을 앞다퉈 제작할 때 대중의 신임 대통령에 대한 관심이 증폭된다. 그래서 그에 대해 더 자세한 정보를 알고 싶어 하고 자연스럽게 그와 관련된 책을 찾는다. 실제로 대선 직후에는 대통령 당선인에 대한 책이 서점에 즐비하게 깔리고 판매도 잘 된다. 한국과 밀착관계인 미국 대선 이후에도 사정은 비슷하다. 버락 오바마나 도널드 트럼프 관련 책은 미국 대선 이후 불티나게 판매됐다. 반기문 전 사무총장의 유엔UN 입성이 확정됐을 때도 반기문을 소재로 다룬 책이 쏟아져 인기를 누렸다. 그의 생애와 어린 시절 포부, 영어학습법 등을 주제로 쓴 책은 초중등 학생들의 필독서가 될 만큼 큰 인기를 누렸다. 어느 한 작가는 신문기사에서 이순신을 소재로 한 영화 '명량'이 만들어지고 있다는 소식을 접하고 이순신 관련 책의 집필을 시작해 세상에 내놨다. 그 영화가 유례없는 흥행을 기록했고, 덩달아 책의 판매도 무서운 기세로 상승곡선을 그렸다. 타이밍은 책을 출간하는 데 있어 가장 먼저 고려해야 할 대상이다.

두 번째는 타기팅Targeting이다. 대체 누구를 주 독자층으로 겨냥해서 책을 제작할 것인가의 여부이다. 취업을 준비하는 수험생들을 위한 책과 정년을 앞두고 노후설계를 준비하는 이들을 위한 책은 방향성이 다를 수밖에 없다. 출산을 앞둔 예비엄마가 읽어야 할 책과 한참 커나가는 미운 일곱 살 아이를 둔 엄마, 사춘기를 맞아 반항심이 극에 달한 아이를 둔 엄마, 결혼을 앞두고 혼수준비에 열중인 자녀를 둔 엄마가 읽어야 할 책은 전혀 다른 내용일 수밖에 없다. 어린이나 청소년의 학업이나 장래 등과 관련된 책이라면 그 타깃은 어린이나 청소년이 아니라 그들의 부모가 된다. 성인이 필요한 정보를 담은 책이라면 그대로 그 성인이 타깃이 된다. 오랜 시간 병마와 사투 끝에 죽음을 기다리는 환자를 둔 가정이라면 환자 본인이 아닌 가족 구성원들에게 이별을 준비하는 마음가짐과 재산상속, 장례절차 등을 조목조목 다룬 책이 필요할 것이다. 이렇듯 타기팅은 책을 쓰고자 하는 마음을 먹은 단계부터 결정돼야 한다. 내가 책을 발간했을 때 관심을 가져주는 부류는 누구일까, 실제로 책을 구매해 줄 대상은 누구일까를 생각해 보고 그 대상이 정해지면 그들의 입장에서 집필이 이루어져야 한다. 그래야 집에 쌓아둘 겨를 없이 서점에 진열되는 즉시 판매되는 책을 출간할 수 있다.

마지막 조건은 타이틀링Titling이다. 타이틀, 즉 제목이 좋아야 책이 잘 팔린다는 의미이다. 모든 작품에 있어 제목은 생명과도 같은 존재이다. 작품은 제목으로 살고 제목으로 죽기도 한다. 제목의 중요성은 아무리 강조해도 지나치지 않다. 영화, 연극, 연주, 노래, 그림, 강연 등 모든 분야에서 제목은 중요하다. 그러나 모든 분야를 망라해 제목이 가장 중요한 것이 무엇이냐고 내게 묻는다면 주저 없이 '책'이라고 대답하겠다. 그만큼 책의 제목은 중요하다. 기가 막힌 시점에 정확한 타깃을 잡아서 책을 발행했다고 가정했을 때 비슷한 류의 책이 몇 권 동시에 시중에서 경쟁을 벌인다면 이유를 불문하고 제목이 가장 인상적인 책이 가장 잘 팔린다. 타이밍과 타깃팅이 아무리 좋아도 타이틀링이 제대로 안 되면 그 책은 베스트셀러로 올라서기 어렵다. 한국출판 역사상 최단기간에 밀리언셀러에 오른 김난도 저자의 『아프니까 청춘이다』는 내용도 충실했지만 일단 제목만으로 출판시장을 뒤흔들었다. 제목의 위력을 여실히 입증해보인 사례라고 할 수 있다. 특히 현대인들은 갈수록 자극적이고 도발적인 성향을 찾는 경향이 강해 새롭게 출간되는 책의 제목도 이러한 시대적 흐름을 따르는 추세이다. 그래서 과거 책의 제목은 대개 짧은 한 단어 형식이었지만 근래에는 지극히 자극적인 서술형 문장으로 구성돼 있는 경우가 많다. 부제까지 붙여 자극성을 더해가는 것도 현대 책들의 특징이다.

책을 살리고 죽이는
편집과 디자인

'같은 값이면 다홍치마', '보기 좋은 떡이 먹기도 좋다'라는 속담은 외모나 외형의 중요성을 강조한 말이다. 물론 겉모습보다는 내용물의 실속이 중요하다. 책의 내용물이라 하면 책이 담고 있는 콘텐츠로 전달하고자 하는 메시지이다. 책의 외모나 외형이라 하면 디자인이나 판형 등 겉으로 보이는 모습이다. 책이 전달하고자 하는 메시지와 디자인을 절대적으로 비교하는 것은 무리이다. 책이라는 특성상 내용이 절대적으로 중요할 수밖에 없다. 그렇지만 '같은 값이면'이라는 전제가 붙는다면 이야기는 달라진다. 외형과 디자인, 색상의 중요성은 점점 커지는 추세이다. 그래서 요즘은 '같은 값이라면'이 '내용이 조금 못하더라도' 또는 '내용이 현격한 차이만 나지 않는다면' 등으로 성향이 옮겨가고 있다. 이는 외형과 디자인의 중요성이 점차 커지고 있음을 의미하는 것이다. 현대인들은 점점 디자인에 치중하는 모습을 보이고 있다. 책도 예쁘고 산뜻하게 디자인해야 하는 이유이다. 똑같은 내용의 책을 두 종류로 발행해 판매했다고 가정하

자. 하나는 디자인의 옷을 입혔고, 다른 하나는 아무런 신경을 쓰지 않고 다소 촌스럽게 제작했다고 하자. 양자 간 판매부수가 확연한 차이를 보이는 건 굳이 설명할 필요가 없다.

표지가 책의 외부 디자인이라면 편집은 책 내부의 디자인이라 할 수 있다. 책의 편집은 대단히 단조로운 편이다. 하지만 단조로움 속에도 원칙이 있고 그런 가운데도 개성이 있다. 어떤 책은 현란하고 복잡하게 편집된 데 반해 어떤 책은 대단히 단조로우면서도 기품 있게 편집된 경우가 있다. 유심히 들여다보면 책의 내지內紙 편집도 상당한 수준 차이가 느껴진다. 어떤 책은 너무 가벼워 보이고 어떤 책은 너무 지루하고 따분한 느낌을 준다. 이런 모든 것들을 편하고 안정감 있게 보이게 하는 것은 전적으로 편집의 역할이다. 책을 집필하는 저자의 경우 편집에 대해 잘 모를 수 있다. 그러나 출판사 소속 전문 편집자에게 모든 것을 맡기고 나 몰라라 하면 안 된다. 몇 개의 시안을 만들어 달라 주문해서 출력물을 놓고 비교해 가면서 편집자와 저자가 상의해 최종 형태를 결정해야 한다. 책을 쓴 저자가 책의 분위기라든가 타깃층의 성향 등을 가장 잘 알고 있기 때문에 편집에 그런 분위기가 배어들게 해야 한다. 중간에 어떤 형태로든 변화의 포인트를 한 번씩 주는 것도 좋다. 최근 발행되는 책의 편집 유행도 살펴볼 필요가 있다. 편집이 안정돼야 책 내용이 눈에 잘 들어오고 책 읽는 동안 눈도 피로하지 않다.

과거에는 책의 외부 디자인이나 내지의 편집을 그다지 중요하게 여기지 않았다. 오로지 내용만 중요하다고 생각했다. 하지만 같은 품질의 넥타이라도 검은 비닐봉지에 넣어주면 5,000원짜리가 되지만 전용 박스에 담아 액세서리를 붙이고 고급 포장지로 포장을 하면 수만 원이 넘는 값을 받을 수 있다. 책도 마찬가지이다. 외부디자인과 내부 편집이 얼마나 고급스럽고 품위 있는지의 여부에 따라 가치가 달라 보인다. 과거에 인쇄기술이 미흡하던 시절에는 책의 외형도 보잘 것 없었고, 내부 편집도 단조롭기 짝이 없었다. 그 시대에는 독자들이 디자인을 그리 중요하게 여기지도 않았다. 하지만 지금의 독자들은 과거와 비교해 눈높이가 무척 높아졌다. 특히 디자인이나 색상을 몹시 중요하게 여기고 어떤 물품을 살 때 구매 여부를 결정하는 중요 기준으로 삼는다. 아무리 내용이 좋아도 일단 독자들이 서점 판매대에서 집어 들지 않으면 구매로 연결될 가능성은 희박하다. 온라인 판매를 할 때도 마찬가지여서 디자인이 구매자의 기대치에 못 미치면 구매로 연결되기 어렵다. 디자인과 편집에 신중을 기해야 하는 이유이다.

인쇄소에 맡기는 그날까지
제목과 싸움하기

　책의 제목은 너무도 중요하다. 몇 달간 고생을 해서 애써 책을 발간했는데 아무도 관심을 가져주지 않는다면 그런 낭패가 없다. 자비출판, 기획출판 또는 절충형 등 어떤 출판 형태라도 제작한 책이 팔리지 않으면 저자와 출판사가 모두 막대한 출혈을 감당해야 한다. 팔리지 않는 책은 그대로 재고로 남을 수밖에 없고, 재고는 손실로 이어진다. 손해를 보는 것에서 그치지 않고 재고는 처치 곤란의 골칫덩이가 되고, 바라보기만 해도 근심을 안겨주는 천덕꾸러기가 된다. 그러니 어떻게 해서든 책이 잘 팔리도록 모든 수단과 방법을 동원해야 한다. 책이 잘 팔리도록 해야 하는 여러 가지 일 중 하나가 좋은 제목을 정하는 것이다. 서점을 두루 유람하며 좋은 책을 고르기 위해 살펴보는 예비 구매자의 눈에 들어 그가 책을 집어들게 하려면 무엇보다 제목이 그를 사로잡아야 한다. 임팩트 있는 제목으로 그의 눈길을 사로잡아야 비로소 그는 책을 집어 들고 관심을 보이기 시작한다. 그리고는 목차를 살펴 제목과 일치하는 내용으로 구성됐

는지 확인한다. 마지막으로 구미가 당기면 머리말을 읽어보고 저자가 무슨 생각을 가지고 누구를 겨냥해 쓴 책인지를 확인한다. 확인 결과 자신이 최적화된 독자라는 판단이 들면 주저 없이 구매를 결정한다.

온라인에서 판매되는 책도 사정은 비슷하다. 책을 구매하고자 온라인을 서핑 하는 예비구매자의 경우 검색어를 통해 자신이 구입하고자 하는 책을 찾는다. 그는 책의 제목과 디자인을 보고 그 책의 내용을 살펴볼 것인지 여부를 결정한다. 제목과 디자인에서 호감을 느꼈다면 장바구니에 담을 것이고, 이후 목차와 머리말을 읽어보고 구매를 최종 결정하게 된다. 이처럼 온라인에서나 오프라인에서나 예비 구매자가 구매를 확정 지어 값을 지불하기까지의 과정은 일정하다. 책 내용 전체를 읽어보고 책을 구매하는 일은 없다. 제목을 보고 책의 방향성을 잡게 되고 목차를 보고 방향성이 내용과 일치하는지를 확인한다. 이후 머리말을 읽어보고 자신이 저자가 겨냥한 타깃에 해당되는지 여부를 확인하고 구매를 결정한다. 이러한 일련의 과정을 생각해보면 아무래도 가장 중요한 것은 제목이다. 제목이 책에 관심을 끌게 하고 구매 욕구를 발동하게 하는 첫 번째 관문이란 사실은 누구도 부인할 수 없다. 책은 제목에 죽고 산다고 말해도 결코 과장된 것이 아니다.

책의 제목은 신중에 신중을 기해 결정해야 한다. 책을 집필하는 동안, 편집과 디자인을 하는 동안 책의 제목에 대해 계속 고민해야 한다. 전문가인 출판사 관계자와 심도 있게 상의해야 하는 것은 물론이고 주변인들에게도 자신이 생각하는 제목을 말해주고 의견을 물어야 한다. 저자 자신은 자신이 지은 제목에 집착하려는 경향을 보인다. 주위에서 충고를 해도 잘 수용하지 않으려는 경향이 있다. 하지만 여러 사람이 '좋다.', '적합하다.', '무난하지만 약하다.', '임팩트가 약하다.', '별로 와 닿지 않는다.' 등 여러 의견을 제시하는데 그 의견이 한 방향으로 일치한다면 그 의견을 수용해주는 것이 좋다. 특히 출판사 마케팅 전문가들은 아주 오랫동안의 잦은 경험을 통해 성공적인 제목과 실패하는 제목을 구분할 줄 안다. 그래서 그들의 의견을 충분히 수용해주는 것이 좋다. 출판사 전문가 중 일부는 제목을 정하는 데 아주 탁월한 동물적 감각을 가진 이들도 있다. 저자가 자신의 욕심을 조금만 내려놓으면 보다 성공적인 제목을 정할 수도 있다.

제목을 섣불리 정해선 곤란하다. 끊임없이 생각하고 여러 주변인들에게 자문을 해야 한다. 출판사가 모든 편집과 디자인, 교정 작업을 마치고 최종본을 인쇄소에 넘기는 그 순간까지 더 좋은 제목이 없을까 고민해야 한다. 인쇄소에 넘겨 종이에 찍기 시작하면 돌이킬 방법이 없지만 그 전까지는 대체가 가능하다. 실제로 인쇄소에 모든 자료를 넘기기 직전에 제목을 바꾸는 사례도 적지 않다. 제목은 모든 심혈을 기울여 최선의 선택을 해야 후회하지 않는다. 글의 내용 못지않게 중요한 것이 바로 제목이란 사실을 늘 잊지 말아야 한다. 제목과 관련된 실화를 한 가지 소개하자면 어떤 저자가 책을 발행했

느데 최악의 판매 실적을 올려 큰 손해를 입었다. 낭패였지만 그는 용기를 내 제목을 바꾸고 표지 다자인을 바꿔 재출간을 했고, 그것이 대박을 터뜨렸다. 이 사례는 제목과 디자인의 중요성을 새삼 느끼게 해주는 일화이다. 책은 제목에 죽고 제목에 살 수 있다는 생각을 가슴에 새기고 출간 구상단계부터 마지막 인쇄 돌입 직전까지 고심에 고심을 거듭해 후회 없는 선택을 해야 한다. 주 제목과 더불어 주 제목을 부연 설명해주는 부 제목의 역할도 크다. 주 제목 못지않게 부 제목을 결정하는 일에도 신경 써야 한다. 다소 부족한 주 제목이라도 부 제목이 받쳐주고 보완해 줄 수 있다.

구멍가게부터
대기업까지

　국내에 몇 개의 출판사가 영업 중인지 잘 모르겠다. 모르긴 해도 수천, 수만 개에 이를 것이다. 몇 개의 출판사가 있는지 통계를 말할 수 없는 이유는 여럿이다. 우선은 어디까지를 출판사로 봐야 하는지의 경계가 애매하다. 출판사와 인쇄사의 경계는 애매하다. 출판사는 출판을 위한 편집과 디자인을 비롯해 교정과 윤문 등에 주력하는 회사이다. 좋은 원고가 접수되면 사업적으로 자금을 투자해 원고를 매수하고 책을 만들어 건곤일척의 승부수를 던지기도 한다. 또 적극적인 마케팅을 통해 책이 세상에 알려지도록 하고 나아가 구매로 연결되도록 모든 역량을 발휘하기도 한다. 반면 인쇄사는 간단한 편집과 디자인을 하기도 하지만 주력은 출판사로부터 편집된 원고를 넘겨받아 인쇄기에 돌려 찍어내고 제본하여 책의 형태로 만드는 일을 하는 회사이다. 개념적으로 분명 차이가 있다. 인쇄사는 출판을 업종으로 세무당국에 등록해 사실상 출판사 기능을 수행할 수 있지만 주도적으로 저자들로부터 원고를 접수해 사업성을 검토하고 작가를

발굴해 투자성격으로 책을 발행하는 일은 하지 않는다. 그저 주문대로 책을 제작하는 일에 주력한다.

인쇄사가 출판사 일을 겸해서 세무당국에 등록하고 실제로 출판사 일을 하지 않는 경우 외에도 실제 출판사로 등록을 했지만 아무런 출간 실적이 없는 회사도 부지기수이다. 어떤 자료에 의하면 국내에 등록된 출판사 가운데 1/3 정도가 수년 동안 단 한 권의 책도 발행하지 않았다고 한다. 그러니 이들을 출판사로 봐야 할지, 출판사 통계에 잡아야 하는지 자체가 의문이다. 그래서 국내 출판사가 몇 개인지에 대한 자료는 제각각이다. 어디서부터 어디까지를 출판사로 봐야 할지, 수년간 단 한 권의 책을 발행한 실적도 없는데 이를 출판사로 봐야 할지 등등이 확실하지 않기 때문에 정확한 통계를 잡기가 어렵다. 최소치로 잡으면 수백 개에 그칠 수도 있겠지만 최대치로 잡으면 수천 개가 넘을 수도 있으니 어림잡아 말하기가 어려운 상황이다. 그러나 일반적으로 출판사라 하면 전문으로 출판 관련 일만 하면서 전문 인력을 확보하고 있는 경우라고 보는 것이 일반적이다. 출판사의 범위를 너무 넓게 잡으면 심지어는 대학교 앞에서 복사와 제본을 주 업무로 하는 업소까지 출판사로 봐야 하는 무리가 생긴다.

출판사의 규모도 천차만별이다. 임직원을 수백 명 두고 있는 대기업 수준의 출판사가 있는가 하면 1인 기업 형태로 운영되는 출판사도 있다. 국내 출판업계 매출 순위를 살펴보면 50위권 이내의 대형 출판사는 불과 서너 개를 제외하고 대부분 초·중등학생들의 참고서나 문제집 등을 출간하는 회사들이다. 우리나라의 기형적 출판 시장 구조가 여실히 드러나는 자료이다. 국민들이 책을 읽지 않으니 교양서를 출판하는 회사가 성장할 수 없는 구조이다. 참고서류를 출간하는 회사는 매출이 어마어마하고 대형화돼 있지만 교양서를 출간하는 회사는 영세성을 면치 못하고 있다. 교양서를 출간하는 회사 가운데 극소수는 탄탄한 외형과 재무구조를 가졌지만 그렇지 못한 회사가 월등히 많다. 실상 1인 기업 형태의 출판사가 대부분을 차지한다고 보면 된다. 대기업 형태의 출판사와 1인 기업 형태의 출판사 사이에 중견출판사가 자리 잡고 있다. 1인 기업 출판사의 경우 실상 기획출판은 엄두를 내지 못한다. 대기업 형태의 출판사는 접근하기에 벽이 너무 높다. 그래서 자비출판으로 1,000권 이내의 책을 발행하려면 소형출판사와 계약하고 지명도 있는 저자가 대중에게 인기 있는 원고를 가지고 출간할 때는 대기업 형태의 출판사와 기획출판 계약을 맺게 된다. 중견기업형 출판사는 주로 절충형을 선호하지만 경우에 따라 자비출판을 마다하지 않고 기획출판을 시도하기도 한다.

사정이 이러하니 책을 출간하자고 마음먹은 저자는 내가 어느 규모의 출판사와 책을 출간할 것인지를 선택하는 일이 중요하다. 대형출판사와 기획출판 계약을 체결하는 것이 최선의 선택이겠지만 그것은 결코 호락호락하지 않다. 벽이 워낙 높아서 초보 작가는 계약을 성사시키기가 어렵다. 원고의 경우 시장성이 뛰어난 내용이어야 한다. 대형 출판사는 중소 출판사와 자비출판 또는 절충형 출판의 경험이 있는 저자와 계약하려는 성향이 강하다. 그들이 출판업계의 생리를 이미 파악하고 있는 데다 시장의 흐름도 비교적 잘 파악하고 있다고 보기 때문이다. 축적된 노하우만큼이나 실패할 확률이 적다고 보고 있는 것이다. 또 초보 작가보다는 몇 차례 책을 출간한 경력자가 글도 훨씬 더 잘 쓴다고 생각하고 있다. 어차피 대형 출판사가 기획출판을 할 경우, 제작과 마케팅 등에 적지 않은 투자를 해야 하기 때문에 신중을 기할 수밖에 없다. 또 기획출판을 해달라고 전국 각지에서 수없이 많은 원고가 밀려 들어오고 있으니 가장 상품성 있는 원고를 선택해 제작을 하려는 것이 당연하다.

저자는 자신의 원고를 가장 좋은 조건에서 출간해 줄 수 있는 출판사를 만나는 것이 중요하다. 기획출판을 할 수 있는 원고가 아닌데 이곳저곳 출판사를 접촉하며 기획출판을 해달라고 보채는 건 시간낭비일 뿐이다. 단 500권의 책을 자비로 출간할 계획을 갖고 있다면 국내 굴지의 대기업 형태 출판사를 찾아다닐 필요가 없다. 그것은 현대건설, 대우건설에 가서 30평짜리 내 집을 지어달라고 부탁하는 것과 마찬가지이다. 반대로 아주 좋은 원고인데 역량이 부족한 출판사에 맡겨 책을 제작할 경우, 아까운 원고를 사장시키는 결과를 가져온다. 저자는 자신의 원고 수준, 주제의 대중성, 출판할 책의 수량 등을 정확히 판단해 가장 적합한 규모의 출판사를 찾아 협조적인 분위기 속에 책을 출간해야 한다. 원고에 날개를 달아줄 출판사가 있는가 하면 좋은 원고를 시궁창에 빠뜨릴 출판사도 있다. 적합한 출판사를 만나 제작했으면 좋은 반응을 얻었을 책이 출판사를 잘 못 만나 빛을 보지 못한 사례는 많다. 가수가 작곡가를 잘 만나야 히 트곡을 발표할 수 있듯이 책의 저자도 출판사를 잘 만나야 책의 발 행을 통해 이루려던 목표의 달성이 가능해진다.

책 잘 만드는 출판사, 마케팅 잘하는 출판사

　문화재 보수와 고건축의 복원을 전문 분야로 하는 건설회사가 있다. 이런 회사는 일반적인 건축이나 토목공사에는 손을 대지 않는다. 오로지 문화재 관련 공사만 할 뿐이다. 페인팅이나 방수 관련 시공만 하는 회사가 있고, 조경 분야만 시공하는 회사도 있다. 이렇듯 업체별로 특화된 분야에 한정해 그 분야만 시공하는 회사가 있다. 출판사도 각 회사마다 주로 다루는 분야가 있다. 모든 분야를 다 취급하는 출판사도 있지만 대개는 특화된 분야 위주로 책을 제작하는 것이 일반적이다. 문학서를 출간하는 출판사는 문학서만 주로 다룬다. 시집, 수필집, 소설집 등을 주로 출간한다. 사회과학 분야의 책만 주력해서 취급하는 출판사도 있다. 그 가운데도 미디어와 매스컴 분야에 특화된 출판사, 정치 분야에 특화된 출판사, 법률 분야에 특화된 출판사 등 종류가 다양하다. 과학 분야에 특화된 출판사는 주로 과학 분야 책만 펴낸다. 특화돼야 그 분야에 대한 전문성을 인정받을 수 있기 때문이다. 또 그 분야의 저명한 저자들과 네트워크가

형성돼 기획사업을 하는 데 유리하다는 이점도 있다.

　저자는 어떤 책을 쓰고자 마음먹으면 그 분야의 특화된 출판사가 어디인지 정보를 수집해 확인하고 파악된 회사를 중심으로 접촉하면 된다. 심리 관련 책을 출판할 계획이면서 법률 전문 출판사를 노크하는 것은 시간낭비일 뿐이다. 학문 관련 출간의 경우 세부적으로 분류돼 있다고 보면 된다. 전문성을 필요로 하는 출간이기 때문에 직원들도 그 분야의 전공자가 다수 배치돼 있고, 출판사 내부에 자료도 많아 그만큼 일하기가 편하기 때문이다. 그러나 모든 출판사가 그렇게 특정 분야의 출간만 하는 것은 아니다. 그저 모든 분야의 책을 두루 출판하는 회사도 얼마든지 있다. 비학술서적의 경우 특별히 어려운 내용이 없고 저자도 전문직 종사자가 아닌 경우가 많아 특화된 분야가 없는 일반적 출판사에서 두루 출간한다. 다만 특화된 바가 없는 출판사라도 자서전류를 많이 발행하는 경우, 자기계발서를 주로 발행하는 경우, 여행서를 많이 발행하는 경우 등 출판 실적이 특정 분야에 몰려 있는 경우도 있다. 그러니 여러 경로를 통해 각 출판사별 특성을 파악하고 순서를 정해 접촉해 보는 것이 좋다.

　사실 책을 발행하는 과정에서 편집을 하고 디자인을 하는 것은 컴퓨터 프로그램을 이용하기 때문에 큰 격차를 보이지는 않는다. 아주 특출한 실력을 보이는 일부 출판사, 형편없는 실력을 가진 일부 출판사를 제외하면 평준화됐다고 본다. 평준화됐다고는 하지만 엄연한 실력 차는 존재한다. 일반적 안목을 가진 비전문가의 눈으로 책을 살펴보면 편집과 디자인의 차이는 크지 않다. 하지만 편집과 디자인 분야의 전문가라면 각 출판사의 미미한 실력 차이를 확인하는 것이 가능하다. 비전문가의 눈에는 안 보이지만 전문가이기 때문에 보이는 것뿐이다. 전문가의 눈에만 보이는 미세한 실력의 차이를 크게 의식할 필요는 없다. 책이 시판되면 일부 전문가를 제외하고 비전문가인 대중이 그 책의 주된 고객이 될 것이기 때문이다. 대중이 관심을 갖는 분야의 내용을 구미에 맞게 구성해서 맛깔스러운 문장으로 작성했다면 미미한 편집과 디자인의 수준 차이는 충분히 커버할 수 있다. 아주 형편없는 편집 수준이 아니라면 지나치게 의식할 필요는 없다. 편집은 지극히 매뉴얼화돼 있는 부분이 많아 큰 수준 차이를 보이지 않는다고 보면 된다.

편집 수준이 보편화, 평준화됐다고 하지만 여전히 출판사별로 큰 격차를 보이는 부분이 있다. 그것은 다름 아닌 마케팅 수준이다. 좋은 내용에 훌륭한 디자인과 편집으로 책을 만들었다고 해도 시중에서 독자들에게 외면 받으면 소용이 없다. 소비자들의 관심을 받지 못해 팔리지 않는다면 이미 출간된 책은 화근덩어리가 된다. 책을 잘 팔리게 하려면 홍보와 마케팅이 무엇보다 중요하다. 홍보와 마케팅은 책에 생명력을 불어넣는 과정이다. 책이 팔리게끔 유도하는 과정이다. 이 마케팅은 출판사별로 능력의 차이가 천양지차로 벌어진다. 마케팅 능력이 떨어지는 출판사와 책을 만들면 저자는 물론이고 출판사도 큰 손해를 입게 된다. 유난히 마케팅이 강한 출판사가 있다. 이런 출판사는 사장 이하 모든 직원이 홍보마인드가 있어 자사

제품을 소셜네트워크SNS와 메신저 등을 활용해 온라인과 오프라인에 효율적으로 게시한다. 또 방송사, 신문사, 잡지사, 포털 등과 긴밀한 협조체제가 가동돼 있어 광고물 게재와 기사 작성 등이 원활하게 이루어진다. 특히 출판사 경영자의 의식을 살펴보면 마케팅 실력이 드러난다. 약간의 편집기술이나 디자인 실력이 떨어지더라도 마케팅을 잘하는 출판사를 만나면 저자와 책이 동시에 뜰 수 있다. 하지만 반대로 마케팅 개념이 취약한 출판사와 결합하면 낭패를 볼 가능성이 그만큼 크다. 어떤 경로로든 그 출판사의 마케팅 능력을 확인하는 것이 중요하다.

홍보 없이
베스트셀러는 없다

현대는 생산과잉의 시대이다. 모든 물자는 인류가 필요로 하는 이
상으로 생산되고 있다. 그러면서 자연스럽게 생산된 물건 간에 경
쟁이 발생하게 되고, 여기서 적자생존의 원칙이 적용된다. 자본주
의 경제 체제 속에 살아가고 있는 우리는 무한경쟁을 받아들일 수밖
에 없다. 소비자들로부터 선택받지 못하는 생산품은 아무런 소용이
없는 구조이다. 제 아무리 훌륭한 물건이라도 소비자가 외면하면 무
용지물이다. 책이라고 예외가 아니다. 어쩌면 다른 어떤 분야의 물
자보다 소비자의 선택을 받기 위한 경쟁이 더 치열하게 전개되는 분
야가 책이다. 대형서점에 가보면 '세상에 책이 이토록 많은가?' 싶어
탄성이 저절로 나온다. 그 많은 책 가운데 소비자에게 선택받아 시
장에서 살아남는 책은 극소수에 그친다. 판매되는 것 자체가 그만
큼 어렵다. 판매가 되었다고 해도 소비자가 구매 후 읽지 않고 책장
에 꽂아두기만 하는 책도 부지기수이다. 세상 사람들에게 지식과 정
보, 감동을 주고 그들의 의식을 변화시켜 보겠다는 큰 그림을 그리

며 고생스럽게 책을 집필한 과정을 생각하면 내가 집필한 책이 세상에서 천대받는다는 사실은 불행이고 아픔이다. 어렵게 책을 발행했다면 어떤 수단과 방법을 동원해서라도 책이 판매되게끔 해야 한다. 그 수단과 방법을 동원하는 것이 출판사의 몫이라고 생각하는 저자들이 의외로 많다. 그러나 책을 판매하기 위해 가장 노력하고 머리를 짜내야 할 대상은 바로 저자 자신이다.

세상에 그토록 많은 책 가운데 내가 쓴 책이 소비자들로부터 선택받게 하려면 출판사는 물론 저자도 할 수 있는 모든 일을 해야 한다. 가만히 뒷짐 지고 먼 산만 바라보고 있으면서 그 책이 잘 판매되기를 기대하는 것은 모순이다. 저자가 유명인이라면, 그의 지명도 자체가 마케팅의 수단이 되지만 그렇지 않다면 할 수 있는 모든 방법을 동원해 책의 출간을 세상에 알려야 한다. 더불어 이 책을 누가 읽어야 하는지, 읽으면 어떤 효과를 기대할 수 있는지 적극적으로 세상에 알려야 한다. 저자의 경우 '나를 아는 모든 사람이 내가 책을 발행했다는 사실, 그 책의 내용이 무엇이라는 사실을 알게 해야 한다'는 마음가짐을 가져야 한다. 내가 아는 모든 사람에게 책 발행 사실을 알린다는 것이 말처럼 쉽지는 않다. 저자가 마음을 굳게 먹고 부지런히 활동하지 않으면 어려운 일이다. 발품을 많이 팔아야 하는 것은 물론이고 온라인과 모바일 세상을 적극 활용해야 가능하다. 책의 출간을 알린다는 것 자체를 부담스러워하고 누군가에게 판매를 부탁해야 하는 것 자체를 부끄럽다고 생각하면 적극성을 띠기 어렵다. 판매를 부탁한다기보다는 좋은 정보를 제공한다는 마음으로 홍보에 임해야 한다.

　책을 출간한 저자가 가장 먼저 해야 할 일은 페이스북, 트위터, 카카오스토리, 인스타그램 등 소셜 네트워크 서비스sns와 페이스북 메신저, 카카오톡, 텔레그램 등 메신저 기능을 통해 출간 사실을 주변 인들에게 알리는 일이다. SNS와 메신저는 가장 손쉽고 효과가 큰 홍보수단이 되는 만큼 절대 포기해서는 안 된다. 특히 이 방법은 공유하기와 전달하기 기능을 잘 활용할 경우 폭발적인 홍보효과를 창출해내는 것이 가능하다. 지인들에게 공유하기와 전달하기를 사전에 부탁해놓고 설득력 있는 홍보문구를 작성해 업로드하면 지인들이 공유하기와 전달하기를 실천해주는 방식으로 홍보하면 효과는 더욱 커질 수 있다. 인터넷 카페와 블로그를 활용하는 방법도 빼놓을 수 없다. 이들 방법은 노출보다는 검색을 통해 홍보할 수 있는 방법으로 효과적이다. 그러므로 핵심 키워드를 잘 선정해서 키워드를 통해 검색 기능이 극대화될 수 있도록 해야 한다. 활동이 왕성한 카페지기나 파워 블로거 등에게 자문을 구해가면서 홍보 방법을 찾으면 보다 효율적인 홍보효과를 볼 수 있다. 카페나 블로그는 구축 초기에는 방문자, 회원, 댓글 등이 대단히 제한적이지만 꾸준히 관리를 잘해서 회원 수를 늘려 가면 어느 순간부터 기대 이상의 큰 효과를 안길 수 있다. 카페나 블로그의 방문객을 늘리려면 꾸준히 새로운 자료를 업로드해야 한다는 점도 명심해야 한다.

　책을 집필할 때는 오로지 집필 자체에만 몰입하는 것이 일반적이다. 하지만 집필 과정에도 짬짬이 자신의 집필 과정을 홍보하고 언제쯤 완성본 책이 출간될 것인지를 여러 경로를 통해 공개하는 것이 좋다. 책이 출간되기 이전부터 책에 관심을 갖게 하고, 궁금증을 갖게 하는 것 자체가 홍보활동이 될 수 있다. 책이 출간되면 저자강연회를 갖는 것도 좋은 홍보법이다. 과거에는 출판기념회와 북콘서트가 대세였다면 최근에는 저자강연회가 새로운 홍보수단으로 자리잡아 가고 있다. 저자가 강연에 익숙하지 않다면 프레젠테이션 경험이 있는 주변인들의 도움을 받아 꾸준히 연습해 극복할 수 있다. 저자강연을 통해서는 자신이 왜 이 책을 쓰게 됐고, 이 책은 누가 읽었을 때 어떤 효과를 발휘할 수 있다는 내용을 담아내면 좋다. 책의 내용을 요약해 발표하면 궁금증을 키울 수 있고, 청강자들은 책이 자신에게 필요한 내용으로 구성됐다는 확신을 갖게 된다. 강연회 내용을 동영상으로 촬영해 유튜브 등에 업로드 한다면 상상 외의 효과를 거둘 수도 있다.

책의 출간과 관련되는 내용을 보도 자료로 작성해 온라인과 오프라인 신문매체에 발송해 보도하도록 유도하는 것도 빼놓을 수 없는 홍보방법이다. 신문에 보도되면 본인이 스스로 작성해 업로드한 카페나 블로그의 콘텐츠보다 신뢰도가 월등히 높다. 저자 또는 출판사가 적당히 만들어 보낸 보도 자료는 전문가인 기자의 손을 거치며 한결 호소력 있는 문장으로 전환된다. 영향력 있는 매체의 북 리뷰 코너에 소개되면 의외의 홍보효과를 거둘 수 있다. 보도 자료를 발송하기 위해 각 매체의 리뷰기사 담당 기자의 이름과 이메일을 파악해 두는 것도 중요하다. 요즘은 각 매체마다 작성한 기사마다 작성 기자의 이름과 이메일주소 바이라인을 기록하는 것이 관례화돼 있어 조금의 수고를 감수한다면 이름과 이메일을 파악할 수 있다. 이메일 제목란에 담당기자가 꼭 읽어볼 수 있는 문구를 적어 넣는 일도 중요하다. 이처럼 책을 발행한 후에 홍보활동은 다면적이면서 입체적으로 끊임없이 해야 한다. 이렇듯 전방위적으로 홍보를 했을 때 시너지효과가 나타나게 된다. 홍보를 게을리 한다는 것은 저자 자신에게도 손해를 안기지만 책의 출간을 기다려 온 예비독자들에게도 좋은 정보를 접할 기회를 놓치게 하는 일이 된다. 자신이 꼭 필요로 하는 책이 발행됐는데도 불구하고 출간 사실을 몰라 구매하지 못하는 독자가 발생했다면, 홍보를 해야 하는 저자의 의무를 다하지 못한 것이라 할 수 있다. 국내에서만 하루에도 수백 권의 책이 출판시장에 쏟아진다. 어렵게 펴낸 책이 독자들에게 널리 읽히는 책이 되게 하기 위해 홍보활동은 선택이 아닌 필수이다.

늘어가는
책 쓰기 교실

　서울과 수도권을 중심으로 '책 쓰기 교실'이 들불처럼 번지며 유행을 타고 있다. 책 쓰기 교실이 유행한 것은 벌써 수년 전의 일로 점차 확대되고 있다. 책 쓰기 교실의 형태는 매우 다양하다. 형태만큼이나 이름도 다양하다. 교실, 캠프, 클럽, 코칭센터, 스쿨, 사람들, 연구소 등등 헤아릴 수 없이 많은 형태와 이름으로 책 쓰기 교실이 운영되고 있다. 서울에서 시작된 이 같은 책 쓰기 교실은 지방으로도 확산돼 몇몇 지방도시에서도 활발하게 이루어지고 있다. 순수하게 동호인 개념으로 운영되는 경우도 있지만 출간 경험이 많은 전문가를 중심으로 불특정인들을 모집해 영리 목적으로 운영되는 경우도 있다. 서너 명이서 움직이는 경우도 있고, 수십 명이 참여하는 경우도 있다. 항구적인 모임으로 운영되는 경우도 있고, 인원을 모집해 일정 기간의 수업 과정을 진행하고 종료하는 한시적 책 쓰기 교실도 있다. 기본적인 이론교육을 1차적으로 진행한 후 희망자를 추려내 2차로 실전 과정을 1대 1 코칭방식으로 운영하는 경우도 있다.

형태도 규모도 성격도 너무 다양해서 뭐라고 뚜렷하게 설명할 수 없을 지경이다. 출판사가 주축이 돼 이러한 과정을 운영하고 구미에 맞는 출판을 유도하는 형태도 있다. 독서클럽이 점차 발전해 책 쓰기 교실로 발전한 사례도 있다.

이렇듯 많은 책 쓰기 교실이 운영되다 보니 긍정적 모습과 부정적 모습이 동시에 나타난다. 순수한 모습으로 성실하게 운영되는 교실이 있는가 하면 거액의 수강료를 받고 지키지도 못할 내용의 계약조건을 내세운 뒤 실제로 지키지 못해 송사에 휘말리고 잡음이 끊이지 않는 부실한 교실도 있다. 운영진은 계약을 충실히 이행하려고 노력하지만 막상 계약 당사자가 수강료를 지불해놓고 과정에 제대로 참여하지 않는 등 불성실한 모습으로 일관해 문제가 되는 경우도 있다. 그러나 전체적인 흐름을 조망해 보면 운영 능력이 없는 자가 전문가임을 자처하고 나서 부실 운영으로 화를 자초하는 경우가 많다. 또 자필능력이 터무니없이 부족하거나 불성실해서 집필과정을 따라붙지 못하는 사람을 무리하게 구성원으로 끌어들여 책임시비가 붙어 말썽을 일으키는 경우도 허다하다. 사정이 이 같은데도 불구하고 책 쓰기 교실은 계속 늘어만 가고 있다. 서울과 수도권은 과포화 상태를 염려해야 할 수준으로 많아졌고, 그런 만큼 부실한 운영으로 인한 잡음도 끊이지 않고 있다. 서울과 수도권의 이 같은 유행이 지방으로도 전달돼 몇몇 지방도시에서 성공적으로 책 쓰기 교실이 안착하고 있다. 물론 지방에서도 잡음이 발생하는 경우가 있다.

책 쓰기 교실이 안고 있는 문제는 기본적으로 돈에서 출발하는 경우가 많다. 수강생을 모집하는 과정에서 무리하게 조건을 내걸어 계약을 체결하고 그 계약 내용을 지키지 못해 분쟁이 발생하는 사례가 많기 때문이다. 어떤 교실의 경우 몇 건의 송사가 동시에 진행되고 있어 골머리를 앓고 있는 것으로 전해졌다. 책 쓰기 교실의 운영방식도, 강의시간도 제각각이다. 그런 만큼 수강료도 제각각이다. 동호회 형식의 교실은 수만 원의 회비로 운영되기도 하지만 전문가가 참여하고, 회사 형태의 조직이 꾸려져 이 조직을 중심으로 운영되는 경우는 수백만 원에 이르는 수강료가 책정되기도 한다. 특히 출간 경험이 많고 책 쓰기 관련 책을 저술해 유명세를 타고 있는 전문가가 조직적으로 운영하는 경우는 하루가 다르게 수강료가 수직상승하고 있다. 실제로 책 쓰기에 성공해 출간을 실현한 수강생이 배출돼 후광을 누린 경우에는 수강생 모집이 한결 수월해지고 수강료도 급등한다. 적은 규모의 돈 거래가 진행되는 경우 분쟁이 발생할 가능성도 적은 데다 송사까지 연결될 가능성은 크지 않지만 큰 금액이 오가는 내용으로 계약된 경우는 책임 소재를 놓고 송사가 벌어지는 일이 다반사이다. 그래서 책 쓰기 교실의 도움을 받고자 할 때는 신중에 신중을 기해 선택해야 한다.

특히 전문가의 도움을 받고자 책 쓰기 교실을 선택한 경우, 가장 신중해야 할 부분은 기간 설정이다. 계약 서류에 몇 개월의 수강기간을 설정하고 충실히 지도할 것을 약속하게 마련인데 실제로 그 기간에 책을 발행하기란 만만치 않다. 전업 작가라면 모를까 자신 본연의 직업을 갖고 있는 사람이라면 본업에 쫓겨 일정한 시간을 내기가 결코 호락호락하지 않다. 그래서 일정 기간을 정해놓고 그 기간에 수업을 받고, 개별 코칭 지도를 받는다 해도 한 권의 책을 집필해내기란 결코 쉽지 않다. 물론 책 쓰기 교실에 입문하기 전에 책의 방향성도 정하고 기초자료도 많이 수집해놓고 대략적인 구성을 마친 상태라면 가능할 수 있지만 막막한 상태에서 계약을 체결했다면 계약기간 내에 집필을 마치기 어렵다. 책 쓰기 교실에서 가장 많은 분쟁은 기간 내 계약 내용을 이행하지 못하는 경우에 발생한다. 충분히 믿을 만한 경험과 실력을 갖춘 곳인가 살펴보고 계약 내용도 면밀히 살펴본 후에 참여를 결정해야 후회할 일이 없어진다. 특히 막연한 상태에서 입문하기보다는 자신이 쓰고 싶은 책이 무엇이고, 어떤 방향으로 집필하겠다는 기본적 생각을 갖고 관련 책들을 많이 읽어본 이후에 입문하면 성공에 이를 가능성이 그만큼 커질 것이다.

책 발간하려면
돈이 많이 든다던데?

　책 발행은 돈이 필요한 작업이다. 발행하는 비용은 차이가 크다. 내용이 소략한 시집이나 핸드북 형태의 소책자를 소량 발행하면 큰돈이 들지 않겠지만 방대한 분량의 전문서적을 대량 찍어낸다면 수천만 원의 비용이 발생할 것이다. 종이의 재질을 어떤 것으로 할 것인가도 출판 비용을 결정하는 중요한 요인 중 하나가 된다. 종이를 일반적인 용지로 사용할 것인지, 재생용지를 사용할 것인지, 또는 특수지를 사용할 것인지에 따라 가격 차이는 크다. 검정 단색으로 편집할 것인지, 검정과 함께 한 가지 색을 추가해 2도 인쇄(출판업계는 그렇게 표현한다)로 할 것인지, 3도나 4도 인쇄로 할 것인지도 전체적인 비용에 영향을 준다. 4도 인쇄라 하면 검정색과 더불어 빨강, 파랑, 노랑 등 3원색을 배합해 다채로운 색상을 만들 수 있는 컬러 인쇄를 말한다. 5도 이상의 인쇄도 있는데 이는 고품질 인쇄를 위한 것으로 대개 일반적인 책 인쇄는 4도를 넘지 않는다. 겉표지를 하드커버로 할 것인지, 소프트커버로 할 것인지 여부도 가격의 변수가 된다. 출

판사의 규모도 변수가 되고 인쇄사를 직영하는 출판사인지, 외주를 주는 출판사인지도 책값 변화에 작용한다. 이 밖에 책값에 변수가 되는 요인은 무수히 많다. 출판사의 규모도 변수가 된다.

앞서 밝힌 인쇄 비용 외에 디자인 및 편집비도 출판 비용에 포함된다. 디자인비와 편집비는 책의 발행 부수와 관계없이 일정하게 책정된다. 따라서 일정 수량까지는 디자인비와 편집비의 비중이 높지만 그 이상의 책을 발행하면 종잇값만 추가된다고 생각하면 된다. 그래서 책은 많이 발행할수록 권당 가격이 떨어지게 마련이다. 위에서 밝힌 대로 쪽수가 많지 않은 책을 흑백 인쇄해서 저렴한 가격의 종이에 적정량 발행한다고 가정하면 전체 금액은 100만~200만 원이면 충분하다. 물론 이 정도 수량이면 자비출판이 원칙이다. 250 페이지 정도의 책을 1,000부 흑백으로 발행한다고 가정하면 대략 출판비용은 500만 원 정도이다. 2배인 2,000부를 발행한다고 하면 1,000만 원의 비용이 드는 것이 아니라 500만 원에서 종잇값 정도가 추가된다고 보면 된다. 1,000부 이상의 수량을 발행할 때도 계산법은 같다. 2,000부 이상의 수량을 자비 출판하는 경우도 얼마든지 있다. 정해진 바는 없지만 일반적으로 2000부가 넘어서면 자비출판보다는 기획출판 또는 절충형 출판이라고 보면 된다. 기획출판의 경우, 출판사가 모든 비용을 감당하기 때문에 저자는 출판비용을 부담하지 않아도 된다.

기획출판을 성사시키기 어려워지는 것은 대중이 그만큼 책을 사지도 않고 읽지도 않기 때문이다. 많은 비용을 들여 책을 발행해도 판매되지 않기 때문에 출판사 입장에서는 기획출판에 신중을 기할 수밖에 없다. 저자 입장에서는 몇 달, 또는 몇 년을 고생해 어렵게 원고를 작성했으니 출판사가 비용을 투자해 책을 발행해 주었으면 좋겠다고 생각하겠지만 그렇다고 출판사가 팔리지도 않을 책인 줄 알면서 비용을 투자해 기획출판 형태로 제작할 수는 없는 일이다. 그래서 상품성이 취약한 책은 자비출판으로 출간을 할 수밖에 없다. 기획출판의 경우, 저자가 베스트셀러를 보장하는 인기 절정의 특A급이라면 무리 없이 진행된다. 하지만 검토해보니 원고는 좋은데 저자의 지명도가 없으면 섣불리 기획출판 계약을 체결하지 않는다. 소비자들은 책의 내용보다 저자의 지명도를 구매의 기준으로 삼는 경우가 많기 때문이다. 이럴 경우 출판사는 저자에게 절충형 계약을 권한다. 기획출판 형태로 출판사가 비용을 부담해 책을 발행하되 저자가 일정 수량의 판매를 책임지는 방식이다. 예를 들어 전체 2,000부를 발행하고 500부를 저자가 구매하는 형태이다. 저자는 구매한 500부를 지인들에게 무료 배포하든지 기관이나 단체, 도는 개인에게 판매해 구매 비용을 회수해야 한다. 이것이 절충형 출판 방식이라고 이해하면 된다. 절충형의 경우, 일정 부수 이상 판매가 이루어지면 그때부터 저자에게 권당 일정액의 인세가 지출된다.

출판사에 원고를 제공했다고 저자의 할 일이 끝나는 것은 아니다. 출판사와 공동 사업자 입장에서 적극적으로 책의 판매에 나서야 한다. 그래야 출간한 책을 소진할 수 있다. 출판사 입장에서 저자가 판매에 손을 놓고 모든 판매책임을 출판사에만 떠맡기면 부담이 커진다. 한두 권의 책을 발행하는 것도 아니고 한 달이면 몇 권의 책을 발행하게 되는데 저자들 모두 판매에 손을 놓고 공동사업의 파트너십을 발휘해주지 않으면 출판사 입장에서는 몹시 서운할 수밖에 없다. 저자가 어떤 방식으로든 자신의 책을 한 권이라도 더 팔기 위해 갖은 노력을 기울일 때 비로소 진정한 파트너십을 느끼고 이후 추가 출간을 구상하게 된다. 기획출판을 결정하면 출판사가 최소 2,000만 원의 투자를 한다고 보면 된다. 기획출판 계약을 체결하고 5건이 연거푸 실패하면 앉은 자리에서 1억 원의 손해를 떠안아야 한다. 그러니 내용이 좋아서 히트 가능성이 높은 원고라도 저자가 저명인사가 아닐 경우, 적당한 선에서 절충형 출판 방식을 유도할 수밖에 없다. 저자는 한 번에 많은 수량의 책을 판매하기 위해서 출판기념회 또는 저자강연회, 북 콘서트 등의 행사를 열기도 한다. 또 독서클럽 등에 자신의 저서가 교재로 채택될 수 있도록 홍보하기도 하고 서점에서 저자 사인회를 개최하기도 한다. 강연을 다니면서 열심히 강의를 듣는 수강생들에게 저서를 상품으로 배포하며 홍보하기도 한다. 책의 발행과 판매도 철저히 시장 원리로 파악해야 한다.

목차의
구성이 중요하다

목차는 소비자들이 책 구매를 결정하기 전 꼭 확인하는 항목이다. 책 제목을 보고 다음으로 보는 것이 목차이다. 목차를 확인하면서 책의 제목과 목차가 어떻게 연관돼 있는지를 살핀다. 그래서 제목과 목차가 일치한다고 확신이 서면 궁금증을 극대화하며 구매 충동을 느낀다. 그리고는 머리말로 넘어가 저자가 책을 집필한 의도를 살펴보고 자신이 저자가 겨냥한 독자인지를 확인한 후 확신이 서면 구매를 결정한다. 독자 입장에서 목차는 구매 여부를 결정하게 하는 대단히 중요한 요소이다. 목차를 보고 대략 이 책이 어떤 방향으로 쓰였을 것이란 짐작을 하고 흥미를 갖는다. 그래서 목차는 너무 추상적이어도 안 되고 너무 구체적이어도 안 된다. 책 전체의 제목을 잡는 데 신중을 기해야 하듯 소제목이 되는 하나하나의 꼭지 제목도 신중을 기해 독자의 구미가 당기도록 해야 한다. 너무 추상적이어도 독자가 외면을 하지만 너무 구체적으로 기록해도 내용을 넘겨짚고는 궁금증을 키우지 않는다. 어려운 주문이지만 목차에 기록하는 소

제목은 독자가 적당히 궁금해하고 적당이 짐작할 수 있을 만큼 적절한 수준으로 작성해야 한다.

　책을 구매하고자 하는 소비자에게는 목차가 책 전체의 내용을 이해하고자 하는 가이드 역할을 하지만 저자에게는 또 다른 의미가 있다. 목차 자체가 책 쓰기의 전체적 설계도 역할을 하는 것이다. 한 권의 책을 집필하는 대장정을 설계도 없이 밀고 나간다면 망망대해를 떠다니는 듯 막막할 것이다. 하지만 설계도가 있다면 그 설계도에 따라 순차적으로 일을 처리해 가면 된다. 막막할 것도, 무서울 것도, 두려울 것도 없이 설계도대로만 나가면 된다. 책 쓰기의 설계도인 목차를 구성하는 방법은 저자마다 다소의 차이가 있을 수 있다. 하지만 대개 생각나는 대로 키워드를 나열했다가 이 키워드에 살을 붙여 좀 더 세련되고 완성도 높은 제목을 만든 후 유사한 주제끼리 묶어내는 과정을 거친다. 묶을 때는 4개나 5개의 카테고리로 만드는 것이 일반적이다. 소제목의 주제를 40~50개 만들어 나열한 후 8~10개 단위로 묶어 4~5개의 장章을 만들어 주면 된다. 묶음 작업이 완성되면 각 장의 순서를 정하고, 이후에는 각 장마다 분류해 놓은 10개 안팎의 소제목도 순서를 정해야 한다. 순서를 정하는 일은 전적으로 저자의 몫이다. 어떤 순서로 나열했을 때 가장 효과적으로 내용을 전달할 수 있을지 충분히 고려해 정해야 한다.

　목차는 설명한 대로 전체 책 쓰기의 설계도 역할을 하므로 목차가 잘 편성돼야 글을 쓰기에 편하다. 그래서 설계도인 목차를 완성하는 일은 전체 책 쓰기 과정 중에서 가장 중요한 단계라고 할 수 있다. 그렇게 중요한 과정이니만큼 혼자서 대충 정하면 후회가 막급하다. 수없이 생각하고 고뇌해서 최상의 목차를 만들어야 한다. 그렇게 만든 후에 전문가와 상의단계를 거치면 더욱 좋다. 출간의 경험이 있는 저자나 출판사 관계자 등과 협의하는 과정을 거치면 훨씬 더 좋은 목차를 편성할 수 있다. 책을 출간해 본 사람은 목차의 중요성에 대해 너무도 잘 알고 있다. 또한 어떻게 목차를 잡아야 전체적으로 글을 쓰기 편한지도 잘 알고 있다. 특히 소제목의 경우 전문가와 더불어 꼼꼼히 상의하면서 점검하는 과정을 거쳐야 소비자에게 어필할 수 있는 제목을 뽑을 수 있다. 좋은 제목이 만들어지면 소비자가 선택하기 좋을 뿐 아니라 저자도 글을 쓰기가 한결 편해진다. 목차를 모두 완성한 후에는 머릿속으로 전체적인 책 구성의 흐름을 그려 보면서 논리적 흐름이 자연스러운지 여부를 판단해 보아야 한다. 단편적으로 소제목이 쓰고자 하는 글의 방향을 잘 어필하고 있는지도 확인해봐야 하지만 글의 전개가 매끄러운지를 확인하는 일이 더 중요하다.

각 소제목에 딸려 있는 글은 소제목을 충분히 뒷받침해 줄 수 있도록 써야 한다. 그러려면 소제목 자체가 함축적이면서도 메시지를 담고 있어야 한다. 목차를 편성하는 과정에서 소제목을 정할 때는 그 제목을 보고 내용의 절반 정도를 유추할 수 있게 해주는 것이 좋다. 너무 노골적인 제목을 잡을 경우 제목만 보고 내용을 지레짐작하게 해서 흥미를 잃고 글을 읽지 않게 할 가능성이 있다. 저자는 소제목을 정하면서 머릿속으로는 그 세션의 내용을 그려내야 한다. 제목만 보고 전체 글을 어떻게 엮어가야겠다는 구상이 생각나야 한다. 저자 자신이 소제목을 보고도 전체 글의 구도를 생각해내지 못한다면 책을 완성하기가 쉽지 않다. 평소 사색하는 습관을 통해 생각해둔 바가 많고, 자료를 충실히 수집해두면 세션의 제목만 봐도 금세 글을 줄줄 써 내려갈 수 있는 자세가 돼 있어야 한다. 그 정도로 충분히 노하우나 정보가 축적돼 있어야 거침없이 글을 써 내려갈 수 있다. 그러니 자신이 충분히 숙달돼 있고, 많은 경험을 한 분야에 대해 집필을 시도해야 한다. 어설픈 지식과 정보를 기반으로 책을 쓰려고 마음먹으면 낭패를 보게 된다. 소제목만 봐도 글이 머릿속에서 줄줄 써질 정도로 충분히 학습된 내용으로 책을 써야 한다. 또 그렇게 쓰기 위해 신중하게 소제목을 잡아야 한다.

퇴고와
윤문

한 권의 책을 발행할 수 있는 분량의 원고를 쓰는 기간은 개인차가 있겠지만 족히 수개월은 걸린다. 몇 년이 걸리는 사람도 있지만 그건 바람직한 책 쓰기 방법이 아니다. 주제의식이 흐트러지고 자기관리도 안 돼 작업이 계속 늘어지고 결국은 포기로 이어질 수 있기 때문이다. 아주 숙달된 저자의 경우 한 달 이내에 책 한 권 분량의 원고를 써낼 수 있다. 참고로 이 책 『죽기 전에 내 책 쓰기』를 집필하는 데는 50일이 소요됐다. 물론 낮에는 본업에 충실하고 밤 시간에 집필을 했다. 몸이 힘들고 시간 내기도 어려운 데다 해야 할 일도 많아 책 쓰기를 몰아서 한다는 것이 얼마나 어려운 일인지 안다. 하지만 앞 장에서 자꾸 뒤돌아보지 말고 앞만 보고 쭉쭉 써 내려가라는 주문을 한 바 있다. 뒤돌아보는 횟수가 많을수록 원고는 앞으로 나가지 못한다. 그래서 일반적으로 책 쓰기 전문가들이 권고하는 3~4개월 이내에 탈고가 불가능해진다. 앞에 이미 작성한 원고가 다소 미흡하게 여겨지고 실수가 많을 것이란 생각이 들어도 일단은 속

도감 있게 앞으로 쭉쭉 써 내려가는 게 중요하다. 처음 쓴 원고가 책으로 출간되는 최종 원고가 될 수 없기 때문이다. 원고를 보완할 기회는 얼마든지 있다. 그 방법이 퇴고와 윤문이다.

퇴고란 중국 당나라 시인 한유韓愈의 고사에서 유래한 말로 일단 작성한 초고를 다듬고 고치는 일을 말한다. 전체 원고의 집필을 끝마친 후에는 2~3차례, 많게는 4~5차례 퇴고의 과정을 거쳐야 한다. 저자의 경우 본인이 쓴 초고를 두 번 정도 차근차근 퇴고하는 것이 기본이다. 그러나 두 번 이상 살펴봐도 자신이 쓴 글이기 때문에 똑같은 함정에 빠져들어 오류를 발견하지 못하는 경우도 많다. 퇴고를 할 때는 소리 내지 않고 눈으로 읽는 묵독默讀에 그치지 말고 소리 내어 읽어가며 하는 것이 좋다. 성독聲讀을 하면 묵독할 때보다 글의 어색한 부분이 잘 감지된다. 그래서 훨씬 더 효과적인 퇴고를 할 수 있다. 퇴고를 할 때는 사전을 옆에 놓고 미심쩍은 표현이나 어휘의 사용 등을 꼼꼼히 확인해야 한다. 책은 대중이 읽게 되므로 교과서와 같은 역할을 한다. 대개의 독자들은 출간된 책이 문법적으로 완벽할 것이란 확신을 갖고 있다. 그래서 평소 자신이 확실하게 알지 못했던 표현이나 어휘 등이 책에 실려 있는 것을 확인하면 그것이 옳다는 확신을 갖게 된다. 이는 위험하기 짝이 없는 일이다. 물론 저자가 수차례 퇴고를 한 이후에도 출판사에 원고가 도착하면 거기서도 수차례 교정과 퇴고의 과정을 거친다. 출판사 교정직원이나 편집자 등은 일반적으로 맞춤법이나 어휘의 사용 등에 대해 일반인들보다 월등히 나은 실력을 가지고 있다. 그래서 저자가 두 번 정도, 출판사에서 두 번 정도의 교정과 퇴고 과정을 거치면 출판을 하는 데 무리 없을 정도로 원고가 다듬어지게 된다. 그러니 거듭 밝히건대 초고는 완주에 목표를 두고 뒤돌아보지 말고 밀고 나가듯 써야 한다.

퇴고와는 조금 다른 개념의 윤문潤文이라는 과정이 있다. 윤필潤筆이라고도 하는 이 과정은 원고의 수준이 아주 미흡할 때 전문가가 대대적으로 손을 보는 것을 일컫는다. 교정 또는 퇴고가 오자나 탈자를 바로잡고 어휘의 선택이 적절하지 않은 부분을 고치는 수준이라면 윤문은 그보다 심하게 고치는 수준이라고 이해하면 된다. 비문非文이라 하면 문법에 맞지 않는 문장을 말한다. 주어와 서술어가 제대로 연결되지 않는다든지, 어순이 뒤죽박죽이어서 읽어도 무슨 말인지 이해하기 어려운 문장이라고 보면 된다. 평소 글을 많이 써보지 않고, 독서량도 부족한 이들 가운데는 비문을 구사하는 이들이 의외로 많다. 비문이 난무한 글은 교정이나 퇴고 수준의 다듬기로는 부족하다. 뜻을 전달하는 완벽한 문장으로 바꾸려면 윤문이라고 하는 보다 적극적이고 과감한 글의 수정 단계를 거쳐야 한다. 윤문이라고 해서 글의 내용을 바꿀 수는 없다. 읽어도 제대로 이해가 잘 되지 않는 비문을 문법에 맞는 문장으로 바꾸는 일 정도가 허용된다. 윤문을 하려면 초고를 쓴 저자가 어떤 의도를 가지고 글을 썼는지 제대로 물어가며 파악하고 그 의도에 맞는 글로 고쳐야 한다.

윤문이 용인되는 범위보다 더 많이 고치고, 원고량을 대폭 늘렸다면 대필代筆에 가깝다고 할 수 있다. 또는 대필이라고 단정할 수 있다. 문장력이 형편없이 부족한 저자의 글은 윤문작가 또는 대필작가의 도움이 절대 필요하다. 문장과 문법에 대한 기본적 이해가 부족하다면 본인 스스로 같은 글을 몇 번 고쳐도 크게 나아지지 않는다. 이럴 때는 과감하게 윤문작가나 대필작가에게 도움을 청해야 한다. 물론 본인이 쓴 글을 싣는 것이 의미도 있고, 액면 그대로 의미 전달이 되겠지만 글쓰기가 단기간에 이루어지는 일이 아닌 만큼 책을 발행한다는 목표를 달성하기 위해서는 도움을 받아야 한다. 윤문은 부끄러운 일이 아니다. 노래로 치면 편곡하는 정도로 이해하면 된다. 윤문작가의 도움을 받아 책이 완성됐다고 해도 결코 부끄러워할 일은 아니다. 책 전체의 내용을 끌고 나간 초고작가가 진정한 책의 저자인 것은 맞다. 윤문작가는 부족한 문법 부분을 도와주는 것뿐이다. 자신이 꼭 집필하고 싶은 책이 있는데 문장력과 집필능력이 부족해 엄두를 못 내고 있다면 윤문작가와 대필작가의 도움을 받아 책을 완성하면 된다. 세상은 점차 전문화, 분업화되고 있다는 사실을 잊지 말자.

출판사
노크하기

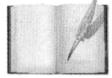

퇴고 과정까지 마쳐 원고를 완성했다면 출판사를 선택하는 일이 남았다. 출판사를 잘 선택해야 책이 가치를 발휘할 수 있다. 어떤 출판사와 책을 만들고 마케팅을 했더라면 인기를 누렸을 책도 출판사를 잘못 만나 창고에 쌓이고 마는 경우는 얼마든지 있다. 반대로 내용이 다소 부족한 책도 유능한 출판사와 결합해 마케팅을 극대화하면 기대 이상의 판매 실적을 올리고 저자가 유명세를 탈 수도 있다. 그래서 역량 있는 출판사와 결합해 작업하는 것이 절대 중요하다. 즉, 출판사의 선택이 그만큼 중요하다는 것을 의미한다. 출판사의 능력은 매우 편차가 크다. 비슷한 규모의 출판사라 해도 마케팅 능력의 차이에 따라 책이 시장에서 어떤 반응을 보이느냐는 천양지차이다. 마케팅 능력 외에 편집과 디자인의 차이도 분명히 나타난다. 또 초고 상태의 원고를 시장에서 판매되는 책으로 내용과 형식을 고칠 것을 주문하기도 하고, 저자가 무원칙하게 잡은 순서를 바로잡아주기도 한다. 이 모든 것이 출판사의 능력이다.

출판사의 규모는 차이가 크다. 영세한 1인 또는 2인 기업 형태의 출판사는 기획출판을 감당할 능력이 사실상 없다. 기획출판을 한다는 것은 최소한의 자본력도 있고, 편집이나 디자인의 노하우도 있고, 무엇보다 마케팅 능력이 있다는 것을 의미한다. 그래서 저자는 자신의 원고 수준에 맞고, 자신의 책이 제대로 가치를 발휘할 수 있도록 도와줄 능력 있는 출판사를 선택해야 한다. 지명도가 없는 초보 저자가 대기업형 출판사를 아무리 노크해도 그 문은 잘 열리지 않는다. 아무리 초보 작가가 대중에게는 관심 없는 책을 집필한 경우라도 자비출판을 전제로 영세한 출판사를 찾아간다면 극진한 대접을 받고 원고를 맡겨달라는 요청을 받을 것이다. 자비출판의 경우 출판사 입장에서는 아무런 위험부담이 없기 때문이다. 자비출판이라고 해서 온라인과 오프라인 서점에서 판매가 안 되거나 한국출판협동조합에 저서로 등록이 안 되는 것은 절대 아니다. 출판사의 외면에 의해 자비출판 형식을 취했지만 베스트셀러로 등극된 사례도 있다. 물론 많지는 않다.

출판사에 의뢰하기 전 저자가 자신이 쓴 책의 대중적 관심도와 판매 가능성에 대해 냉정하게 진단해 보는 과정이 필요하다. 그래서 기획출판이 가능할 것인지, 자비출판을 택해야 할 것인지, 절충이라도 해보자고 협의를 시도해 볼 것인지 판단해야 한다. 공연한 시간 낭비, 에너지 낭비를 하지 않으려면 냉정한 판단력이 중요하다. 판단이 서면 여러 경로를 통해 적합한 출판사의 리스트를 작성해야 한다. 그리고는 출판사의 원고 접수 이메일을 확보해 순차적으로 원고를 발송하는 과정을 거친다. 보낼 때는 전체 원고를 발송하지 않고 핵심적 내용이 들어가 있는 일부 부분만 보내는 것이 일반적이다. 아직 협의단계가 아닌데 전체 원고를 발송할 필요는 없다. 원고를 보낼 때는 '출간 기획서'라는 형식의 문서를 작성해 함께 발송해야 한다. 출간 기획서의 양식은 인터넷에 얼마든지 있다. 그 기획서에는 어떤 의도로 누구를 겨냥해서 어떤 제목으로 책을 만들고 싶다는 기획 의도를 소상히 적어야 한다. 출판사 입장에서는 매일 전국에서 날아오는 방대한 원고를 모두 읽을 수는 없으니 우선 출간 기획서를 읽어본 후에 원고를 읽어볼 것인지 여부를 결정한다. 그러니 출간 기획서를 차근히 꼼꼼하게 작성해 발송해야 한다. 여러 출판사에 메일을 보내놓고 어디선가 연락이 왔다고 해서 덥석 그 출판사와 계약을 체결할 필요는 없다. 이후에 더 좋은 조건을 제시하는 출판사가 나타날 수 있다는 가능성을 염두에 두어야 한다.

출판사를 선정하는 과정을 마쳤다면 계약서 작성이 기다리고 있다. 계약서는 법적으로 서로가 지켜야 할 사항들을 낱낱이 정리한 문서이다. 결코 가볍게 생각해서는 안 될 문서이다. 계약서에는 저자가 출판사에 원고를 제공하는 절차와 방법, 출판권에 대한 각자의 지위와 역할, 향후 저작권에 대한 권리주체, 책의 발행 부수, 판매 방식과 판매에 대한 책임, 인세의 기준과 지급방법 등을 소상히 기록해야 한다. 다른 모든 계약서가 그러하듯 같은 내용의 두 부를 작성해 한 부는 저자, 한 부는 출판사가 보관한다. 계약서는 향후 양자 간 분쟁이 발생했을 경우, 법적 의무와 책임을 가르는 중요한 단서가 되는 만큼 누락되는 내용이 없도록 면밀히 살펴본 후에 서약을 하고 소중하게 보관해야 한다. 정식 계약서를 작성하기 이전에 여러 출판사와 접촉하며 구두로 어떤 조건을 제시할 것인지를 확인하고 가장 유리한 조건을 제시하는 출판사와 접촉해 계약을 성사시켜야 하는 것은 재론할 필요가 없다. 계약서가 작성되면 저자와 출판사는 동일 사업의 동반자라는 파트너십을 갖고 좋은 책을 만들고, 최대한 많이 판매해 수익도 극대화하고 저자와 출판사의 인지도도 끌어올 릴 수 있는 방향을 찾아 함께 정진해야 한다.

멋진
출판기념회

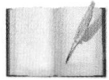

언젠가부터 출판기념회는 정치인들의 전유물로 인식되고 있다. 출마를 결심한 정치인들이 세를 과시하고 자신의 존재감을 드러내는 통과의례로 인식되는 경향이 강해졌다. 그러나 지금과 같은 모습이 일반화되기 이전에 출판기념회는 작가들이 향유하는 진정성 있는 행사였다. 한 권의 책을 출간하기 위해 수십 년간 노하우를 쌓고 수개월 동안 인고의 세월을 보내면서 고생한 것에 대한 보상 차원의 위로연이었다. 또 좋은 책이 세상에 나와 모두가 공유할 수 있게 된 것에 대한 기쁨을 함께 나누는 자리로서의 기능도 했다. 그래서 이전의 출판기념회는 지금 정치인들의 출판기념회처럼 요란하고 거창하게 하지 않았다. 대부분 품위 있고 격조 있게, 그러면서도 단아하게 진행됐다. 대개 그 주인공은 문인들이었다. 지금은 오히려 문인이 책을 발행하고 출판기념회를 하면 '정치에 뜻을 두고 있느냐?'는 질문을 받는 시대가 됐다. 주객이 전도됐다는 표현은 바로 이럴 때 사용하는 것이 아닌가 싶다. 진정성을 가지고 글을 쓴 사람보다 주

로 대필을 통해 자신의 정치적 소신을 담아낸 책을 출간한 이들이 출판기념회의 주인공이 됐으니 말이다.

대개 한 권의 책을 발간한 이후에 추가 발간을 하지 않는 사람은 거의 없다. 처음이 어렵지 두 번째는 아무래도 처음보다 쉽다. 세 번째는 두 번째보다 쉽다. 그러니 처음에 어렵게 한 권의 책을 쓴 저자라도 자신감을 바탕으로 연이어 책을 출간하게 된다. 그러나 여러 권의 책을 출간한 저자가 매번 출간할 때마다 출판기념회를 하지는 않는다. 출판기념회는 혼자 하는 것이 아니라 주변의 여러 사람을 불러 모아 치러야 하는 행사이기 때문에 같은 목적을 가지고 여러 차례 행사 초대를 되풀이한다는 것은 결례가 될 수 있다. 애경사를 찾아다니는 일이 상호부조라는 의식이 강한 한국사회에서 일방적으로 여러 차례 초대를 한다면 눈치 없는 사람으로 낙인찍힐 수 있다. 그래서 출판기념회는 한 번으로 족하다. 서운하면 한참의 세월이 흘러 주변인들이 언제 출판기념회를 했던가 싶을 정도로 기억이 가물가물해지면 그때쯤 한 번 더 하면 된다. 몇 년 지나지 않아 자꾸 행사를 벌이면 찾아오는 이도 대폭 줄고 의미도 반감된다. 성대하게 치르는 출판기념회는 일생에 한 번이면 족하고 나머지는 서운하지 않을 정도 수준으로 가족 위주로 모여 조촐하게 치르는 것이 가장 바람직해 보인다.

출판기념회는 일시에 많은 책을 배분할 수 있는 좋은 기회가 된다. 대개 참석자들이 위로금 형태로 저자에게 성금을 마련해 오고 저자는 식사와 함께 책을 기념품으로 제공하는 형태이다. 물론 정치인은 참석자들에게 음식물 등 향응을 제공해서는 안 된다. 그러나 정치인이 아니라면 오히려 식사를 대접하는 것이 예의이다. 출판기념회를 하면 각 개인들에게 즉석에서 책을 나눠주기도 하지만 한쪽에서는 주문접수처를 만들어 대량 구매를 희망하는 이들에게 접수 의뢰를 받고 주소를 기록한다. 이 과정을 통해 저자의 역량에 따라 꽤 많은 책이 판매되기도 한다. 출간을 위한 노고를 격려하는 취지로 만드는 자리이지만 책의 판매 측면에서는 저자 입장에서 매력적인 자리가 아닐 수 없다. 출판기념회를 하면 그렇지 않을 때보다 월등히 많은 책을 단시간에 판매할 수 있다. 그러니 언제 어떤 종류의 책을 발행했을 때 출판기념회를 개최하는 것이 가장 효과적일지 충분히 생각하고 신중하게 결정할 필요가 있다. 책을 쓰면서 고통스럽다고 느껴질 때면 눈을 감고 호텔 연회장에서 출판기념회를 열어 하객들로부터 스포트라이트를 받으며 칭찬과 격려 세례에 빠져드는 황홀한 시간을 생각하면 고통을 반감시킬 수 있다.

출판기념회는 저자를 위한 자리이다. 전체 하객의 축하를 한 몸에 받을 수 있고 사진기 플래시가 끊임없이 터진다. 오랜 시간 책을 쓰며 보낸 고통스러웠던 시간에 대한 보상을 받는 듯 유쾌한 시간을 보낼 수 있다. 축사나 격려사를 하기 위해 연단에 오르는 모든 이들은 저자에 대해 아낌없는 찬사를 보낸다. 평생 다 들어보지 못할 것 같은 엄청난 칭찬을 하루 종일 들을 수 있는 날이다. 부모님이나 자녀에게 정말 자랑스러운 모습을 보여드릴 수 있는 날이기도 하다.

그래서 부모님에게는 최고의 효도하는 날이 될 수 있고, 자녀들에게는 다른 어떤 이벤트보다 강한 동기부여를 해줄 수 있는 날이 된다. 출판기념회가 지나치게 형식적인 행사라는 인식이 확산되면서 종전의 전형적인 형식을 바꿔 저자강연회나 북콘서트 형태로 대체하는 경우도 많다. 저자강연회는 저자가 참석자들을 대상으로 책의 내용과 집필하게 된 배경, 책의 발행을 통해 세상에 바라는 변화 등에 대해 자연스럽게 프레젠테이션을 하는 것이다. 다분히 홍보 지향적인 저자강연회는 최근 들어 부쩍 늘어 가는 추세이다. 북콘서트의 경우 담화 형태로 사회자와 저자가 이런저런 이야기를 나누며 책의 내용과 집필배경 등에 대해 이야기를 나누는 형태로 진행된다. 형태만 다를 뿐 근본적인 목적은 출판기념회와 같다.

 저자가 고생 끝에 책을 완성시키는 것은 실로 어려운 일을 해낸 것이다. 그래서 축하해 주고 격려해 줄 필요가 있다. 그러나 책을 출간한 지인들에 대한 진정한 에티켓이 무엇인지 모르는 경우가 대부분이다. 그래서 저자가 책을 출간하면 별생각 없이 그 책을 달라고 한다. 그리고는 시간이 없다며 도대체 읽어보려고 하지도 않는다. 어떤 경우는 저자에게 연락해 친필사인을 해서 우편으로 보내라며 주소를 일러주기도 한다. 이미 책을 발행하며 적지 않은 비용을 들인 저자에게 부담을 덜어주지는 못할망정 책을 무상으로 발송하라고 하는 것은 사실상 에티켓이 아니다. 더구나 우편으로 발송하라고 하면 발송비도 저자가 부담해야 한다. 한두 권이 아니고 많은 수량을 일일이 우편 발송하다 보면 우편비용 부담도 커질 수밖에 없다.

저자의 입장을 이해한다면 한 권의 책이라도 정가를 주고 구매해서 판매실적을 올릴 수 있도록 하는 것이 최상책이다. 서점에서 판매되는 책을 구매하고 즉석에서 인증할 수 있는 사진을 촬영해 저자에게 모바일 메신저로 발송한다면 최고의 에티켓이다. 서점에 갈 시간이 없다면 온라인 쇼핑으로 책을 구매해 주문명세서 화면을 캡처해서 이 또한 저자에게 메신저로 발송해주면 최고의 격려가 된다. 기획출판이든 자비출판이든 저자는 많은 책을 팔아야 부담을 줄일 수 있고, 목적했던 유명세를 얻을 수 있다. 책은 발행됐을 때 초반의 판매 실적이 무엇보다 중요하다. 그래서 출시 이후 집중적으로 구매를 해주는 것이 마케팅 활동에 전적으로 도움이 된다. 책이 출간돼 온·오프라인 서점에 깔리는 순간부터 세상이 나를 보는 눈이 달라지고, 더불어 내가 세상을 보는 눈이 달라진다. 책을 쓰기 이전의 나와 비교도 안 될 만큼 성숙해 있는 나를 발견하면 참으로 즐거워진다. 그 맛을 꼭 느껴보길 바란다.

사실, 당신이 보석입니다

이승규 지음 | 값 15,000원

『사실, 당신이 보석입니다』는 자신의 운명에 굴하지 않고 칠전팔기의 노력 끝에 꿈을 달성한 저자의 경험이 고스란히 녹아있는 책이다. 살다보면 내가 원하지 않았던 일이 오히려 나의 꿈을 키워줄 수도 있다는 사실을 굳게 믿은 저자는 졸업 후 스펙 부족의 좌절을 뚫고 영어라는 열쇠에 매달려 호텔과 면세점을 거쳐 국제보석감정자로 우뚝 서게 된다. 어려운 시대, 젊은이들이 다시금 꿈과 희망을 가지는 데에 큰 도움이 될 수 있을 것이다.

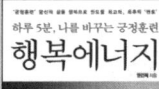

행복에너지(개정판)

권선복 지음 | 값 20,000원

이 책 『행복에너지 – 하루 5분 나를 바꾸는 긍정훈련』은 2014년 첫 출간되어 출간 보름 만에 인터파크 종합 베스트셀러 1위, 교보문고 자기계발 부문 베스트셀러 3위에 오른 권선복 도서출판 행복에너지 대표의 저서를 2020년에 맞추어 새롭게 출간한 책이다. "긍정도 훈련이다"라는 발상의 전환을 통해 삶을 행복으로 이끄는 노하우, '하루 5분 긍정훈련'을 제시하며 이를 기반으로 실생활에서 경험한 구체적인 긍정의 성공 사례를 펼쳐 나간다.

대왕고래의 죽음과 꿈 가진 제돌이

김두전 지음 | 값 20,000원

저자는 제주에서 태어나 거의 전 생애를 살아왔으며, 자신이 태어난 땅과 자연, 사람들에게 깊은 애착을 가지고 이 소설을 구상했다. 제주 김녕 마을에 전해져 오는 대왕고래 전설과 인간에게 불법포획되어 수족관에 갇혀 살다가 4년 만에 자유를 찾은 돌고래 제돌이의 실화가 어우러진 이야기 속에서 제주의 고유한 전승과 문화, 자연과 사람들이 살아 숨 쉰다. 160여 년을 넘나드는 제주의 생명력이 독자들의 마음에도 웅대한 감동을 남길 것이다.

그림으로 생각하는 인생 디자인

김현곤 지음 | 값 13,000원

이 책은 급격한 사회변화 속 어려움에 놓인 모든 세대들에게 현재 국회 미래연구원장으로 활동 중인 미래전략 전문가, 김현곤 박사가 제시하는 손바닥 안의 미래 전략 가이드북이다. 같은 분야의 다른 책들과 다르게 간단하고 명쾌한 그림과 짤막한 문장만으로 이루어진 것이 특징이며 독자들은 단순해 보이는 내용을 통해 미래에 대한 불안과 혼란에서 벗어나는 것뿐만 아니라 행복한 미래를 설계하는 통찰을 얻을 수 있을 것이다.

'행복에너지'의 해피 대한민국 프로젝트!
〈모교 책 보내기 운동〉

대한민국의 뿌리, 대한민국의 미래 **청소년·청년**들에게 **책**을 보내주세요.

　많은 학교의 도서관이 가난해지고 있습니다. 그만큼 많은 학생들의 마음 또한 가난해지고 있습니다. 학교 도서관에는 색이 바래고 찢어진 책들이 나뒹굽니다. 더럽고 먼지만 앉은 책을 과연 누가 읽고 싶어 할까요?
　게임과 스마트폰에 중독된 초·중고생들. 입시의 문턱 앞에서 문제집에만 매달리는 고등학생들. 험난한 취업 준비에 책 읽을 시간조차 없는 대학생들. 아무런 꿈도 없이 정해진 길을 따라서만 가는 젊은이들이 과연 대한민국을 이끌 수 있을까요?

　한 권의 책은 한 사람의 인생을 바꾸는 힘을 가지고 있습니다. 한 사람의 인생이 바뀌면 한 나라의 국운이 바뀝니다. **저희 행복에너지에서는 베스트셀러와 각종 기관에서 우수도서로 선정된 도서를 중심으로 〈모교 책 보내기 운동〉을 펼치고 있습니다.** 대한민국의 미래, 젊은이들에게 좋은 책을 보내주십시오. 독자 여러분의 자랑스러운 모교에 보내진 한 권의 책은 더 크게 성장할 대한민국의 발판이 될 것입니다.

　도서출판 행복에너지를 성원해주시는 독자 여러분의 많은 관심과 참여 부탁드리겠습니다.

도서출판 **행복에너지** 임직원 일동
문의전화　0505-613-6133